有爱的青春陪伴者

你在时光深处

夏风颜 \ 作品

图书在版编目（CIP）数据

你在时光深处 / 夏风颜著. -- 哈尔滨：黑龙江美术出版社, 2018.5
 ISBN 978-7-5593-2699-7

Ⅰ.①你… Ⅱ.①夏… Ⅲ.①长篇小说－中国－当代 Ⅳ.①I247.5

中国版本图书馆CIP数据核字(2018)第080713号

你在时光深处
Ni zai shiguang shenchu

出 品 人 / 金海滨
著　　　 / 夏风颜
责任编辑 / 李　旭　张泽群
特约编辑 / 周丽萍
封面设计 / 刘　艳
内页设计 / 孙欣瑞
封面绘制 / 柒十二凉
出版发行 / 黑龙江美术出版社
地　　址 / 哈尔滨市道里区安定街225号
邮政编码 / 150016
发行电话 / （0451）84270524
网　　址 / www.hljmscbs.com
经　　销 / 全国新华书店
制　　版 / 黑龙江美术出版社
印　　刷 / 长沙鸿发印务实业有限公司（长沙黄花工业园三号 邮编410137）
开　　本 / 880mm×1230mm　　1/32
印　　张 / 10
版　　次 / 2018年5月第1版
印　　次 / 2018年5月第1次印刷
书　　号 / ISBN 978-7-5593-2699-7
定　　价 / 36.80元

自序 / 我们都是被时光爱着的

依然好久不见。

距离这本书出版过去了七年,原版取名《春惜》,是我的处女作。再一次打开它,阅读、编辑,仿佛重走了一遍青春。

白驹过隙,转眼已十年,记得第一次提笔,是在大学校园的图书馆,随手拿了一本草稿本开始写,给小说中的两个女主角分别取了名字——平安和安然。由此,有了她们的故事。

平安是我,安然也是我。如同镜子反射出的两面,她是分裂出来的两个人,一个内敛含蓄,一个肆意张扬。平安代表缺失爱、渴望爱的女孩,安然代表勇敢爱、追求爱的女孩,一个爱得卑微,一个爱得轰烈。无论她们的外表和性情如何不同,骨子里还是一类人,需要爱与被爱,被彼此深深吸引。

写这本书是为了记录青春,而今再版是为了纪念青春。十年前,我还是一个坐在图书馆里对着电脑敲打键盘的普通学生,渴望出书,渴望更多人看到我的故事;十年后,我已出版了十几本书,有人关注有人喜欢,有人批评有人离去。好的、不好的我都接受,这些是成长给予的最珍贵的礼物。

因缘际会再次出版,是它的时运。它像一个孩子,再一次破壳而出,再一次面对所有人的眼光和声音。我希望无论读过还是没有读过的你,都会喜欢这部小说，喜欢小说里的每一个人物。他们经历青春，追求梦想，遇到爱情，遭遇磨难，承受命运，蜕变成长。

他们的人生，也是我们的人生。

我们总是匆匆遇到一些人，然后仓促离别，来不及说一声再见。我们习惯将对对方的关心藏在心里，羞于说出爱，甚至连一句简单的问候都说不出口。慢慢地，我们变成了寡言沉默、疏于表达的人，不敢去爱，承受不住被爱。可是，我们会后悔吗？还是会遗憾？

多年以后，你再也见不到那个人；多年以后，你见到了他，却没有了当初的悸动。

从初版到再版，一去七年，这当中经历多少人事变迁。有人结婚有人生子，有人生病有人过世，而我，还是那个我，始终孑然一身。从北京到上海，从拖着一只行李箱外出闯荡的女孩到走了许多国家有了自己房子的女人，我已经不那么年轻了……但依然心怀梦想，在风中独行，依然记录着沿途的风景和故事，写下这些文字。

不负时光。我们都是被时光爱着的。

谢谢你们。爱你们。

夏风颜
2018.02.15 上海

001 / 壹 空城
我寻找你,看见天敌。

023 / 贰 流年
有生之年狭路相逢终不能幸免,手心忽然长出纠缠的曲线。
懂事之前情动以后长不过一天,留不住,算不出,流年。

067 / 叁 暗涌
仍静候着你说,我别错用神,什么我都有预感。
然后睁不开两眼看命运光临,然后天空又再涌起密云。

108 / 肆 扑火
爱到飞蛾扑火,是种堕落。

155 / 伍 邮差
你是一封信,我是邮差。最后一双脚,惹尽尘埃。

185 / 陆 色盲
慢慢踏在我的色盲途中,尽力辨认你方向。

238 / 柒 蝴蝶
给我一双手对你倚赖,给我一双眼看你离开。
就像蝴蝶飞不过沧海,没有谁忍心责怪。

生命嗅得百转千回，
浮光掠影咫尺刹那。
——孤岛纪

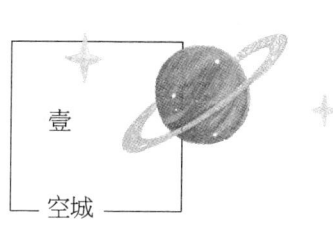

壹

空城

/

我寻找你,看见天敌。

1

平安站在灯下,看见她的身影。

她从暗中走来,周身被浓郁的黑包裹,依旧是一袭瀑布般垂坠的长发,刘海整齐密集地遮住额头,瘦削的下巴微微上翘,脸庞洁净,被眼影覆盖的一双眼睛桀骜冷漠,像极了始终驯服不了的鹰。

平安轻声叹息:安然。

这是令人难忘的夜晚,节日嘉年华。在一片欢腾喧嚣的气氛中,许安然出场。四周逐渐安静下来,漆黑一片,迷离的灯光射入主场,一道笔直的光束打在她翕动的唇上。她闭上眼,缓缓吟唱。

　　林平安站在阶梯教室最后一排,隔着或坐或站交叠攒动的背影注视着台上的年轻女孩……演出完毕,许安然第一个走出现场。喧嚣与躁动继续,平安面向她离开的方向,现场余热未息,身后传出一声高过一声的喧哗与尖叫。她是今晚绝对的主角,即便离开,依然带着全场最激烈的心潮呐喊:"安然!许安然!"

　　许安然留意到身后的脚步声,微转身体,打量对面的年轻女孩,微微皱眉。

　　"许安然。"

　　林平安点燃一根烟。

　　"林平安。"女孩倏地笑了,昙花一现般迅即与美丽。

　　她们的相识,源于一部话剧。林平安是话剧社编导,创作了一部风格独特的音乐剧,急于寻找女主角。许安然是 wind 乐队的灵魂人物,故事的女主角数她最适合。

　　许安然在走出大厅两三步的地方停下,风吹起她的黑色裙摆,仿佛一片静静流动的洞庭深水,湮没了烟火气息。外面是没有光亮的夜,黑发倾泻而下,遮住细长白皙的脖颈,红莲花隐于皮肤罅隙,随着飞扬的发丝若隐若现。

　　这是如夜般令人着迷的女子,让人望而却步,却有让人禁不住靠近的名字——安然。

　　"明晚八点,你到排练室来。"许安然紧了紧肩侧的背包,丢下一句话,快步走下台阶。

2

林平安最初的动心,源于一场梦。

童年时不切实际的幻想,体会梦游时无处依傍的寥落与茫然。夏季高大的香樟树依护环绕,树叶窸窸窣窣在风中抖动,叶片之间留有微小间隙供阳光穿透,或笔直或倾斜,投得大地留下斑驳树影。最喜欢晴朗温润的天气,地上的花草、树木和昆虫受到晨露滋润,阳光普照,新的一天即将到来。慢慢地,太阳升至最高处,洒下一张闪着银片的无形的网,一丝一线无声无息贴合,变作花朵的筋脉,叶片的纹理,树的表层。

叶子细细长长,边缘有瘦削的锋芒,苍郁的绿填满空间。叶片交互覆盖,一层一层,如蜻蜓柔软的身躯叠摞,失陷土地的博大幻象。一点猩红腾然于绿上,分外醒目,六瓣芭蕉扇形的花叶,裹着奶酪色泽,逐步渗透其间。她将指甲印上去,看到覆在上面的阴影。

平安见到濂,甚为平静。后来她慢慢回味,觉得那是一个逃不过的劫。

叔公在耳边轻声说:"这是濂,你的哥哥。"

男孩儿的脸很是平和,周身寻不到一丝青春跋扈的痕迹,仿佛洗尽铅华的归鹤,寻得一处安栖绿湾,于晚阳下孤独站立,便能长长久久,了度此生。双手不禁伸出去,仿若寻得父的辛悲、母的恩慈。

"濂,"她怯生生地唤,"哥哥……"

如此仓促的见面，没有任何预兆，如同置身松散梦境，安然，我觉得我生命里的空断，能被连上头尾的仅有这一次。

黑暗里对着她的背，似在面对一场无功而返的过期旅程。

3

剧本讲的是两个女孩儿在一次派对上相遇，一个女孩儿是观众，与朋友来看乐队走场，另一个女孩儿是乐队的主唱。海报是一张只占得半幅版面的白纸，上面写着两个巨大潦草的毛笔字，除此之外，没有任何点缀。

这是林平安的作品，亦如她给人的感觉：独善其身，波澜不惊，像一摊被白底蓝边瓷碗搁置的翡翠绿茶，需用心品，浓了或淡了都不能恰好描出它的韵味。很现实地说，林平安没有朋友。

排练室在教学楼的顶楼，晚上九点，距离熄灯还有一个小时，这剩余的一个小时用来抽烟或者弹一小段钢琴曲，巴赫、贝多芬，有时候是阿图尔·鲁宾斯坦与尚·马龙。她曾在一则札记中看到对尚·马龙的评价，具有难以捉摸且令人在瞬间着迷的特质。

高贵柔和的天鹅绒、荡气回肠的大漠孤烟图、汹涌澎湃的草原激流，这些都是对他音乐与天赋的赞誉。将他的音乐与雅尼、喜多郎、班得瑞比较，得出与众不同的特质，透露男性的内敛与高贵。

晚风静静地吹，林平安选在这个时间点，是预想到排练时间暂告一段落，打算与许安然聊聊，征询她对剧中角色的意见。安然不肯进组排练，只限定在私人排练室，关灯前一个小时抽出时间背台词，与自己见面。

第三晚，平安终于忍不住问："明晚可以早一点吗？"

"明晚不用来了，台词记得差不多了。"安然说着点了一根烟，"什么时候演出？"

"后天晚上。"

她点点头，递给平安一根烟："你明晚带另一个主角来见面，我和她对一下台词。"

"不用了。"平安轻轻吐了一口烟圈，"另一个主角是我。很期待与你合作，安然。"

4

她和濂坐在一个小房间，周围净是大大小小吵闹嬉笑的孩童。那天是亲戚家孩子的生日，濂和她以亲友的身份做客。满桌的令人垂涎的佳肴——水晶肘子、东坡肉、可乐鸡翅……孩子们吆喝着要喝可乐，斟满之后又不知从哪里抱来两大瓶，藏在沙发后面。还有几个动作麻利的已经一手抓着肘子，一手擒着腌制的鸡腿，吃得津津有味。

　　濂坐在她的身边，看她低着头不发一言。

　　"你想吃什么？"濂轻声问道。

　　没有回应，在问了几声依旧得不到回应之后，濂笑着夹起一只鸡翅放进她的碗中。她痴痴地望着他的笑容。

　　"濂，你怎么不给我们介绍介绍？"坐在对面的是一个肥头大耳的胖男孩儿，不等濂答话，他又粗着嗓门说，"这小丫头不会是你还没过门的小媳妇儿吧？"

　　孩子们立刻大声哄笑。

　　濂只是平静地笑，在孩子们的吵闹与哄笑里俯低身体，轻声问："安安，还想吃什么？"

　　她没有回应，端起面前盛着蛋糕的托盘，一大块蛋糕被切得方方正正，点缀着各种红的绿的类似樱桃与青葡萄的水果。她托着盘子离开座位，走到方才寻衅的胖男孩儿面前，将托盘举得高高的，盯着对方，突然绽开一个笑容，胖男孩儿看着她，傻傻地不知该如何反应……就在这个时候，她将整盘蛋糕砸向他的脑袋。

　　她砸完胖男孩儿就跑了出去，濂赶忙跟着追出来。

　　"安安，"他在身后唤道，"要去哪里？"

　　平安转身与他对视，她的身后那整齐划一的一排排楼房被刷成统一的白，屋顶覆盖一层排列有序的黑瓦，在白色砖墙的映衬下黑得深沉。笔直的马路因暮色的迫近似一条隐于乌发里的浅色发带。马路的一边，葱翠的庄稼在风中一致服帖，将地面上深深浅浅的沟洼覆盖，制造出一片整洁繁荣的胜象。

　　濂注视她良久，这女孩儿的内心仿佛住着一个成熟的灵魂，隐忍而暗藏期待地注视着自己。

若如此无声凝望,共置碧水蓝天。

5

她们的音乐剧被安排在最后一场,演出时间定在晚上九点,限时一个小时。之前没有任何宣传,话剧社并不重视,也没有派出人手来张罗帮忙。前一场是连演三天的年度压轴剧,反响十分热烈,今天是最后一场,观众爆满,座无虚席。所有工作人员倾巢出动,打灯光、拉横幅、给演员补妆……距离开场还剩十分钟的时候,宣传人员跑来告诉林平安忘了发宣传单,也没有印票。

平安定了定,环顾四周,平日里熟识的几个社员却不见踪影。回头看见刚进社的新生一副焦急难过的样子,她安慰地拍了拍对方的肩,问道:"有纸吗?"

"有!"对方反应很迅速,随即从包里掏出几张白纸。

"先不要慌。"她清晰地发出指令,"待会儿再拉两个人来,一个负责裁纸,一个在进场的通道口发票。"

"那票呢?"女生不解地问。

平安扬了扬手中的纸说:"就用这个。你去多拿些白纸,与发票的同学分站在通道入口两侧,见到进场的观众就发。"

她迅速将现成的白纸撕成巴掌大小的字条,用黑笔写上话剧与主演的名字,摞成一沓等着工作人员来拿。白纸黑字,亦如海报上的那两个字——"列衣"。

提前一周向宣传部上报海报的制作样式,那时候尚未确定许安然出演。是在距离公演还有四天的时候,节日嘉年华上,趁许安然演出时拦截发出邀请。想过对方会拒绝,但在没有找到合适的人选之前,这部作品无论如何也不会公演。当初林平安将剧本交给社长过目,并没有对它的通过抱过多希望,却意外得到社长的支持,只许诺公演,社里资源有限,其他支持需要靠自己。

林平安从不与人拉关系,每次社里聚餐总推脱。大部分人加入社团是为了结交一帮志同道合的朋友,形成圈子,很少有人加入是为了实实在在做东西。她不知道和她有相同想法的人有多少,本身对结交也没有兴趣。才华理想搁一边,被大众所追逐的是美丽特殊的气质,曾经有导演找她演女一号,被她拒绝了。那位导演在社里非常受欢迎,难免心高气傲,林平安的不买账让他觉得丢了面子,于是利用最擅长的人际关系在话剧社孤立她。

林平安的剧向来由她一手包办,导演、编剧揽一身,对作品精益求精。《列衣》是她付出最多也是最用心的一部。

"林导。"裁纸的女生揉了揉酸痛的胳膊,抬起头,犹豫地看着她说,"我觉得不用再写了。我刚刚留意了一下,大部分人接了票连看都不看就扔了……这样做会不会没有意义?"

平安淡淡一笑,女生继续说道:"有人说连主演都没公布的剧谁会看,我觉得,要不把主演的名字写上去,我们也很好奇……"

"噢,你们去看了就知道了。"平安弯起嘴角,神秘十足地说,"一定不会让你们失望。"

演出当晚，乐队成员发短信催促许安然赶紧来现场。她之前未告诉同伴晚上不去演出，这是她私人的事情。

许安然是这样的人，孤僻、离群，时而表现乖戾、神经质，个人主义至上，不配合、不服从。在她成名之后的一段转型期组建的乐队，因为她难处的性格合作皆不长久。但是，仍然有无数乐队想靠她成名，邀她合作，她答不答应全凭心情，就比如在这个学校做出名堂的wind，为了她开了原来的主唱，队长只顶个头衔，所有演出走场都要事先征得她的同意。而这次的先斩后奏，完全是因为机会难得，被投资商看中可以借机签约进军摇滚乐坛。

所以队长阿南才会如此着急。许安然有她做事的原则，若强逼反而适得其反，严重的话她会立刻甩包袱走人，谁也找不到。但这次阿南真的急了，许安然手机始终处于关机状态，接她的人回来说，排练室的门锁着，平时她常去的几个酒吧也找不到人……演出即将开始，身为队长又不能擅自离场，阿南气得咬牙道："我再也不跟许安然合作！"

许安然来的时候，正是前面的压轴话剧接近尾声的时候。她背着吉他旁若无人地穿过大厅一直往里走。经过演出的多功能厅时，站在出口的几个女生见到她，难以置信地瞪大了眼——许安然？她们简直不敢相信。

原本好好看演出的观众听到莫名的喊声，纷纷向出口处张望，却只看到几个小女生傻愣愣地站在门口。片刻的沉默后，有人不耐烦了："都嚷嚷什么啊，不会真以为见到许安然了吧？"

"是……是她……"终于，有一个女生最先反应过来，指着出口的右侧，结结巴巴道，"我看到许安然拐进去了……"

随即现场爆发出一阵不可思议的嘘声,原本安静的气氛因许安然的闯入一下子炸开。

许安然号称学校最神秘大牌的人物,她有与王菲媲美的嗓子,并且精通多种乐器,她冷漠孤傲的性格、特立独行的装扮、身上数不清的刺青,以及她惹人遐想的神秘背景都是那些从一岁长到十八岁生活的圈子除了家就是学校的普通学生望尘莫及的。在他们眼里,许安然是用再多言语都无法形容的一个特殊存在。奇怪的是,他们看到同龄的她没有自卑也没有嫉妒,有的仅仅是粉丝对超级偶像的狂热崇拜。

不知谁大声说了一句:"这场结束大家都别走,后面的剧是许安然演的!"

"许安然"这三个字成功地引起了所有人的注意,先是持续好几秒的安静,然后尖叫的尖叫、质疑的质疑、掏手机的掏手机……不管消息是不是真的,但有一点很肯定,先前这部热了三天的压轴大剧想要完美谢幕,是不可能的了。

安然见到平安的第一句话是:"我是来晚了,还是早了?"

"都不是。"平安摇了摇头,"你来得正好。"

"一路上没见到什么人,还以为走错了地方。"安然从包里掏出一盒烟,抽出一根递给平安。

抽烟的时候,安然环顾了整个房间,四周墙壁被墨绿的绒帘覆盖,中间放置一张狭长的桃木桌,上面凌乱地摊了几张写满字的稿纸,是导演的手写剧本。她眯起眼睛,看着斜靠在角落的一面破损得很厉害的镜子。

与此同时,平安也静静地打量对方的装束,脸上化着烟熏妆,浓密的刘海遮住光洁的额头,穿着一件黑色小西服,配红色T恤,下面穿一条绣着暗青花纹的阔腿裤,配了一双匡威红色经典款帆布鞋。这身风格与上一场演出有很大差别。

有人来敲门。

安然问:"这就出去吗?"

平安点点头,出声示意敲门的人进来。推门而入的女生与许安然打了个照面,"啊"地尖叫了一声,接过平安递来的东西,看也不看就欣喜若狂地跑出去。

两个人相视一笑。

"准备好了吗?"

"当然。"这一次,许安然率先伸出手,"很高兴与你合作,平安。"

平安握住她手的时候,看到角落搁置的镜子。她看到镜子里女孩儿淡淡的身影,仿佛一朵开得稀薄的红莲花,一点点绽放,一点点追溯光的痕迹。

平安仿佛透过这斑驳的衍生出幻象的残镜,看到两个成年女子,浓郁的黑与光洁的白形成鲜明对比,她们被一束光分隔,彼此对望。那束光慢慢变成一条深红的路,向两个不同的方向延伸,她们站在既定的区域,分别代表各自的归属与走向……她指着镜子里两道淡薄缠绕的影子,说:"安然,你看,这就是我们。"

6

十二岁时,许安然被自称是母亲朋友的男人接走。他有一半日本血统,在中国生活了很多年。回日本之前,他带走了这个故人的孩子。他说,我带你去青森。

青森位于日本东北角,三面环海,与北海道相望,境内有秀美驰名的白神山地。有关它的种种,安然十分陌生,青森在她的意识里不过是一个名字,以及对它全部的幻想。

她叫他,青森。

当中的三年是空白的,和所有无家可归的孤儿一样,在最后一个亲人去世之后被送到当地一家孤儿院。初来的孩子们大多内敛、怕生,充分显示作为一个弃儿的怯弱与自闭,许安然也不例外。

那个所谓的孤儿院不过是打着救助社会的幌子暗中非法敛财,工作人员对孤儿这类弱势群体轻则打骂,重则关禁闭。许多孩子承受不住身体与心灵的双重打击,不是得病就是自杀。孤儿院的管制十分严格,关在里面的孩子三五年都出不去。晚上九点准时熄灯,门一律用铁链从外面锁住,手握电棍名为"训导"的工作人员半夜巡逻,发现逃跑或随便溜达的,抓到便是一顿暴打,再关进黑屋子。

孤儿院出了一个赫赫有名的"四人组",他们是一个宿舍的,因屡犯纪律屡关禁闭出名。白天不按时出操,晚上熄了灯几个人凑在一起打牌，牌都是偷来的。自由活动的时间，这几个调皮的孩子背着训导蹲在操场上捡烟头，偶尔捡到一两根没抽完的烟，带回去晚上窝在被窝里轮流吸。每晚巡逻的训导是固定的，谁好说话谁下手重先摸清楚，摸不准就以身涉险……那段时间几个孩子轮流被关禁闭，挨打更是家常便饭，一个个灰头土脸浑身挂满了彩，但是没人敢嘲笑他们。在那些敢怒不敢言被打麻木了的孩子眼里，出格的他们被当作英雄膜拜。

孤儿院的孩子与外界切断一切联系，除了年龄，与他们有关的过去都被抹净。这些孩子被当作商品，以各种可观的数目标价卖出，至于被卖到哪里、卖给什么人、被卖去干什么……没有人关心。也有运气好的，被亲戚朋友认领回去，当然，前提是要付得起孤儿院开出的高昂价格。即便关在里面的孩子或多或少存在着可利用的价值，但他们依然没有得到与之相对应的待遇。"四人组"的行为，恰恰无意识中昭显了这群被钉在砧板上的无辜生命的不满与反抗。

如果不是有人及时将她接走，许安然大概也逃不掉被交易的命运。她进来时盛名一时的"四人组"已经解体，不过一两年光景，其中年纪最大的生病转移，一个被寻来的亲戚领走，少了两个成员的"四人组"再不可能兴风作浪，因为秉性顽劣不易驯服，剩余的两个孩子至今仍没被放出去。

曦晨原先是"四人组"的老大，"四人组"解散之后他收敛了不少，然而平静的生活只持续了半年多，因为一件事，曦晨再一次被推到风口浪尖——与他同宿舍的孩子死了。

出事后的那段时间谁也没有再见过曦晨，听说他被关起来了。死的男孩儿叫江浩。出事的晚上，曦晨照常带着绳子和钢索从厕所的天窗爬出去，屋里只有江浩一个人，谁知夜间突检，江浩被强行摁倒在地上，眼睁睁看着闯进来的两个人将藏在床下的被子拖出来，烟头与酒瓶掉了一地。

他们坐等曦晨直到天亮，期间江浩没有开口说一个字，他被迫只穿一条内裤跪在一堆玻璃碴儿上，膝盖至脚踝被戳出好几个血窟窿，鲜血流了一地。等曦晨照常在天亮前准备翻窗进屋时，他发现无论怎么使力窗子都没办法打开，转头却见训导主任站在下面，阴沉地注视着自己。

曦晨被带到训诫室，没有如过去犯错那样不由分说先挨一顿打，对方只丢了一句写好悔过书，之后再也没管过他。曦晨丝毫没有料到事情会败露，仍跟过去一样，采取消极应对的方式，被关的一整天没有写一个字，无论对方怎样威胁与打骂，将昔日的一干"违禁品"丢到面前，他都低着头看都不看。直到训导主任过来，对他讽刺地说道："你不是最讲义气的吗？同伴都认了你还打算嘴硬到什么时候……"曦晨这才意识到，江浩被他牵连了。

四个人里，江浩是最安分的，不抽烟不喝酒，也不和他们外出惹事。即便如此，每次出了事他也跟着一起扛，四个人总比三个人挨打好，这是他说的。他身体不好，性格懦弱，年纪又最小，四个人里就数他和曦晨的感情最好。

"你们把他怎么样了？"曦晨恨恨地瞪着对方，咬牙道，"你们快把他放了，关他还不如关我！就知道欺负小孩子，有本事冲老子来啊，不然等老子出去了第一件事就是告发你们……你们有本事就弄死我……"

"还敢嘴硬！"训导主任当即拉下脸，抄起桌上的烟灰缸朝曦晨的头砸去。

那一夜，曦晨受到极其残酷的毒打，被打得内出血，肋骨断了四根。他被折磨得昏死过去，醒来发现躺在自己的床上，浑身缠满绷带。他慢慢适应眼前的黑暗，没有见到想见的人。

后来曦晨得知，他之所以能活着回来是因为江浩，江浩被强行关了两天禁闭，没能撑下去。曦晨曾经被关过禁闭，那是一段让人绝望的经历，被关的地方阴暗潮湿，密不透风，地上密密麻麻爬着形态可怖的虫子。门一旦关上，什么都看不见，只感觉无边的寒冷与恐惧，腐臭的气息一波接着一波地袭来，如同身处人间炼狱，随时都会死去。

江浩因关禁闭感染破伤风，被深度隔离，最终没能撑过去，在曦晨醒来之前死了。江浩死的时候，曦晨尚不知情，一直惦记着江浩的情况，就这样忧心忡忡地过了几日。

孤儿院因江浩的死亡和传染病的预防没有再追究曦晨的事，当值的主任被开除，算是为这段风波画下句号。而曦晨，这个一直充老大倔强逞能的孩子，自从得知江浩病逝后完全变了一个人，终日寡言沉默，足不出户。他认为是自己害死了江浩，没办法原谅，没办法解脱。

7

神说，要有光，于是便有光。

舞台中央置一把椅子,女孩儿盘腿坐在椅子上。《列衣》的第一幕开场,背景音乐是 Tori Amos 的《Silent All These Years》。

迷幻的前奏响起,一束白光射出,正好照在女孩儿没有化妆的脸上。一条红布带蒙住双眼,女孩儿扬起脸,瘦削的下巴略微上翘,露出光洁白皙的脖颈皮肤,如一泓浸透着朦胧诗意的白月光,温柔地洗去冰霜冻结的微小赭粒,漫溢大片裸露暗中的水样丝缎。

歌声响起,她蒙着眼睛缓缓地说:

切·格瓦拉说,要有革命,于是便有革命。
杰克·凯鲁亚克说,要有自由,于是便有自由。
约翰·列侬说,要有摇滚乐,于是便有摇滚乐。
席德·维舍斯说,要有朋克,于是便有朋克。
科特·柯本说,要有死亡,于是便有死亡。
妈妈说,要有责任,于是便有责任。

她说,要有爱,于是便有爱。

音乐结束的时候,她的左腿仍保持盘坐的姿势,右腿自然下垂,蒙眼睛的红布不知什么时候落在地上,女孩儿睁开双眼直视前方,手中握着一只红色的盒子。

母亲的声音从暗中传来:"打开看看,我觉得你会喜欢。"
她问道:"是什么?"
"生日礼物。"母亲说。
她将盒子打开,是一对古旧的银镯,镯子上刻着连绵的云纹,花开其间。除却花与云,还有神秘的宗教符号:舍利、法轮,以及亲吻的鲤鱼。她欢喜地将其中一只戴在左手腕上,举至空中炫耀观望。

母亲温和的声音再次传来:"这对银镯会伴你一生,成年之时右手戴一只,成婚之日左手戴一只,保佑平安。"

她依言将镯子退下,戴于右手腕。在她愣神的空隙,母亲告诉她,这对镯子是家传之物,由家族的女性保管,一代一代传下去。它有着如外表般美丽神秘的名字——列衣。

Tori Amos 深情绵长的歌声再次在暗中弥漫,列衣发出柔白的光亮,仿佛母亲无言的守护。女孩儿闭上眼睛,缓缓说道:

佛说,要有悲,于是便有悲。
老子说,要有道,于是便有道。
寒山说,要有禅,于是便有禅。
崔健说,要有摇滚乐,于是便有摇滚乐。
无聊军队说,要有朋克,于是便有朋克。
张炬说,要有死亡,于是便有死亡。
生命说,要有十八岁,于是便有十八岁。

你说,要有爱,于是便有爱。

戏的第二幕是两个主角,女孩儿与女主唱见面。

暗场切换背景,转而置于音乐派对的现场,气氛非常热闹,背景音乐是 Evanescence 的《Everybody's Fool》。随着音乐声起,女孩儿开始舞动身体。

灯光自始至终都围着她,另一个主角还没有上场。女孩儿的身边,灯光没有涉足的阴影里仿佛站了一个人。

"怎么样?"他问道。

女孩儿微笑不答。乐声骤然停止,女主唱上场。一时间原本安静的现场蠢蠢欲动,观众席骚动不安,灯光照射在许安然的身上,台下一片欢呼和呐喊——"安然!许安然!"

两个人说了什么已经没人在意了,观众因为许安然的突然出现震惊不已,在一阵持续不间断的尖叫呐喊之后,现场渐渐安静下来。许安然站在台上,与演女孩儿的林平安静静对视,无论是唱歌还是演戏,她的身影都如同天上最闪亮的星,吸引着所有人的注目与追随。没有人不承认,她是天生的明星。

观众的目光再次聚焦到舞台上。

背景音乐响起,女孩儿举着手机,另一边传来父亲的声音:"干吗呢?"

"我们系跟别的系联谊,还玩着呢。"

"别玩了,回宿舍收拾收拾东西,明天早晨跟老师请个假,回家来吧。"

"出什么事了?"

"你爷爷没了。"

女孩儿放下手机,音乐声仍在继续。她慢慢从衣兜里掏出烟盒和打火机,神情木然,她犹豫着抽出一根,举着打火机想点燃最后又放下。

音乐停止的时候,女孩儿的手指夹着没有点燃的香烟缓缓蹲下。

舞台中央置一张桌子、两把椅子,桌子上摆着两瓶七喜。女孩儿面向观众坐在椅子上，书包丢在地上。

音乐起，是声音与玩具乐队的《艾玲》。女主唱走过来，坐在另一把椅子上，两人相视一笑。

"唱得不错。"女孩儿说。

"我太紧张了。"

"给自己最喜欢的乐队暖场，谁都得紧张。"

"希望他们能喜欢我们的歌。"

"让你们做暖场，已经表明了对你们的喜欢。"女孩儿举起酒瓶与女主唱相碰，发出清脆的声响。

"他们说，今年巡演带着我们。"女主唱说。

"挺好的，能让更多人知道你们。"

"你和我们一起吗？"

"我还有自己的事儿。"女孩儿沉默片刻，缓缓说道。

"那有空就来看看。"

女孩儿突然手指前方："哎，你快看他，多有范儿呀！"

"看过他那么多的现场还是一样着迷，他有时候弹吉他，有时候玩手鼓，有时候只是舞动着唱。"女主唱感触地说道。

"他不是一个多情的诗人，更不是一个富有的男人，但他能令你永不生厌地爱着他。"女孩儿迷恋地说道。

"生活每天上演新的悲剧，这其中也许有我和你，有什么不好，我们就停留在这里。"女主唱转过头，对着女孩儿微微一笑。

"所以我在朝圣的途中背叛了信仰，应该暂停的时候却失去了如此宝贵的机会。"女孩儿闭上了眼睛。

"但是只有自己才能阻止她本身坠向黑暗。"

"一个人越是接近美,越是感到接触了更多的黑暗。"女孩儿继续闭着眼轻声说道。

"那只是因为这个人的内部被妄想演绎世间不朽的欲望给纠缠了,以美的名义,自私贪婪地索取。"女主唱静静地看着她。

"我觉得不是。我觉得这个人可能通过爱和丢失了解到通往美的途径。"

"这条路只能靠修行。"女主唱转过头,目视着前方。

"我想这个人了解到的途径应该也是修行。不断离开,从而驱逐爱。美到极致就没有美,更没有爱,升华到慈,升华到悲。无止境地走,有什么不好,我们就停留在这里。"

"生命变成一次奇遇以后,就上演了新的悲剧。"

"也是一件挺糟心的事。"女孩儿无奈地笑道。

"糟心了好,也算美到极致。"

"哎,你看他多美……"女主唱看着前方,女孩儿跟着看过去,听到女主唱轻声说,"痛苦是一只蝴蝶,他是一缕阳光,以后我跟着他的乐队巡演,你肯定会看到我的翅膀暗淡了阳光。"

"被我背叛的未来真让我糟心。"女孩儿拎起靠着椅腿的书包,拿出一只红盒子递给对方,"打开看看,我觉得你会喜欢。"

女主唱接过盒子,取出里面的银镯。她将镯子戴于左手腕,起身隔桌与女孩儿拥抱。

现场暗下来。

神说,要有光,于是便有光。

《列衣》的最后一幕。舞台中央置一把椅子,女主唱将左腿盘坐在椅子上,右腿垂下。

我说,要有爱,于是便有爱。
一条黑布蒙着她的双眼,两只手自然地垂下来,银镯在她的手腕上发出淡淡的光泽。

Dearest Jane I should've known better.
But I couldn't say hello, I didn't know why.
But now I think, I think you were sad.
Yes you were, you were, you were.

Blonde Redhead 的《Misery Is a Butterfly》……

她蒙着双眼缓缓念出一个人的独白。

站在音乐节露天的舞台上观望芸芸众生,热爱音乐,热爱苍穹,热爱河流,热爱存在。歌唱为人民,歌唱为小资,歌唱为困苦,歌唱只为演绎世间不朽。
倘若它是不朽,上面的灰尘一定很厚。
歌声伴随夕阳落尽,即使生出千只翅膀,也无法暗淡内心的阳光。你所谓的背叛无非是新一轮的朝圣,我忽然明白你为什么选择离去,只剩我一个人留在这里。
我们的吉他手带着一本海子的诗集,空白的纸张用来给在音乐节上碰见的偶像和兄弟们签上名字,祝福这些名字,祝福依然坚持着的名字。祝福所有名字。

　　我拿着三岛由纪夫的小说睡着了，演出时化的烟熏妆还没来得及卸掉。我梦见美到极致的世界，无爱无恨，悲从中来，以泪洗面。我梦见泪水有如清泉涌动，醒来只见暗淡斑驳。

　　生活每天上演新的悲剧，这其中也许有我和你，有什么不好，我们就停留在这里。

　　她将垂下的腿收起，双腿盘坐在椅子上，双手平放在蜷曲的膝盖上面。

　　欢喜，自在。扫除眼根，色尘，再断耳根，声尘；扫除鼻根，香尘，再断舌根，味尘。断灭身根，触尘。

　　我说，没有爱，于是没有爱。

　　神说，没有光，于是没有光。

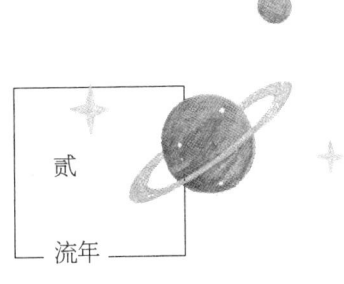

贰 流年

/

有生之年狭路相逢终不能幸免,
手心忽然长出纠缠的曲线。
懂事之前情动以后长不过一天,留不住,算不出,流年。

1

林平安八岁时离开照顾自己六年的叔公,被接回与母亲同住。她在嗷嗷待哺的年岁时就被寄养到叔公家,自出生至涉足人世,一步一步,成长的路途留下与叔公一同跋涉的印记。叔公是虚怀若谷的老人,对历史和传统文化有着异常灼热的兴趣,《红楼梦》是他毕生的研究。

"开辟鸿蒙,谁为情种?都只为风月情浓。趁着这奈何天,伤怀日,寂寥时,试遣愚衷。因此上演出这怀金悼玉的红楼梦。"

平安曾经目睹叔公为了《红楼梦》中的一篇诗词，废寝忘食，孜孜不倦地吟诵着。她知道叔公身体不好，天生右耳失聪，还是左撇子，但他丝毫不因此懈怠。无论寒冬还是酷暑，平安都看到叔公用不算灵便的右手刻苦练字，每次看到这个场景，她的心底都有深深的触动。她的叔公，年轻时该是温润美好的男子，前程似锦……而今头发斑白，背脊佝偻，唯有古旧的书籍相伴在侧。

她记得，叔公是怎样怜爱地牵起她的手，一步一步、小心翼翼地教她走路；是怎样语重心长地对她说肩要平、背要直，用他不灵便的右手握着她的小手一笔一画地临摹字帖。

"平安。"叔公说，"做个好人，一生平安。"

人不能忘本，更不能忘恩，如今别离之际，仿佛雏鸟离开鸟巢，失去了最深的庇护。

父母依旧忙于各自的事业，两人的感情淡薄。叔公那里回不去了，平安心里难过，却无法倾诉。八岁的她对自己说，这个家也要留不长了。

她与一维照面儿，是在芬芳并蒂的四月天。笔直的柏油马路舒展延伸，两边树影婆娑，细小的叶子隐隐颤抖。她的身后是一堵严实的围墙，墙面脱漆，呈现斑驳的颓态。在学校，平安从不参加任何户外活动，班级里搞联谊，她总是安静地坐在角落。彼时，她静静地注视着台上大声朗诵的男孩儿，思绪如舷窗拂动的风，悄无声息。

"你是四月早天里的云烟，黄昏吹着风的软，星子在无意中闪，细雨点洒在花前。"

男孩儿叫周一维，长着一张好看的脸，功课好，细心又乖巧，入学后很快受到老师的青睐,升为副班长。他的同桌小妍是班长,写得一手漂亮的钢笔字,人也与写的字一样,娟秀纤美。他们做了三年同桌,三年里女孩儿是班长,男孩儿是副班长,天造地设的一对。

三年,多么漫长。三年的时光,父亲没有回过家,母亲忙于工作,对父亲只字不提,两人的婚姻走到了尽头。离婚那天,父亲始终没有出现,母亲抱着一颗碎裂的心,独坐到天亮。

"林平安,你看的什么书?"午自习时,同桌好奇地问道。

前几天叔公寄来一套安徒生精选集,装帧精致,每页均配有精美插图。平安收到的时候无奈地笑了笑,叔公还将她当长不大的小女孩儿呢。从前与叔公一起,他从不讲童话故事。他与她围炉夜话,评论国粹经典,她不懂,他也不在意。

平安觉得好笑,她将书递给同桌,听到对方一声轻叹。

那时候的小县城,非常落后贫穷,孩子们的娱乐乏善可陈,林平安的一套童话集竟然成了班里争相追逐的焦点。

放学的时候,林平安在学校门口碰见周一维。

"等人吗?"他主动跟她打招呼。

她沉默地摇了摇头,脚踝处传来剧烈的疼痛。

下午最后一节课是体育课,老师组织跳鞍马,学生们排好队,跳完的学生弯腰做鞍马,后面的学生撑着前面学生的背跳过去。轮到林平安时,起跑时被人从后面撞了一下,身体失去控制往前冲。做鞍马的同学见状,下意识地挺直了腰,平安已经做完起跳的动作。突如其来的状况,身体避之不及,整个人失去重心倒下去,扭伤了脚。

平安不想让一维看出自己受了伤,不料还是被对方看出了状况,对她说:"你等等。"

等了片刻，一维拿着冰块从小卖部走出来。他弯腰托起平安的小腿，把冰块敷在她受伤的脚踝上。

平安低着头，静静地注视着男孩儿沉默清秀的脸，身后的树枝柔软葱郁，将她乌黑的发辫与白皙的侧脸收拢进去。

"好些了吗？"一维抬起头，看着她。

不等平安开口，身后传来一个声音："这都几点了？"是一维的父亲，来接他放学。

此时，一维的手仍托着平安的脚踝，她如受到惊吓的小鹿猛地抽出，也不顾伤处锥心刺骨的痛。

少年愣住了，抬头望着她，四目相对，仿佛人间四月天的美丽邂逅，云在身边飘。

2

江浩的死亡给孤儿院带来一段时间的平静。黎明时分，森林里隐隐听见夜莺扑腾翅膀穿梭于林间的簌簌声，晨光未驱散朝雾，不知名的鸟雀啁啾地叫着，一只蓝色的鲣鸟带着尚未散去的夜寒匆匆掠过。

许安然站在一棵高大的洋松树前，如一朵未被拈惹的花苞，散发着郁郁芬芳。曦晨一路跟随她下山，却见她停在这棵树前，一动不动，不知在看什么。

等了许久，她依然没有要离开的意思，曦晨忍不住出声提醒。

他一连咳嗽几声,对方丝毫不为所动,他忍不住催促她:"喂,你走不走?"回应他的,是风起又消失的宁静。

今天又没有见到日出。安然惊觉自己的沉迷,她深爱这片丛林,一朵花、一棵树都能令她为之停留很久,有时候是一个小时,有时候是一天。她回头看着喊自己的男孩儿,她见过他,却怎么也想不起来。

曦晨走到她的面前,定定地看着她:"这里我来过,你要是再不走的话,等天黑了,就走不出去了。"

男孩儿嘴角噙着笑,像是故意在吓唬她。

"那就走不出去吧。"女孩儿倨傲地抬起头,眼里是漠视一切的空。

曦晨眯起眼睛,面前的少女明明非常柔弱,为什么让他觉得像极了曾经不顾一切的自己。不,一定是错觉。

曦晨忍着内心突现的悸动,轻声问:"你不怕回不去被他们关禁闭吗?"

过了许久,他却没有听到她的声音。少女闭着眼,空气里弥漫花与叶交织的香味,她仰起头,看到一道光,渐渐聚拢的光芒仿佛打开一条通向天堂的路,救赎濒临绝望的灵魂。

"我真是疯了……"曦晨喃喃道。

那日,他们做出了疯狂的举动,放弃寻找出路,留在猛兽出没的黑暗森林里过夜。

3

父母离婚之后，仅有的房子也卖了，母亲深受婚姻失败的打击，事业亦受到挫折。与人合伙炒股，数年辛苦打拼积攒的钱全赔了进去。母亲当时问她，要不要回叔公那里？如果回去，是不是就永远不回来了？母亲急了，她问，安安，你是不是压根就没认过我这个妈妈？现在爸爸走了，你也要离开我？

她后来没有再回叔公家，母亲给她租房，每月汇来房租和生活费。她不到十岁，就开始独立生活。

傍晚放学，平安再次见到周一维。一维问她："脚好些了吗？"

平安摇了摇头："不碍事的，"顿了顿又说，"昨天谢谢你，也谢谢你爸爸。"

"说谢谢干什么，大家都是同学。"男生说着，眯着眼笑起来。

余晖映照他白皙的面庞，如一幅被赋予缠绵情怀的画卷，就这么猝不及防地落入她的眼中。在她捧着书轻声读出来的时候，眼前出现某个场景，他该温柔地望着自己，连同整个人散发出的光彩，漫天漫地。

彼时的她，大概不能完全明白当下是怎样一种心情。

当她还是小女孩儿的时候，遇见一个叫濂的少年，他温存绵长的目光令她在往后的寂寞时光里深深陷入，于动容与动情之间足够回味一生。

一维见她沉默，想说的话迟迟在嘴边徘徊，趁着女孩儿沉默问道："平安，听说你有一套安徒生精选集，能不能借给我？"

"你想看吗？"平安抬起头，表情是急切而欢喜的，"明天拿给你可以吗？"

"不急。"一维摸了摸衣角的褶皱，低低道，"真不好意思，我……"想说什么，却没有说出口。

翌日，当平安满心欢喜地抱着安徒生精选集途经小花园时，意外地看到一维的身影，他背对着她，亲昵地与身边的小妍说笑。

平安愣愣地站在原地，听见一维说："她今天就把书带过来，你放心吧。"

他不再是她以往见到的矜持与从容的模样，像个急于献宝的孩子，脸上是开心满足的笑。

平安被这一幕深深刺激了，她看着一维身旁的小妍，小妍恰巧转过脸，见到她以及她怀中的书，愣了愣。一维转过身，见平安目不转睛地望着自己，一脸沉静的哀伤，一时不知如何开口。

平安看着他和小妍亲昵地站在一起，闭了闭眼，抱紧怀中的书转身快步离开。她越走越快，渐渐地跑起来，迎面撞到一个人，怀中的书掉在地上，她也顾不得捡了。叔公送给她如此珍贵的书，被她遗落了，丢弃了，如同萌芽的爱情。

她跑到一棵树前。正值暮春，小花园的树葱郁茂盛，开满枝头的花朵散发着清冽的芳香。是爱，是暖，是希望……平安向着它们萧瑟地笑了。

4

少年伊始的记忆如同绵绵青水，载着缤纷四季的一曲骊歌穿过岁月的脊背。

曦晨大概一辈子也无法忘记那天，他带着安然来到山下的湖边，脱去上衣，一头扎进水中。湖面上漂着浮萍，碧波荡漾，鳞光闪闪的燕鳐鱼摇着尾巴悠悠而过。少年在湖里畅游，晶莹的水珠流淌在耀眼的眉间。少女坐在湖边，看远处青峰将最后一点曙光遮蔽，天空就此暗淡下去。

他带她一路穿过荆棘丛林，徒步进山。

曦晨从未见过这么大胆的女孩儿，在他十五年的生命中，第一次与异性如此近距离地接触，第一次尝到一种异样的感觉，是一种来自身体深处本能的悸动。

男孩儿在水中潜游了很久，突然激起一个水花，跃至湖岸，一条纤长美丽的金鱼落在女孩儿的脚背上。她低下头，听他说："你看这鱼尾，像不像蝴蝶的翅膀？"

她俯下身，将兀自挣扎的金鱼捧在手中，认真观察表面斑斓深邃的纹路，抚摸优美如蝶翼的鱼尾。就在这时，曦晨突然一下子抱起她，鱼儿从手中滑进了水里。

"别动。"他箍紧怀中不停挣扎的她，低下头恶声恶气道，"再动就把你扔进水里……"但少女根本不听他的威胁，犹自用力挣扎，试图从他手中逃脱。

她根本敌不过他的力量，争执间一口咬住他的手腕，锋利的牙齿刺破皮肤，血流过整条臂膀。曦晨不为所动，将她扛上肩膀，向湖对岸游去。湖水很快吞没他的下腰，蹚到湖中心时没过了胸膛。她看见水面下杂乱缠绕的水草、鳞峋尖利的怪石……渐渐停止了扭动。曦晨尽量不让她的双脚沾到水，那轻如纱的裙摆时不时抚弄少年赤裸的胸膛，心神为之荡漾，曦晨不由得紧了紧手臂。

这一片全是水，除非游过去，否则难以上山。曦晨每次上山都要经过这片湖，久而久之对周边的地形摸得很熟悉。

天色渐渐暗下来，黑色的鸟群在上空盘旋，发出尖厉刺耳的嘶鸣声，一场大雨即将来临。

他们终于在大雨降临之前游到对岸。

曦晨疲惫地放下她，躺在地上再也不愿挪动身体，双脚脱力地落入湖中。安然瞥见他手腕处深陷的咬痕，伤口因为没有及时清理渗出污浊的脓血。她皱了皱眉，俯身撕下裙角的一块纱，沾了水蹲下来给他清理伤口。

"你可真狠。"曦晨冷冷地吐出一句，然而当少女开始俯身为他擦拭伤口时，他不再烦躁了，身体异样的酥麻使他忘记疼痛，再也说不出一句发狠的话。

乌云会聚，电闪雷鸣，昼夜迅速变幻。黑暗中的少女衣裙簌簌抖动，泛出皎洁的光。他们近在咫尺，谁也没有出声，骤然冷却的气温无法抵御少年迅速上升的体温，他转身将给他擦洗伤口的女孩儿扑倒在地，大雨如期而至。

这是原始的本能。他弓起的身体像一顶暗夜中撑起的黑帐篷，豆大的雨点迅速砸落下来。雨水顺着他的脖颈滴到女孩儿袒露的胸脯，好似沾了露珠的花苞散发着幽幽的光。曦晨深深地凝视着安然。

"你叫什么名字，告诉我。"他哑着声问道。

安然一动不动，呆呆地凝视着天空，混杂着泥土与树叶的雨水在安然赤裸的脚面溅起朵朵水花，她觉得自己仿佛从万丈高空坠入深不可测的泥潭，找不到出口。

没有任何遮蔽，仰脸与天对视，它用深邃冷漠的神情俯瞰人间苍茫。野兽的哀号时隐时现，万物陷于自然。闪电、惊雷、风、雨、囤积的乌云与被遮蔽的太阳，暮色时分隐在树梢之后的月亮，自有一番浑然天成的魅力与掌控……它们带着危险与禁忌，界限分明，不可触及，不可逾越。

他看着她漠然的脸，雨水打在脸颊，恍如蓄积而出的泪充斥着苍凉的指控。他觉得心烦气躁，将裙子一把撩起遮住她的脸，少女的身体遍布大小不一的伤痕，大多已褪去狰狞的色泽，趋于与皮肤相融的暗红和暗紫，有些是利器划伤，有些是重物打伤，也有明显的烟头烫伤的伤疤。这些狰狞的伤痕似已被时间的海潮洗涤，却依稀看到当时施予者的残暴。

曦晨握紧安然的手臂，愤恨道："是他们对不对……"他显然会错了意，以为是孤儿院的人干的。

雨声渐息。一场及时雨，来得快去得也快。雨过风轻，又是持久的静寂。

曦晨起身，顺势仰躺在一边。良久的静默之后，他想起了死去的兄弟。他说："他在我们四个人中年纪最小，胆子也最小，长得斯斯文文跟个娘们儿一样。一开始没有人答应让他进来，免得坏了我们的名声……这小子却死活赖上我们几个，为此我还狠狠揍了他一顿。"

曦晨沉默了一会儿，陷入过去的回忆，脸上的神色渐渐变得柔软。

"那段时间是我们最好的时光。"他断断续续地回忆，"他也是个倔的，我们做什么坏事他都不参与，却坚持跟我们一块儿扛。有几个龟孙子看他样子好欺负，总爱单独找他麻烦，但不论使什么招他也不曾把我们三个抖出来……这家伙虽然娘了点，倒挺讲义气的，我们渐渐接受了他，和他在一起的时候总想保护他……呵，长得就跟一女的似的，动不动还爱哭，每次我关禁闭出来总见他两眼红红的，小兔子似的看着我……他走的时候我只觉得浑身的力气被抽空了，再也无力反抗……天知道我有多恨这个地方，我恨不得……"

他猛地转头看向身边的女孩儿，她像一个披着人皮的木偶面无表情。额角渗出的汗液正沿着太阳穴缓缓滑落，曦晨动容地伸出手指抹去，用舌尖一舔，尽是苦味。

他试探着问她："你愿不愿意跟我走，离开这个鬼地方？"

她的嘴角动了动，仰脸向上，受伤的嘴唇肿得像颗熟透的红樱桃。曦晨不禁凑近了哑声道："告诉我，你叫什么名字？"

"安然。"她轻声说，视线向着天空。

他看着她，不禁伸出手，抚摸那片受伤的嘴唇，喃喃："安然，你愿意跟我走吗……"

他以为这个女孩儿与他有着同样的想法与决心,她来这里不正是为了找到逃离的出路吗?但她终究是个女孩子,没有同伴的保护,怎么能轻易逃脱……在曦晨的眼里,她再怎样美丽与特别,也不过是个柔弱无力的少女,说不定只要说一两句好话哄哄,就会跟着他走。

　　她等身体的疼痛慢慢褪去,挣扎着爬起来,抓起一把烂泥狠狠掷向看着她发呆的少年。一声凄厉的惨叫,掺着碎石的泥巴砸中曦晨的眼睛,她在他捂住眼睛顾不得她的时候拔腿快跑。曦晨在身后怒骂不止,恨不得要杀了她。她奔跑的姿态像一种速度极快的鸟,消失在他模糊的视线里。

　　后来她每次回想起这一段,便觉得无比快意。她在山中迷路,倒在一棵树下失去了意识。醒来时躺在一间黑漆漆的小木屋里,她以为被人发现关了起来。直到离开这个地方,她都没有再见到那个轻薄过她的男孩儿。幽居养病的这一年,除了一个长相特别丑陋的老人每天给她送饭换药之外,再也没有人来看过她。老人每天在固定的时间进来送饭换药,她的身体遍布大大小小的红疮,化脓溃烂。她被森林里的毒气所伤,皮肤瘙痒难受,实在受不了了就让老人把自己的双手反绑在床柱上。

　　每天来看她的老人,身子佝偻,面容因大面积烧伤辨认不出模样。她每天用看似可怖却非常温暖的手为安然擦洗身体、涂抹药膏。时间久了,安然不再害怕她。那时候,她以为就此在这里平静地生活,再也走不出去。

　　次年开春,她的皮肤病痊愈,溃烂结痂的伤疤开始脱落,连同那些陈旧的疤痕，取而代之的是雪白新生的皮肤。旧伤的痕迹一个不留，连同那些可怕的回忆也渐渐变得模糊。她病愈后见到的第一个外人，是青森。

他来看她，用一种特别的眼光打量她。他静静地看了她很久，然后说："安然，这一年你过得好吗？"

在这之前，他连着五天来看她，没有和她说过一句话。他来的时候她都是醒着的，因为不适应光线同时出于本能的防备没有睁开眼睛。此时的她没有说话，只沉默地看着他。他说："一年前我就打算带你走，他们说你在生病不方便出去，我正好有事情要处理，便给钱让他们找个人好好照顾你……"他突然笑了一下，"看来那些钱还是不够，你看起来不是很好。"

安然不得不承认看见他笑的时候有一瞬间的迷惘，如终年冰封的湖面划开了第一道裂痕。这个男人身上自有一种优雅与流浪的气质，这两种完全矛盾的气质被他完美地融合。

"好了。"他俯身靠近她，"你休息够了我们就走了。"他一把抱起她，安然注意到在抱起她的同时，对方的身体下意识地避让……他后来再也没有主动亲近过她。

安然被青森带出去之后才知道，这一年她不是生活在孤儿院。

那个照顾了她一年的老人是个哑巴，是这附近的农户。许多年前，一场大火烧死了她的丈夫和儿子，她也因为这场大火毁了容，烧坏了嗓子。孤儿院占用了她的地，她死活不肯搬走，干脆在山脚搭了间木屋，作为交换的条件，她帮孤儿院守住这片地防止外人进山。

安然走的时候老人进了山。青森一只手抱着她，一只手温柔地捂住她的眼睛。她还是能清楚地感觉到那些无所不在的光线包围着自己,不由得朝他怀里缩了缩。长久处于黑暗中的人听觉十分灵敏,她听见抱着她的男人沉稳的心跳,阳光落了一身,第一次生出想要回身拥抱温暖的冲动。

她的人生,终于与黑暗告别。

5

林平安未曾想到在新学校见到周一维。

新生大会上,他身着崭新的校服出现在主席台,因单科第一总分第二的成绩被全校所有师生记住,继而很快在新生里大受欢迎。反观林平安,数学差点不及格,作文险被判零分,若非母亲托关系,凭她升学考的那点分数,别说全市最好的附中了,恐怕一般的私立学校也难进去。

这两年,母亲与她的联系越来越少,电话只是屋里的一件摆设。原先母亲还会隔三岔五打来电话表示对她学习的关心,而今除了每月定时汇款,表示尚未抛弃这个唯一的女儿外,再也没有任何亲情上的付出。她上课常常心不在焉,看着窗外郁郁葱葱的香樟树恍惚地觉得,世界只是一个人的世界,自己在一个人的世界里茫然而徒劳地活着。

第一次月考后,老师要她叫家长来。问烦了,她干脆顶了一句:"您有什么话直接对我说好了。"

新来的老师诧异地看着她,不想这看似柔弱的女学生骨子里这么叛逆。旁边的女老师看不过去了,忍不住说了一句:"小小年纪怎么说话这么尖酸,白损了一张漂亮的脸蛋!"

她听了再也按捺不住,转身往外走。

说她的女老师当场急了,从未见过这么不守规矩的学生,女老师又是刚入校不久,索性抛开身份喝道:"林平安!"

看到对方停住脚步,以为是被自己的威慑震到,女老师慢悠悠地走到林平安的身边,轻佻地上下打量她继续说道:"一来就能让老师记住名字的学生通常有两种,一种是成绩突出、为校争光的好学生,比如和你一个年级的周一维;另一种呢……"她故意拉长音调,"就是那种不守规矩,提到她的名字就头疼,想不记住都很难的问题学生……你倒说说,自己是哪一种?"

办公室里有不少老师和学生,这时全都停下手头的事抬头看着她们俩。平安面对办公室的大门,见周一维抱着一摞作业本迎面走进来。这是入校以来他们第一次正面对上,她面无表情地盯着他看了一会儿,转身平静地对女老师回道:"说完了吗?说完我可以走了吧。"

女老师见林平安丝毫不给自己面子,忍不住动气:"林平安,有你这么和老师说话的吗!"她也听到一些关于林平安的传闻,当下口不择言,"你以为有后台了不起吗?有本事别靠关系,拿出超过周一维的成绩再来跟我叫板……"

平安最讨厌别人拿关系说事,犀利的目光落在女老师精心修饰的眉眼上,再也忍无可忍,反击道:"那么老师呢?身为老师,非但不以身作则为学生做表率,倒顾着如何打扮得有模有样到处勾搭……这就是为什么,女老师总爱跟漂亮的女学生过不去!"

一席话说得众人目瞪口呆,而被指责的对象更是脸上红一阵白一阵,张着嘴一句话都说不出来。她回首见周一维震惊地看着自己,昂着头与他擦身而过。

自此,林平安跟女老师白琳结了梁子。

没过多久,白琳被分派到林平安的班级教英文。白琳骄傲,不屑与学生闹矛盾,况且,自上次办公室事件后,她的名字与林平安一起经常被全校师生当作茶余饭后的笑料谈起。嫉妒白琳的女老师故意在排队打饭的时候当着她的面说:"就这点气量,跟一个名声不好的女学生计较,该不会是嫉妒人家比自己年轻貌美吧?"

开始一段时间,她们反常地没有起冲突。白琳上课从不点林平安回答问题,而坐在角落的林平安也是一副与世无争的样子,不听她的课,要么趴在桌上睡觉,要么光明正大地看从地摊淘来的小说……不知不觉一节课就这么晃过去了。某日,白琳实在忍无可忍,啪地将课本摔在讲台上。正好是最后一节课,大家难免无心听课,不时有人转头朝窗外张望,白琳这一摔,靠窗的同学不免倒了霉,一个个识趣地埋下头,生怕被她点名。

白琳沉着脸,一只手指向门外,大声道:"一组七座的女同学,请你现在收拾书包出去!"

此时,平安正为海子的一句"也许我一辈子也不会将你看清"暗自伤怀,听她这么一吼,心情更差了。同桌以为她没听见,好心地碰了碰她,她完全不在意,兀自沉浸于海子的诗里。

全班同学将目光投到她的身上,白琳气得面孔煞白,更是下定决心要将她赶出课堂。

"林平安,说的就是你!现在立刻收拾东西出去!"白琳拿着戒尺走到林平安座位前,一把扯过她手中的书,哗啦撕成两半,仍觉得不够解气,又将散开的纸页撕成碎片扬手丢出窗外。

平安眼睁睁地看着辛苦淘来的《海子诗集》被毁,惊怒与伤心交加,此前同桌早已吓得让出位置,她生生忍着等到对方发泄完,然后不慌不忙地抬起头,与对方对视。

"You're such a bitch!"她用只有两个人听见的声音轻声说道,嘴角刻意扬起,眼神灼灼,无比夺目。

白琳似乎没有听清楚,又或者明明听见了故意装样子,瞪着一双眼愣愣地注视着她。林平安收起笑,忽略四周投过来的目光,起身凑近白琳的耳边,一个字一个字地说:"这么难听的话还要我重复第二遍吗?"

这样的女孩儿,犹如被月光抚弄的优昙,世间少有。白琳不可置信地望着她,此刻已无法再装冷静。女孩儿的脸就像一朵染血的毒花盛放在面前,带着足以毁灭一切理智的恶意。白琳狠狠揪住女孩儿的衣领,嘴唇因怒极而颤抖。

啪!一记响亮的耳光落下。

林平安被打得侧过脸。白琳仍觉得不够,揪住少女散开的发辫,使劲往外拽,边拽边吼:"你给我出去……滚出去……"

平安只觉得两耳一阵轰鸣,随即嗡嗡作响,被打的脸立刻肿起来,火辣辣作痛。她被白琳拽着往外拖,两个人僵持不下,全班同学眼睁睁地看着,无人敢上前拉劝。就在争执间,白琳突然一个用力，平安不慎跌坐在地，额头撞到桌角，血顺着额角汩汩地往外冒。一时间，谁也没有料到会出意外，白琳慌忙松手，呆呆地看着林平安血流满面的样子。

林平安被送进医院缝了四针，还要留院观察。

与此同时，白琳被叫到校长室。她是大学毕业不久刚分配到这里的，年轻人心浮气躁，加之没有教学经验，头一次经历这种事，现下连检讨赎过的机会都不被给予。

即便校方不提出开除，流言蜚语也会将一个初来乍到的新人吞噬。一个学生出了事不要紧，怕的是接二连三出事，老师再出状况。学校当即做出将她外调的决定，所谓外调，即下放到农村，除非主动辞职另谋高就，否则很难有回城教书的希望。

如此，一个教师的前途毁于一本《海子诗集》，更准确地说，是毁于一名刚入校的女学生手上。那句经典的"女老师总爱跟漂亮的女学生过不去"，成为轰动全校的打人事件和她林平安的标志。

一个星期后，母亲秀云回来看平安。事发当天，她便得到消息，无奈人在外地，只得拜托熟人帮忙周旋。她们见面之初，素来对平安温和的母亲扬起手骂道："你这个狗东西！养你白养了啊！"她言语激烈，若非顾着身份，怕是会当场失态甩女儿几个耳光。

平安沉默地坐在休息室，垂着头不发一言，任凭秀云厉声斥责："你看你怎么办，整年不见就让我操这样的心！养女儿是为的什么，啊？"秀云痛心疾首，"我在外面那么辛苦，还不都是为了你！你爸不要你了，我一个人拉扯你容易吗……你不晓得外面赚钱有多辛苦，"她哽咽着断断续续地说，"我天天在外面看人脸色，卑躬屈膝到处托关系，好不容易把你弄进来了，你就这样不争气……你怎么这么不懂事呢平安？这学还让你上个什么劲……"她激动得语无伦次，仿佛这些年承受的所有压抑与委屈都是因为这个不争气的女儿。

"够了，妈。"平安抬起头，看着自己的母亲，缓慢地说，"请你不要再说如今做的一切都是为了我。人都有自己的私心，不是吗？"她的语气艰涩生硬，无情地捅破母女间本就隐晦的隔阂。

秀云愣愣地看着含辛茹苦养大的女儿，仿佛重新认识女儿般，再也说不出一句狠话。

末了，秀云叹息一声："好吧，你爱怎么想就怎么想吧。你大了我管不了你，我也无力管好你……我……"看着女儿沉默的样子，秀云的声音不觉软了几分，"我以后会越来越没有时间回来看你，你要照顾好自己，如果有什么需要就和陆叔叔说，不要再给我惹麻烦。唉……"

秀云不说平安也明白，人都有自己的私心，母亲要亲手截断最后的一层关系成全私心。

她们一起吃了一顿沉闷的晚饭。

席间，秀云塞给平安一个密封的牛皮纸袋，说："这里面的钱是妈妈这些年辛苦赚的，你要省着点花。"见平安没有反应，她把袋子塞进女儿的怀里，语重心长地说，"除了钱还有一封信在里面。安安，有些事我无法当面对你说，但我希望你能明白，妈妈始终是爱你的……"看着女儿依旧沉默的脸，秀云尴尬地寻找着措辞，"安安，陆叔叔是妈妈的好朋友，妈妈不在的日子他会好好照顾你，你要听他的话知道吗……"

秀云口中的陆叔叔，是她得以进入重点中学的关键人物。

晚饭后，母女俩走出饭店，却见那位陆叔叔正站在马路对面等她们，身边停着一辆黑色奥迪。平安看着灯下那张晦暗不明的脸，又偏头看了看走在前面的母亲。年近四十的人，依旧打扮得光鲜艳丽，一张精心修饰的脸透着岁月浸染的成熟风韵，令她无端想起作家惯用的一句形容成年女子的话——似乎岁月总是格外优待她的美。

"是他吗？"她在秀云身后轻声问道。

不怪她以成人的规则来揣测他们的关系。秀云快速的脚步明显放缓，她没有立刻回答女儿的询问。平安似乎一瞬间看穿母亲的心思，后来在日记里写下这样一段话："一个中年女人，一个离过婚的女人，一个独自抚养孩子的女人，一个在逆境中挣扎的女人……不容易不容易，但她还有一件叫作美丽的武器，只要需要，就会以最快的速度装备妥当。女人，是自私的、矫情的、爱慕虚荣的……女人，是软弱的、受伤的、不能承受的……"

她已经将近一年没有与叔公联系，叔公也久未给她寄书，与此同时，她得到母亲即将改嫁的消息，心里着实难受。

平安的同桌叫郭丽莉，家境富有，爱出风头。同学三年，郭丽莉的经历要比林平安丰富得多，但不管如何较劲，班里还有一个刚进校就出尽风头的林平安。为此，郭丽莉很不服气。平安的上一任同桌叫张芊，大城市来的，这小姑娘端起城里人的派头，看不起县城来的同学。做同桌的时候，张芊对林平安很不以为意，她看不起林平安的种种作为，仗着有后台就敢跟老师顶撞。她是少数支持白琳的学生之一。

当郭丽莉和林平安做同桌之后,她对林平安的讨厌表现得更加明显。第一天,她就在课桌中间画了道三八线,嚣张地斜视林平安,气势逼人。她见平安不理自己,又在课堂上公然告状,说林平安在桌下看言情小说。平安一脸事不关己的表情,老师说:"林平安,你把书拿上来。"

林平安照做,前面的男生回头看,忍不住大叫一句:"中学生课外读物有什么稀奇的……"一句话惹得全班哄堂大笑。郭丽莉羞得满面通红,众人憋着气笑她,老师正想开口示意下面安静,却见郭丽莉将桌子上的一摞书用力一推,课本哗啦啦地全部掉在地上。教室立刻恢复安静,所有人都看着林平安,因为郭丽莉推倒的是林平安的书。

当着众人的面,林平安不紧不慢地弯腰捡起地上散落的课本,若无其事地把书重新放回课桌上。

"老师,可以上课了吗?"她说。

老师和同学目瞪口呆地看着她,郭丽莉气得当场走出教室。而当老师恢复讲课时,她拿过郭丽莉摊在桌上的课本,在上面写道:"不好意思,走的又是你。"

她对她说,月光温润,人们爱它,渴望触摸它。只有在黑夜里,众人皆入梦,唯留一地冷清。广寒宫多寒冷,一日一日,月圆月缺,无人能体会。反观烈日,冬日人们需要它。夏日它够强,够酷烈,人们所痛恶依旧离不了。它的光芒耀眼强盛,无人敢靠近。

你要做烈日?

不。若可能,我要做一滴露水。海子说,女孩子断断续续走来,洁净的脚沾满清凉的露水。我要做海子笔下那滴清凉的露水,沾湿爱人的脚。

有一阵子，林平安总听到一个名字——赵子熙。语文课读秦观的《鹊桥仙》，老师说："秦观生在现代绝对是大情圣，哪里还有徐志摩立足的地方啊。"

全班哄堂大笑，老师继续鼓动几个笑得最夸张的男生："你们别光顾着笑啊，多学学人家秦观写几首情诗出来，这样才能把女孩子追到手嘛……"

下了课，几个男生在后面起哄："赵子熙，追女孩子你最在行，有没有目标啊？"

赵子熙但笑不语。

他故作神秘的样子激得几个男孩子动起了真格，推搡道："看来有目标了，快说快说，不然就不让你走出教室这道门……"

几个男生有恃无恐地在班上闹开了。

"都静一静，"其中一个男生对着全班嚷嚷，"大家先别急着出去，有好戏看呢！"

"什么好戏？"有人问。

"就是啊……我们的大帅哥大情圣赵子熙有暗恋的对象了，大家想不想知道啊……"

一时间班里炸开了锅。那阵子郭丽莉追赵子熙的事闹得满城风雨，赵子熙毫不避嫌，经常和郭丽莉出双入对。此时，郭丽莉坐在座位上，主动偏头和林平安搭话："哎，你说他喜欢的人是不是我……"说着盯着赵子熙痴痴笑起来。

此时的赵子熙一扫刚才的笑闹，难得正经地看着郭丽莉所在的方向。大家你看我我看你，心知肚明。郭丽莉长得也不赖，家里还有钱,就是性格泼辣了点。而郭丽莉看着赵子熙,一脸娇羞,觉得下一刻男神就要向自己表白。

赵子熙两只手托着下巴,神情是前所未有的专注。

"第五排。"他的声音不大,但教室的每一个角落都能听到,大家顺着他的视线望去,第五排坐着三个女生:张芋、郭丽莉,还有……

"两情若是久长时,又岂在朝朝暮暮……"赵子熙的目光慢慢转到意中人的身上,轻声念出,"心若要平安。"

心若要平安。他说。

她面向窗外,风吹得帘幕飘摇,像深海的浪花,幽幽深蓝变浅蓝。那年也是这样侧脸面向窗外,束缚在一方狭小的天地,阳光被切割成一格一格的小方块,落在身上变成细小的光点,像烙进皮肤里。

仿佛在暗中见过他,仅仅只是侧脸,是在深丘里唯一见到的光亮。记忆里的人形影交叠,又一次想不起何时,何地。

"平安,要一直执着地走下去,那些不过是过眼云烟,美丽只是你的遐想。"

一句"两情若是久长时,又岂在朝朝暮暮",却被赵子熙改成现代版的"心若要平安,当朝思暮想"。一时间这句改编的情诗被吵得沸沸扬扬,尽人皆知。赵子熙有了"翻版秦观"的美誉,不仅长得帅,还是个大才子。

"子熙子熙安在""子熙子熙在哪里""子熙子熙平安在这里"……面对众人的调笑,一向特立独行的林平安也有招架不住的时候。传言如洪水猛兽，更令她避之不及的是，因为赵子熙她再次成为校园话题女王。

课上，但凡老师提到赵子熙，全班同学就齐声喊林平安。课外，调皮的男生隔着窗户冲平安的座位喊出那句经典的"心若要平安，当朝思暮想"，一声一声，整幢教学楼都能听见。时常对面楼哪个班的男生探出头来，吆喝一句："林平安可是你们班的啊？""对啊！""那赵子熙也在你们班咯！"随即爆发出一阵放肆的笑声……林平安与赵子熙所在的二年一班一时风光无限。

她在学校碰见周一维，总会自觉避开。一维的身边总围绕着一群崇拜他的学生，他们青春洋溢、热情活泼，颇有一种"不识少年愁滋味"的天真与洒脱。他偶尔回头，总会有类似的错觉——一个女孩儿藏在身后某个看不见的角落，寂寞而黯然地注视着自己。

"在看什么？"

"没有。"

"一维，不知为什么，有时候觉得你很阳光很快乐，但有时候，你会莫名其妙地情绪低落……"

这个女同学一直在周一维身边。从进校开始，她与他一起做题，一起讨论，一起做实验，一起当老师的助手，像极了那时候的小妍。他的身边总会不知不觉地出现这类有着共同特质与性格的女孩子，她们是他的同学、搭档，也许……可以称得上红颜知己。却不知为什么，有这样优秀的女生陪伴，他还是会觉得落寞。

他停下来看着脚下的路和身后斜长的影子，沉默不语。炽热的阳光笼罩全身，他抬头看着耀眼的烈日，身体却突然失去平衡往后倒……

"一维!"女同学顾然焦急地扶住他的身体,关切道,"刚刚是不是跑得太急了,你的脸色看起来很不好,不如先找个地方休息一会儿。"

他刚想说"不",一个高大的身影挡住了面前的阳光,顺手递给他一瓶水。

"赵子熙。"

周一维听见女同学的声音,缓缓抬起头。

赵子熙看到他的样子轻蔑地笑了:"看你跑步很卖力嘛,至于嘛,不过是一场比赛。"

周一维苍白的嘴角浮起一丝笑纹:"我没有将它当作比赛,我只知道要把握好每一次机会好好表现。"

"这就是你们这种尖子生虚伪的表现!"赵子熙收起笑容,挑衅道,"周一维,你敢不敢跟我比?时间是这个星期六的晚上七点,地点就在学校篮球场,我们打一场比赛。"

"为什么?"周一维不解道。

对方不答反问:"你跟林平安以前是同学?"

"这关你什么事?"

"当然关我的事,"男生傲然一笑,阳光洒在脸上泛起晶莹的蜜色,"因为我要追她。"

"一维?"身旁的顾然担忧地看着他,话说到一半忽然住口。周一维顺着她的视线看过去,操场的出口,穿着白色校服的林平安缓缓走来,刚刚离去的赵子熙不知什么时候杀了个回马枪,将他没接的冰水转而递给了林平安。

顾然问:"那个林平安,你认识吧?"

周一维愣愣地看着,过了好一会儿低头闷声道:"认识,但已经是很久之前了。"

那场比赛最终不了了之,它不过是两个正当年华的男生相识的媒介。周一维和赵子熙的不打不相识是在奥数赛场上,两个人都在奥数集训班的选拔中脱颖而出,以并列第一的成绩被选中。理所当然地,他们的座位也被安排在一起。

"周一维。"

"赵子熙。"

两人相视一笑,同时伸手捶打对方的肩膀,后来竟成了关系不错的朋友。周一维将小学毕业照带给赵子熙看,当中没有林平安。一维说:"当时林平安没有参加集体照拍摄,之后的联谊会上也没有见到她。她与大家始终保持距离,没有人知道她的消息,我以为再也不会见到她,没想到……"

"没想到你们竟又在一所学校,"赵子熙接道,"而且还都很出名。"

"是啊,她变得我都快不认识了……"周一维的情绪一时变得低落,隔了半晌他问,"你真要追她吗?她跟一般的女孩儿可不一样……"

"你是不是追人家碰钉子啦?"对方嗤笑道。

他难得红了脸摇了摇头,轻声说:"我是追不上的。"

赵子熙当真追起了林平安,还是那种要追就追得全校皆知的轰动版。可是,无论对方如何热情,林平安就是无动于衷。赵子熙仿佛早料到这个结果,也不懊恼,他有他的骄傲和魅力,依旧过着众星拱月风光无限的生活。在外人看来,他的这些若即若离的举动似乎是有意刺激林平安。

　　郭丽莉没有了当初的盛气凌人，她心知没底气跟林平安较量，很快为自己找到台阶，忙着与外校学生谈恋爱，经常不来上课。而最初那个因自己大城市出身看不起小地方的张芊，一改昔日的傲气，越加寡言萧瑟。

　　难不成张芊也喜欢赵子熙……平安的视线不由得转向正在和人说笑的男生，赵子熙感应到她的目光，眼波流转，她笑了笑，起身离开座位。

　　晚自习休息的时间，见林平安出去，赵子熙也跟了出来。

　　夜晚星空幽蓝，一颗颗星星明亮得像坠在少女耳畔的细钻。秋风微凉，拂过发梢脸庞，识了愁般默默无声。少女有意避开纷杂的人群，一路疾走。赵子熙默默跟着，看见他们的路人也都有默契地微笑让道，一时间，整个走廊上静悄悄的。

　　他们在走廊的尽头停下，借着伸出外面的建筑物挡住身影。夜风吹起女孩儿如水的长发，赵子熙情不自禁地伸手拨开遮住眼眉的发丝，看到一双亮若星辰的眼。

　　"林平安，"他哑着声说，"你真美。"

　　她转过头，看外面黑下来的天色，建筑物与树枝交相映衬，影影绰绰。碗口大的粉白花朵开得旺盛，因为这月光，天地显得更加明媚，仿佛是少女灿然而含情的笑脸。

　　"赵子熙，你喜欢我吗？"黑夜中，她幽幽地开口。

　　赵子熙未料到她如此直白，只是片刻愣神旋即恢复一贯的神采。

　　"是。"他凑近了，呼吸游弋在她的脸庞，"林平安，你愿意做我的女朋友吗？"

"那么……我们可以试一试。"她仰起脸,云淡风轻地一笑。

赵子熙错愕地看着她,本是一句试探性的玩笑话,不想她竟然答应了。一切来得太快太容易,让他几乎以为是幻觉。

"林平安,"他抿了抿嘴唇,看着夜幕下幽幽闪烁的眼睛,声音轻得不能再轻,"你说的是真的吗?我没有听错?你确定……答应……做我的女朋友……"

"是。"她转过脸看着他,声音笃定,"答应和你交往。"

"呵,呵呵……"他开怀的笑声不禁打动了她,她也跟着笑起来。

林平安答应和赵子熙在一起,倒没有预想的热烈。她依旧是那个样子,临窗看书静默不语,偶尔回头,总看见赵子熙温柔陶醉的目光,便付之一笑。那时的少女是最美的,真如被月光抚弄的优昙,世间再难得。

赵子熙家境宽裕,性格开朗,生得一副好样貌。即便知道他倾心林平安,仍旧有不少女生围绕在身边,一起上学一起放学,他有他的世界。他坦然地接受别人的追求和艳羡,对林平安的好却是小心翼翼、忐忑不安,唯恐有一天,这朵花期有限的名花在他的手中凋零。

赵子熙的确是花花公子,然而偌大的学校也只有一个林平安,能够抓住他的心。

初三中途分班,林平安和赵子熙分开。突然置身陌生的环境,周围全是陌生的人,她的内心惴惴不安。原来班上的同学分散到各个班级,偶尔照面也不会打招呼,原本就是和集体脱轨的学生,此刻竟十分怀念从前的班级。

两年前秀云再婚,平安是从她留给自己的信里得知。她委婉地表示了对女儿的亏欠。然而这两年秀云很少过问她,也不曾回来看望,当真觉得过多抱歉,不如不见。寄回来的钱越来越多,以此弥补感情的疏远匮乏。

母亲不是与那位陆叔叔结婚,而是嫁给南方一个富商,当起了三个孩子的后妈。生活个中苦楚,不说亦明了。平安不愿再给母亲添烦恼,此时,父亲依旧音讯全无。陆叔叔告诉她秀云准备结婚,并打算离开现在住的城市。她知道,母亲是无论如何也不会回来了,商场情场的双重磨炼,早就磨去了最初的一点软弱和退缩,抛却为人妻为人母的身份,义无反顾,在有限的时间获得成功……除了钱,母亲没有别的付出和收获。

近一年不再写日记,林平安有深重的抑郁症,日记是最佳的治疗方法。抑郁症复发,没有人知道,连自己也渐渐失去耐性,终日呆板地上学、放学,生活十分枯燥。

"活在这珍贵的人间……"在日记里反复写海子的诗,又写,"明知珍贵,为什么要主动放弃?得不到应答,得不到应答……"

日记里记下现在的生活状况,每到夜深人静的时候开始冲凉,然后抱着湿漉漉的身体蹲在角落。夜里经常反复做同一个噩梦,习惯将脸埋入枕头下面睡觉,觉得呼吸困难整个人缓不过来,那一刻感到无能为力。有时候她会想,为什么一直处于被动的状态,对什么都提不起兴趣?无动于衷,大概就是形容她这样的人。

赵子熙托同学送信给林平安,那个调皮多事的男生竟趁着晚自习休息的间隙在走廊里大声朗读,惹得一干学生吵闹起哄,好端端的晚自习被搅得鸡犬不宁。不知谁事先通风报信,班主任怒气冲冲赶来，当场逮住那男生，一把扯过男生手中的信纸，当看到林平安的名字更加气不打一处来。众目睽睽之下，班主任走到林平安的座位前，勒令她收拾书包去办公室。

她上一次去办公室，是刚进校不久，和年轻的女老师因一本《海子诗集》翻脸，那位女老师也因此被下调到偏远的农村。时隔两年，来到同样的地方，觉得十分陌生，下意识想逃避，班主任的训斥一个字也没有听进去。

"林平安，你要我说几遍，都要中考了，你怎么还这么能惹事！别以为有个多了不得的亲戚给你撑腰就嚣张，你要是拖全班后腿我照样有办法开除你信不信！"

她咬着牙一声不吭，任凭班主任一句接一句地挖苦和数落。

班主任沉着脸看完手中的信，又将矛头指向一旁的男生："你说，这信是帮谁传的？这字绝对不是你这种垃圾写得出来的！"

男生讷讷不说话。

"怎么，你也对她有想法？"班主任见撬不动对方，声音更加凶狠凌厉，"干脆叫你爸明天过来，你自己跟他说！"

男生终于扛不住了，唯唯诺诺地说："老师你饶了我吧……我实在做不出出卖同学的事，这信林平安自己知道……"

一封情书原本没有多么严重，因为林平安，又因为牵涉没有被揭发的打架事件，信中指名道姓点出本班的问题学生，班主任的眉头拧成一个结。自从分了班，林平安的成绩一落千丈，列入倒数的名单，加之她的家长许久未露面，在新班级成立大会上就来个下马威，送了一个包有五千元人民币的信封，附带简短的字条，也未署名，只说关照好林平安，完全目中无人。

这个班主任教语文出身，有一股子文人的傲气和酸气。他原本很欣赏林平安的文采，只是不喜欢她的那股傲慢劲儿。自从平安分到自己班上后，他见她上课总低着头心不在焉，以为她是故意针对自己，便有意把她的座位调到最后，任由一帮成绩差的学生骚扰欺负她。

他明知故问，冲林平安语气不善道："你跟谁在谈恋爱？"

林平安不说话。双方僵持了十几分钟，班主任烦躁地点起一根烟，来回踱着步子，片刻后，他冲一边的男生吼道："去，给我把汪明宇叫来。"

没有看过信的林平安并不知道赵子熙和同班的汪明宇因为自己打了一架，赵子熙挂了彩。她也不知道赵子熙这两天请假没有来上课，关系好的同桌偷偷抄下他的日记并附带整个打架事件的经过托人转给自己。

平安的座位调到后面之后，经常受到一个叫汪明宇的男生的骚扰。他是年级出了名的问题学生，打架闹事，不学无术，要不是家里屡次低声下气向班主任求情早被开除了。她和汪明宇的座位挨得很近，又都是单独的座位，被班里人恶意撮合一对，流言传到赵子熙的耳朵里。他连约了平安好几次都没有回应，平安对他的态度总是若即若离。分班之后两个人逐渐疏远，等到赵子熙意识到问题时，凭空多出了汪明宇这号人物。

赵子熙虽不如周一维功课拔尖，品行出挑，对于像汪明宇这样的学生也是极为不屑的。他从未想过林平安会跟汪明宇这样的人扯在一起，因为平安的疏远，又因为自己的胡乱猜疑，他任性地笃定了这件事。他在日记里写："平安，我从未想过你会和汪明宇这样的人扯在一起，你是纯洁美丽的，怎么能和那种垃圾接触？这些天我总是从别人口中听到你和汪明宇怎么怎么样，你跟他在一起的时候有没有考虑过我的感受……我就像个傻子，心心念念地爱着你想着你，你却连看都不看我一眼……你怎么可以这么绝情……"

这些话本是他写在日记本里的倾吐发泄，不想被最要好的同桌当作质问的证据。他不甘素日的骄傲热情被一个汪明宇摧残成背后的指点和笑话，而将平安的不回应当作确有其事，猜疑与愤怒激得他单挑汪明宇，被对方打得爬不起来。他却真切地意识到，那朵月亮般皎洁的花在手中颓败了。

完全蒙在鼓里的林平安听着班主任的责骂，下意识地去看汪明宇，对方全然不在乎。

"再说最后一次，你是要被开除，还是主动退学？"

汪明宇好整以暇地推开班主任快要指到鼻尖的手，满不在乎地说："你不是一早就想让我退学吗？反正这个学我早就不想上了，爱怎么处分随你。"他自始至终没有看身边的女孩儿一眼，"我看你也别为难人家了，她不过一个小丫头，人家看上她，她还能怎么样……"

"你……"班主任气得脸都绿了，"那好，开除！我立刻上报！"

"老师，你处罚我一个人就算了。"汪明宇不紧不慢地说，"这件事一上报又会损害你班级的荣誉，还影响到别的班的学生。再说了，都快中考了，多一事不如少一事吧……你看我不顺眼，那我走人好了，从明天开始绝不在你面前晃了你的眼。至于其他人……"汪明宇呼出一口气说，"你就别计较了，本来就跟他们没关系，是你误会了。"

此时的汪明宇压根不是林平安熟悉的样子，和其他人眼中的不学无术、惹是生非相比，她觉得汪明宇只是过于任性。他对她不见得多好，上课故意撩拨她，扯她的辫子，要么就将她压在胳膊下面的书抢过来，当成自己的书看。年轻的英语老师刚转身，他就凑上来听她读单词，故意将桌椅弄出声响，引得女老师注意，却无可奈何地瞪着林平安出气。他玩得不亦乐乎，每次得逞之后不忘出言挑衅："你刚进校的时候不是很嚣张吗，现在胆子怎么这么小？你敢对那个扭屁股的娘们儿也来一句，女老师总爱跟漂亮的女学生过不去……哈，哈哈！"

身边的男生碰了她一下，她抬头见班主任铁青着脸看着自己，才意识到刚刚走神了。班主任厌烦地打发她和男生先走，末了不忘叮嘱一句"明早把检讨书交上来"。

就在他们刚走出办公室不久，里面就传出一声闷响，伴随着男人的怒吼："你这次我也保不了你！"

一起出来的男生瑟缩了下肩膀，颇为同情地瞄了眼林平安，说："你这次可把汪明宇害惨了，他爸跟班主任是高中同学，他再怎么样班主任也要卖他爸一个面子。前不久他家里出了事，他爸被车撞了，现在还在医院躺着。家里等着筹钱，他要辍学打工替家里还债。班主任这会儿巴不得趁他爸没醒把他撵走……唉，还要汪明宇自己心甘情愿……"男生说着颓丧地摇了摇头。

她只觉浑身无力，一声不吭回到教室，也不管全班师生异样的注目，从书包里拿出课本和习题册，安静地坐在位置上，埋头做起题来。身边竟是一阵唏嘘，同学们纷纷侧过头，老师将练习讲义递给她，她沉默接过，拿起笔再也没有抬起头。眼泪一滴一滴落在单薄的纸张上，蓝色墨水很快晕染，开出朵朵水花。她从来没有为谁这样哭过，如此压抑，如此厌弃。

第二天，汪明宇没来，对她有意见的学生故意大声说她的坏话："林平安就是个祸害，害一个受伤不够，还要害另一个退学。"

她在一群学生鄙视的目光和恶讽中走进教室，回到熟悉的角落。本来跟她说话的人就极少，自汪明宇退学后再也没有人主动和她说过一句话，她就像瘟疫，人人避之不及。除了冰冷沉默的书本，没有交流的对象。

她不欲麻烦陆叔叔，不想被人说成今日的一切任性作为都是因为背后的关系。那么当初怎么鄙视郭丽莉，如今便怎么鄙视自己。她第一次服软，给班主任呈上悔过书："老师，我以后用心学习，再也不给学校添麻烦了。请您相信我，给我一次机会……"

她在班主任满意而轻视的目光中低下头，发愤学习。不再看小说，封锁日记，在学校独来独往，除了例行的师生交谈不和任何人说话。每天学习到凌晨，累了就读海子的诗。

她走来，断断续续走来，洁净的脚沾满清凉的露水。她有些忧郁，望望用泥草筑起的房屋，望望父亲。她用双手分开黑发，一支野桃花斜插着默默无语，另一支送给了谁，却从来没人问起。春天是风，秋天是月亮，在我感觉到时，她已去了另一个地方，那里雨后的篱笆像一条蓝色的小溪。

只有在海子的诗里，她才能找到昔日那个多愁善感的自己。她就像一把静静等待浇灌的麦穗，不娇弱、不顾影自怜，以固有的姿态茁壮生长。如果阳光沐浴她,雨水滋润她,她细小青涩的身体发肤长成坚韧的金黄硬壳,一颗颗饱满的穗粒在锋利的麦芒中鲜亮成熟。

日复一日,那个叫林平安的寡淡女孩儿,那个遭受种种质疑与抵触的另类少女,像一颗无法忽略的晨醒露珠,在老师和同学惊讶的目光中蜕变。

赵子熙后来找过她,她约他在学校的操场见面。期末考试她排到全班第十七名,是第一次如此在意成绩和班级排名。

入了冬,天气变得寒冷干燥,凛冽的风吹得操场为数不多的几棵梧桐树摇摇摆摆,巴掌大的叶子凄清地贴在树枝上,翩翩欲飞。黄昏时分,通报期末分数和名次,发完成绩单,初三的第一学期就这样草草结束了。夕阳像一个红玉盘挂在苍穹之末,微弱的光被浑厚的云朵遮盖,转眼冬季的第一场雪就要降临。

赵子熙外罩蓝色羽绒服,推着自行车站在操场的入口,几个同样推着车的男同学在不远处等他。平安姗姗来迟,穿着单薄的校服,仅一条白围巾遮住裸露的脖子,除此没有任何御寒之物。她手中攥着昨日赵子熙借同学之手传给她的信纸,她只匆匆看了开头"平安"两个字便合上了。突如其来的烦躁让她不适应,伴随那一张"老师,我以后用心学习"的悔过书,她将对青春最肆意的年代做一个了结。

二人四目相对,未发一言。

半晌,她将手中捏得变形的信纸塞到男孩儿车座前的袋子里,说:"我们结束吧,我从未喜欢过你。"她没有看见,被她塞信的袋子里叠放了一件相同款式的红色羽绒服;她没有看见,男孩儿微红的眼眶。

他说:"平安,你就像一座横在我面前的高山,可你永远不给我迈过去的机会。"

她在一群男生轻视不满的眼光中率先离开,十分决绝。正如她以后的爱恋人生,不是希望就是绝望,永远没有回旋踌躇的时候。

那时的她,还有着小孩子过家家的天真与认真,像临摹字帖反复的横平竖直,要妥妥当当,要宣示。一句"我们结束吧,我从未喜欢过你",告别了十六岁的青春年华。

6

青森说,我是你母亲的故人,来带你走。

安然跟着他,火车载着他们穿过山脉,穿过河流,穿过平原人家。那是她人生中的第一次远途。苍蓝的天空,青葱的山脉,他坐在她的对面,很长时间一动不动地看着窗外。很久很久之后,他说:"在带你去青森之前,我们先去一个地方。"

火车依旧飞驰,他们依旧沉默,仿佛在做无声较量,看谁先忍不住开口。这一次,轮到她先说:"你既然认识我妈妈,知不知道她现在在哪里……她还活着吗……"

"我也不知道。"他讶异于她到现在才问起她的母亲,斟酌片刻说道,"我很多年没有见过她了……前阵子我收到她许多年前写给我的一封信,才知道她将你托付给我。我很抱歉,过了这么多年才来接你,让你受了很多苦。"

这真是一个美丽的谎言,她猜测,于是笑了笑,平静地说:"现在我能肯定她已经不在这个世上了……她如果还活着,怎么忍心抛弃我这么多年不来看我?"

"安然,你的名字是你妈妈取的。"青森忍不住提醒道。

"噢,是要我感激她,还是记得她?"她的神情漠然得让人心痛,"出生不能由我选择,但往后的人生我要掌握在自己手上……"

他们坐了两天两夜的火车,终于抵达北京。

天空飘着小雨,广场上密密麻麻全是人,打着伞,穿着雨衣,看不清脸。安然跟着青森穿过人流,打了一辆出租车。一路疾驰,她第一次来到大城市,霓虹初上,那些高大威武的建筑物反衬出内心巨大的低潮与迷茫……她突然不想再看,关上车窗拉下帽子闭着眼睡了过去。坐在副驾驶上的青森透过后视镜静静地看着与这个纷扬世界隔绝的女孩儿,禁不住笑了。

他带她到自己在北京的住处,是一幢年代久远的灰色公寓,淹没在绿叶纷繁的白杨树中。经雨水洗润过的树叶饱满青翠,细碎杨花飞舞。她跟他穿过一道拱门,身边来来往往的路人步履匆匆。卖水果的小贩,躲在宽大的太阳伞下睡得正酣。小商店的收音机里北京味十足的评书正说得头头是道,店老板半眯着眼神情怡然自得。花枝招展的时髦女子,提着大大小小塑料兜的居家老人,还有背着吉他、披散长发、戴墨镜、穿破洞牛仔裤的潦草男人从身边匆匆而过……

他们拐过一个巷子进入楼道,他带她走进他住的地方。两室一厅的格局,空荡荡的房子没有任何装饰。他说:"这是我在北京住的地方，平时没有人来打扰，你可以放心住。"他从皮夹里抽出一沓钞票连同钥匙放在茶几上，嘱咐，"楼下有小卖部、超市、饭馆，你自己安排。我这几天有事不回来，等忙完带你去青森。"

他一连好几天没有回来。她从超市买了充足的矿泉水和三明治，待在屋子里从白天睡到黑夜。她睡在他的房间，尽管早就没有他生活的气息。闭上眼睛，深深地呼吸，这是一个男人曾经独居的地方，她试图闻到属于他的气味，试图从黑暗密闭的空间感受那些年他住过的时光。难得的静谧时光，再也没有胆战心惊痛苦绝望，内心如大海稀声，空旷明净。不知寂寞何为，不知孤独何为。不知喧嚣何为，不知兴盛何为。外界的兴衰哀乐与她无关，她仍是深夜迷失于丛林借着一点点光抵达黎明的幽灵少女。

第七天，在吃光所有食物的时候，他回来了。黑暗中点起小小烛台，微弱的光照亮黑暗的空间，她看着他，如水般的神情有了裂痕。他说，安然，抱歉，我暂时不能带你去青森。

微弱的光线里，她慢慢勾起嘴角，无声地看着他。

无论你在哪里，请不要丢下我一个人。

7

青春如同一列火车呼啸而过，载不动忧愁，也带不走寂寞。唯有满满一车厢风华正茂的少年，笑与泪做祭奠的陪衬。

平安不再看阴郁沉重的外国文学书，告别伍尔芙与普拉斯时代，转而看流行的港台言情小说。对言情小说的入迷一直持续到高中时期，高二她分到文科班，放眼望去，男生寥寥无几。不喜欢与女生相处，后果是在女生众多的班级备感孤立，因而除了学习与看小说，再无别的兴趣。

高一期末选科时，许久不见的陆叔叔露面了。对于这位母亲介绍的陆叔叔，平安多少感到不自在。这一年他们很少见面，她对他始终存有隔阂与不适，因他的关系，三年里才会念念不忘寄人篱下的处境，自卑有如张爱玲的那句："见了他，她变得很低很低，低到尘埃里。"

可在陆建航的眼中，平安骄傲、防备，满身是刺，咄咄逼人。进入高中，监护人由母亲变成他，起初他们每个月见一次面，陆建航带她出去吃饭，将她母亲按时汇来的生活费给她。母亲许久未有消息，平安也不会主动打听，他们的相处一直拘谨而疏离。

陆建航在教育界颇有地位，很多人巴结，可对于她而言，除了与母亲的那层关系，他什么也不是。每次见面，他都在努力说服她搬家。他说："你住的环境不好，会严重影响你的学习和生活……况且，一个女孩子晚上回家也很危险。"

"我习惯一个人住了。"

"这不是理由，今天就回去收拾，我给你办住校。"

"我不喜欢和别人住在一起。"

"总要有个适应的过程。"陆建航耐着性子解释，"经历集体生活这是为你好，以后上大学住宿舍，你得提前适应。"他已经在为她规划将来的生活,停了停接着说,"我跟学校打好招呼了,宿舍也安排好了,明天你就搬进去。你妈妈那边我会打招呼。"

她沉默地听他说完:"还有吗?还有什么安排尽管说出来,答不答应在我。"

"你怎么还不明白?"陆建航皱起了眉,声音不由得沉下去。

"我明白!"她冷笑一声,将面前的杯子推翻,滚烫的茶水溅到胸前,立刻泛起一片红。陆建航迅速起身攥住她的手臂,用湿毛巾敷住被烫伤的皮肤,又唤服务员拿来醋。他连忙问还有哪里不舒服,方才生出的一点不快被此刻满面的懊恼与焦急取代。

"你看,我就是这样一个容不得逼迫的人。"她看着他心疼的脸,说,"我很难与别人相处,哪怕是最亲近的人……我的人生我自己负责,你为我做再多也是枉费。"

那晚,陆建航照旧送她回家,住校的事就此搁置。她正打算进门,陆建航忽然从车里探出头:"平安,你还是个孩子,不要太逞强了。"

她于月光下与他对视。他的脸恰如床前明月光,想象在他温暖的怀抱中,静静地聆听《绿岛小夜曲》,于梦中抚摸他温润的面庞,亦如抚摸自己。

第一次他们对视,那时尚有母亲。隔着车流穿梭的马路,母亲拉住她的手,殷切道:"平安,那是陆叔叔,待会儿要有礼貌。你日后的生活都要靠他关照,不可以任性。"

"我不喜欢他。"她盯着对方,神情桀骜如同不接受驯服的小鹰,"我不喜欢任何人限制我的生活,况且那人还与你有关系。"

"你在说什么!"母亲扬起手,她丝毫不惧仰脸与母亲相对。母亲看着她额头未痊愈的伤,闭了闭眼,转而轻抚她的脸颊警告,

"你最好给我安分点,不要在陆叔叔面前给我丢脸。"

她回头见他穿过马路向她们走来。覆在肩上的力道越来越沉,她感觉到母亲身体的变化。这男人给予沉重的压迫感,只有在暧昧不明的暖色调房间,抑或是空寂无声的月光天地,才会散发出独有的温润与寂寥。

短暂的回忆。她在夜风中摸了摸自己的脸,将涌出的泪悉数逼进去,不再回头。

之后,陆建航好一阵子都没来找她,平安不以为意。他每个月给的钱足够多,她平日花销极少,多余的积蓄可以维持大半年的生活。一直到期末分文理班,久未露面的他在学校门口出现。奥迪招摇地正对学校门口,惹得一干学生与家长侧目。他摁喇叭,她第一眼就见到他,却不理会,径直往前走。他的车跟在她的身后。

"平安,上车来,"他说,"这样影响不好。"

彼时她的头发已及腰长,散发着栀子清冷的幽香。她唯一不肯对学校妥协的便是这一头瀑布般垂坠的长发,以至于不知道她名字的男生干脆用"长头发女生"来称呼她。

她抱着书往前走,路边的行人不时看向他们。陆建航一个急转弯,将车停到她的前面。

"为什么选文科?"此刻他脸上的神情已失去往日的平和,他道,"之前打过招呼了,你又不是不知道,选理科依然在强化班,你只要一直保持现在的成绩,考大学没有问题……可你现在将我的计划全部打乱!"

"我不是你的女儿,你没有权利要我该怎么做!更没有权利安排我的人生!"她睁着一双大眼倔强地与他对视。

他怒极闭上眼，觉得自己所有的力气都被她耗尽。他说："平安，不要试图激怒我。你妈妈把你托付给我，我有权利这么做！你如果真的喜欢文科我也不勉强，我只希望你轻松点，少走一些弯路。"

她看着他开着车绝尘而去，来来往往的车辆与行人从她身边疾驰而过。她看着那些穿着校服背着书包的学生，脸上洋溢着青春的张扬与落寞。

高一期末考试，她的文综与理综年级排名相同。选科前一晚，陆建航打来电话，告知他的安排，她母亲亦同意他的决定。在这之前，班主任曾经单独找过她，隐晦告之已经为她在强化班留名。那夜她辗转反侧，高一就读强化班，那时尚未有文理之分，但谁都知道，一旦踏入强化班，意味着大学之路畅通无阻。她所在的班级是全年级最好的班，全市最好的老师任教，从各地选拔的第一名才有资格进去。每隔半学期有一场选拔考试，最强的留下，落伍的被淘汰，完全是竞技场上的选拔模式，十分严苛。第一年，她将所有的精力全部用来做题，买各种补习参考书。只有在强者生存的环境中才能激发斗志，让她觉得生活还有奔头。一次次否定原先的自我，一次次确立现在的位置，她的成绩始终处于中游，班里的女生越来越少，到最后除了她就只有一位为第一名剃光头发的女同学。

她对那些邋里邋遢油光满面，戴着深度近视眼镜的男生无一丝好感。强化班的人安静、沉默，沦为做题的机器。与流行歌曲、八卦杂志绝缘，只关注每年名牌大学的排名变更，看《求学》与《读者》。完全不一样的环境，令她的心沉静踏实。

但她从未与流言断绝过关系。越是尖子生多的地方竞争越激烈，起先大家不在意，为"和尚班级"出现一位漂亮的女生暗自窃喜。

男生的目光全都聚焦在林平安这里。那时男孩子们没事就爱唱《小芳》，平安有时候会被他们可望而不可即的失落样子逗乐，心情好的时候会与他们说几句话。记得一次一个男生主动提出送她回家，同桌当时一阵唏嘘："就你？癞蛤蟆想吃天鹅肉！"

男生又瘦又矮，笑起来露出两颗洁白的大门牙。平安与他走至小巷的入口。

"就送到这里吧。"她停下脚步，"谢谢你。"

男生却没有就此离开的打算，他垂着头，连看对方的勇气都没有。

"林平安，"他的语气十分不自然，"他们……他们都说你是靠关系进强化班的……他们说这么漂亮的女生不可能考进来，他们还说你的成绩一定是假的……我开学的时候就注意到你了，偷偷跑到办公室看你的入学成绩，每一门我都记下了……我……我才不信……他们乱讲……"男生越说越气愤，一张脸憋得通红。他兀自说着其他同学对林平安的诽谤，"他们都猜班主任喜欢你，才不舍得把你调到别的班……"

平安静静地听他说完，轻声说："谢谢你，蒋志鑫，你的好意我心领了。人多的地方就有是非，更何况是学校。如果说别人能够通过说闲话减缓他们的压力，我倒没什么好介意的。"她从书包的夹缝里掏出一张染血的信纸，男生看见当即变了色。

"还给你。"她说，"抱歉我一个字也没有看，也不会看……不要再浪费时间了，对不起。"

蒋志鑫哆嗦着嘴唇，一双眼睛里写满哀求："你看一眼……求你就看一眼……"

"对不起，我不喜欢你，不喜欢就是不喜欢。你写血书只会激起我的憎恶与逃离，绝不会因怜悯而动心。"

他们站在一棵大树下，枝干粗壮，树叶浓密，细碎白花点缀其间，异常清亮。树枝摇动，因夜风的吹拂发出沙沙沙的声响。夜凉如水，月光似浸在水中长眠的白珊瑚，她被月光映照的眼睛如一口挖空的枯井，深而寒。男生怔怔与她对视，不久竟双手掩面，泪水顺着敞开的指缝，滴落无声。

叁

暗涌

/

仍静候着你说,我别错用神,什么我都有预感。
然后睁不开两眼看命运光临,然后天空又再涌起密云。

1

她说,我一直想去青森,想亲吻神山的白雪。

演出相当成功,因着许安然的演出以及剧本的出挑,《列衣》轰动全校,林平安一跃成为校园风云人物。年底的跨年演出,《列衣》一枝独秀,成为最受瞩目的黑马,风头盖过叫嚣了一个多月的压轴大剧。话剧社要求加演,同时欲安排它参演大学生话剧节。

用不着林平安推辞,许安然的巡演就成了问题。《列衣》最火的时候,许安然无端消失,没有人知道她去了哪里。排练室的乐器一夜间被搬离,学生登记表上许安然的名字后醒目地标注"休学"

两个字。《列衣》因许安然的出演红极一时,又因她的消失迅速落幕。

话剧社隔三岔五派人来,平安避而不见。《列衣》不能如期上演,引起公愤,受最多指责与质疑的便是导演林平安。

他们认为,林平安既然能将除了音乐鲜与外界有接触的许安然请上台,连阿南都办不到的事她能做到,也一定有能力让许安然再度站在演出的舞台上。她必然是拿乔,公报私仇,故意与话剧社作对。

平安打算搬出去住一段时间,避开眼下的风波。她到处贴求租字条,又害怕被认识自己的同学撞见,跑到偏僻的小区,未标注姓名与联系手机,只留了宿舍电话,称呼"林同学"。信息不详只会令出租者感觉不够有诚意。

连续几日的担忧与心烦,加之学校的流言蜚语,宿舍亦不能幸免。几个女孩子聚在一起,说话小心翼翼,偶尔看向她,脸上透着困惑与忍耐。某日平安刚从自习室回来,其中一个高个子女生截住她:"林平安,你有没有考虑搬出去,或者换到别的宿舍?这几天我们被一帮同学盯梢,问这问那,我们只是普通学生,不想被一些无关的人和事影响到正常的学习生活。"

高个子女生说完,其余几个女生均看着她。平日鲜与她们交流,同宿舍两年也未生出多少情谊,她低下头,长发遮住了脸。避无可避,却一直没有得到外界的消息,也许有人打到宿舍来,没有人接。

"过两天吧。"她脸上露出尴尬的笑,"我需要时间收拾东西。"

"你确定就两天吗?"

她没有回答,转身走出去。

她走出宿舍楼,来到空旷寂静的操场。一两个刚结束夜读的学生打照面走过,她们不认识她,她们的脸上没有出现那种或不屑或质疑的神情,这令她心安。校园里不乏这类学生,他们的衣兜里揣着微型收音机,手捧英文书坐在操场的看台上,埋着头大声朗读,声音如雨点打在芭蕉叶上迅疾有力。他们因成长的环境早早埋下了作为参天大树的种子——锦绣前程——光宗耀祖——国之栋梁——是他们少年伊始的愿景,且具备为此牺牲花样年华的毅力与决心。他们的静穆神情中透着肃然,仿佛一座座矗立在白雪皑皑的广地上的丰碑,身后的苍松掩盖凌乱的足迹,是他们经不起的落拓与堕落。

看见他们,仿佛看见了昨日挣扎的自己。

"林平安。"她轻轻出声,如一丝气流搅乱夜寒,旋即是铺天盖地的雪花飞舞。她说,"我喜欢麦卡勒斯的文字,深郁如雪。就像此刻天空下的雪,漫天漫地,明亮无着……"

她们在操场上相遇。平安没有转过身,觉得是一场虚无的幻境。

"我喜欢诗,"她忍着泪意轻声说,"我喜欢普拉斯的诗,她是天才诗人。"

安然缓缓靠近,双手覆住她颤抖的肩膀。

"平安……"安然细碎的轻唤正如普拉斯所写,是从甜美、纵身的喉管里溢出的芬芳,令她禁不住凑近了吸汲。

两个人的面孔咫尺相对,呼吸此起彼伏,仿佛一篇缠绵的乐章。

"来,我们向天看。"

雪花本身自有一种美。麦卡勒斯写道,雪花并不像北方人所描述的那样是白色的。雪花里含有蓝色和银色这样柔和的色泽,而天空,则是泛亮的灰色。

雪花降落时,周遭是梦一般的阒寂。

此时,雪花纷纷扬扬,如肖邦指尖流动的音符,作家、钢琴家、诗人皆陷入对夜的默祷。

　　在她长裙的褶缝上幻现,她赤裸的双脚像是在诉说。
　　我们来自远方,现在到站了。
　　搂进怀抱,就像玫瑰花合上花瓣,在花园里僵冷。
　　死之光,从甜美、纵深的喉管里溢出芬芳。

　　她念着普拉斯的诗。如同当初她们相互交替,念着一段段寓意不明的台词。

　　"这么晚了你怎么会来学校?"两人席地而坐。雪越下越大,遮住了彼此的视线。两人干脆并肩躺下来,闭上双眼。
　　"我就住在这附近,学校太吵了,一直想换个环境。"安然坐起来掏出烟跟打火机,点燃猛吸了一口,"东西太多,搬得太远要拉人帮忙。这样我一个人就可以搞定。学校附近的房子相对比较便宜,房主急着出国,我和他签了三年合同。三间连着的地下室,空出一间做排练室,夜里再怎么折腾也没关系。白天无人来打扰,十分安静。"
　　"那很好。"平安伸出手,雪花落在手心,迅速融化,顺着纹路溢出。
　　"你打算搬出来吗?"安然静静地看着她,等待她的回答。
　　"有这个打算,也一直在找房子。"
　　"我见到了你贴的求租信息。"安然抬起头,向着天空缓缓吐出一轮烟圈,又突然转过头看着平安,"我看过你写的字,真服了你,要是换作我,不可能费这么大力气一张张写,倒不如直接上网发帖子来得快。"

"我没有这个心。"平安接道,"除了写些自己都不知道在表达什么的文字,对其他任何事任何人都没有耐心,也不擅长。在这个学校生活得很累。其实哪里都一样,我从小就讨厌是非,不喜欢人多的地方,渴望一个人静静地生活。"

"孤独吗?"

"心是孤独的猎手。"

"心是孤独的猎手……"许安然喃喃,两个人相视一笑,"今晚去我那里吧。"她掐掉手里的烟,侧过脸对平安说,神情是一贯的冷冽与坚持。

和我一起住,平安。

2

她们一起去附近的便利店买了牙刷、毛巾、拖鞋等日用品,另一个塑料袋里装了豆豉鱼罐头、泡面、大袋速溶咖啡、鱿鱼干与酸奶。还买了一打百威,两人各执一罐,边走边喝,又买了瓶装的七喜、两盒烟——万宝路与中南海。

安然说:"明早我陪你去学校取东西。"

"不用了,正处于敏感期,你回去不妥。"

"怕什么,"她将喝空了的啤酒罐掷得很远,"怕就不是许安然了。"

"我真羡慕你,活得无所顾忌。"

"你也一样,林平安,不要被一个许安然搅乱了原本的生活。你要清静,要孤独,都随你……活出林平安的样子来。"

她们来到许安然的住处。平安不记得自己是否曾在这栋居民楼逗留过,灰蒙蒙的老式住宅,斑驳的墙面写满各式广告语。楼前临时搭建的篷子里停满了自行车,黑压压的一片。安然带她走楼道。

"小心点,"安然在前面嘱咐,"跟着我走,别踩到脏水。"

楼里阴冷潮湿,常年不见阳光,下水道往外渗着污水。楼上住户乱倒废水与生活垃圾,到处充斥着恶臭。

"再忍一会儿,下了楼梯就好多了,把手给我。"安然伸出手,牵着她往下走。

她们来到一扇铁门前,安然掏出钥匙。咣当一声,门被打开。

"进来。"安然松开一直牵着她的手。

"你什么时候搬到这里的?"平安打量着四周的环境,忍不住问。

"一个多月了。"安然摸到玄关的壁灯,屋子里一下子亮如白昼。"很棒吧?"她回过头。

"确实很棒。"平安环顾四周,被一面贴满照片的墙壁吸引。是排练时的场景,身体某一部位的特写。照片大多曝光了,白色光圈遮挡的手腕、耳郭,刺青的脚踝与大片裸背……混乱而不羁。唯一透着生活气息的是一株白山茶,硕大的花安置在敞口的瓷杯里,放置在墙角,满室弥漫着馥郁清冷的香。

平安久不言语,安然将买回的东西随手搁置,赤脚踩在地板上,双手用力揉搓肩膀:"好冷啊……"

安然走过来与她并肩站立,一同看墙上的照片。

"这是以前排练照的……"她简短地解释,平安静静听着,说到一半,她突然想起来,"冰箱里还有一瓶威士忌,要不要来点儿?"

"好。"

两人席地而坐,有一搭没一搭地说话,喝光了一瓶威士忌,又开始喝百威。平安很少喝酒,这会儿已喝得微醺。

"安然,我可能要来月经,肚子难受,恐怕不能再喝了。"

"我很少喝得尽兴,你今晚要陪我。"对方欺身上前,将开口对准她的嘴,"再喝一口……就一口……"

室外风雪大作,地下室不供暖,此刻冷得像冰窖。安然笑着说:"若再不喝酒暖暖身,估计天没亮你就被冻死了。"

"为什么不安电暖呢?"

"有壁炉要暖气做什么。"她随手一指。平安看见,铁门背后是一面掏空的墙壁,里头乌黑一片,被一块透明挡风板遮住。

"你没有好好看我们的家。"安然借着酒意微笑着说。

"我们的家……"平安面有动容,"我一度觉得自己是一口长年不见光的枯井,不如这壁炉,尚且有燃烧的激情。我是没有激情的人。我曾经很冷酷地拒绝一个男孩儿,他给我写血书,当着我的面哭,我也没有动容……为什么刚才你说我们的家时我的内心竟有种异样的感受,感觉曾几何时不知去向的海潮回归,流进我的心中。"

"因为你其实很渴望家,一个温暖的家。不需要富丽堂皇的摆设,一间简陋的房屋,最重要的人在身边……你的内心很空虚,平安,它不是孤独。"

安然将脸靠在她的肩膀上,又喝了口酒。

平安忍着疼,接过安然递上来的啤酒罐,深抿了一口,缓缓说:"我期待遇见你,又害怕遇见。看到你,深处的某个记忆开始苏醒,身体出现变化,仿佛有花朵在皮肤上盛开。这样不好,感觉无法控制自己。"

"也许你以前比我还放肆呢。"安然没心没肺地笑。

平安听着女孩儿爽朗的笑声,像夜深时听着浪涛,幻想有个踏浪而来的少女,穿大摆的百褶裙,载歌载舞。她的眼光不期然投注在那株盛放的山茶花上。

"这样的气候,花能活下来真不易。"

"可不嘛……"安然随对方的视线看去,缓缓说道,"为了养它,我费了很多心思。它怕光,怕冷,比养只动物还难。"

"但是值得。"平安微笑着看看山茶花,轻轻唱道,"你说他的家,开满山茶花,每当那春天三月,乡野如图画……"

两个人依偎在一起,哼着歌谣,一时无比静好。

安然怕冷,忍不住将脸凑到身边女孩儿的脖颈处,幽幽道:"有没有人告诉过你,你的身上有南方小镇的味道,如同夏日午后的茶花,清泠迷人……"

平安转过脸,看着她微醺的模样。她抱着安然,将脸轻轻埋进浓密的发里,眼泪顺着发丝缓缓落下来。

3

高三那年，平安再次得知母亲改嫁的消息。彼时面临高考，班里一个相处甚好的同学对她展开激烈的追求，令她感到无措。似乎每次面临最关键的毕业考，都会遭遇严重的情感问题。而在最痛苦的时候，没有一个可以倚靠寻得解脱的亲人。

重读海子的诗，这位短命的天才诗人写道：

八月逝去 山峦清晰
河水平滑起伏
此刻才见天空
天空高过往日

有时我想过
八月之杯中安坐真正的诗人
仰视来去不定的云朵
也许我一辈子也不会将你看清

一只空杯子 装满了我撕碎的诗行
一只空杯子 可曾听见我的叫喊
一只空杯子内的父亲啊
内心的鞭子将我们绑在一起抽打

对父母充满深刻的仇视与不谅解，早早将年幼的女儿抛弃，既然生下她为何不好好养育她。平安，曾经是他们为人父为人母的期许,亦是彼此幸福人生的告白,怎么可以轻易践踏……伤别离,伤别离。在这条渐行渐远的路上,她一字一字地写道:"我恨你们……"

陆建航去外地出差,一个多月未见,她竟特别渴望见到他。以往每次见面皆不欢而散,随着相处的时间越久,两个人由最初的冷漠疏离演变成一见面说不到几句就斗嘴。真是奇怪的相处模式。

十八岁生日那天,陆建航送给她一部手机。她打开手机收到一条短信:美丽的姑娘,生日快乐。还有语音祝福,一首温柔动听的《南海姑娘》。陆建航说,这是他最喜欢的一首歌。

陆建航有过一段短暂的婚姻。离婚时正值事业上升期,女儿判给了他,当时年轻,他做不来奶爸,将孩子送到乡下给母亲照顾。又过了几年,女儿到了上学的年纪,他将她送进寄宿学校。因为缺乏父母的管教,加之在农村生活过一段时间,女儿十分野气,小小年纪跟一帮混混喝酒、抽烟、打架,俨然问题少女的典型。

陆建航忙于事业,每日朝九晚五地应酬,学校要见家长,都是托熟人去应付。他与女儿关系一直不好,烦心之余,唯有拿钱满足她。那是一段不堪回首的为父经历,女儿的堕落责任在于他。后来前妻得知,以他不会照顾女儿为由将孩子带到国外,从此与他断了联系。

这些年有很多机会出国,皆被他推掉。从政界混到教育界,几年里平步青云,巴结他的人越来越多,也有专程来说媒的。他与平安的母亲认识便是因为一场相亲宴,副市长的女儿留学归来,大龄未婚女子,家里十分着急她的婚事。那时他仍在政府机关工作,因着各方关系,勉强答应赴宴。听着乏味的介绍词,不置一言,对年过三十仍一脸懵懂的女子他毫无感觉,借去洗手间外出透气。

他在大堂碰见疾步外出的单秀云,女子神色匆匆,衣服上的钩花落地也不知，被他捡起来。他们就是这样认识的。单秀云与一位高官谈投资事宜，那人听过单秀云的名声，知晓她是商界的"红罂粟"，美丽而有毒。谈事情是假，那位高官实则想借机会占她的便宜。

他追上秀云，欲将钩花还于她。彼时秀云迎着风站立，一边抽烟一边流泪。这位素来强韧的女子在一位陌生男子面前敞开心扉，如一朵泣血的罂粟花将她的脆弱与苦痛悉数绽放。陆建航心疼她，亦心疼她的女儿。他们后来成了朋友，她拜托陆建航："你若真怜悯我，请照顾好我的女儿。"

这些往事皆是陆建航通过短信告诉平安的。同是心事很深、防备很深的两个人，平日再怎样无所顾忌，一些敏感隐晦的心事却也很难当面提及的。

课上无聊的时候，她发短信给他："你与我母亲怎么认识的？你们之间有没有故事？"

这样单刀直入、没有预兆地发问，她从不当他是长辈，以及母亲的朋友。他给她讲这样一段往事，她又问："什么时候回来？"

她不说想念，陆建航也不问。

"快了，很快。"

她说："我想叔公了，好几年没有与他联系，不知他过得好不好。写信给他被邮局退回来，理由是查无此人……他该是搬到乡下，和他的妻儿做伴去了。"

"我听你母亲说过，你叔公没有结婚。"

"是啊，梅妻鹤子，古人不是这样说吗？我叔公喜欢古书，喜欢花草。这几年城里到处拆迁，污染很严重。叔公为家人着想，迁到山里当隐士去了。"

"叔公好兴致。"

"对啊,你若愿意,也可以就地结庐,与他毗邻而居。"

"我托人打听打听,高考完带你去看他。"

得知叔公去世的消息已经是两个星期之后。彼时高考在即,陆建航急匆匆从外地赶回来,她连着两日将自己关在屋里,闭门不出。陆建航是夜里到的,身上风尘仆仆的气息尚未褪去,他一下一下拍打屋门:"林平安!林平安!"

她站在他身后:"你这样喊下去会把邻居吵醒的。"

他回过头,见到她的那一刻竟欢喜得说不出话来。

"平安……"他再次不确定地重复。

女孩儿瘦弱的身体隐在黑暗中。他几步上前,将她紧紧搂入怀里:"你知道一路上我有多担心吗?只希望快点,再快点……怕你出事……"

她低笑出声,触及伤心事,即刻黯然。见她久久不说话,陆建航放开她,俯身与她平视,对她说:"若想哭,就大声哭出来。"

她摇了摇头:"你见到我母亲了?是她告诉你的吗?"

"不是。你母亲不知道,我没有见到她。我在政府有熟人,辗转得知。"

"唔……他不是去山里了……"平安微笑着说道。

"平安,看着我!"他大力摇晃她的肩膀,将她涣散的神志唤回,"看着我,你现在必须振作起来,一切都有我,你要全力应付高考,不能分神!"

"那你为什么要告诉我?!"她情绪突然十分激动,"为什么要让我知道……你知不知道他对我意味着什么……"

"我知道,我知道。"他再一次揽她入怀,"正因为我知道才告诉你,我不想你将来后悔,不想你怨我……"

这个倔强的女孩儿终于在他的怀中痛哭出声。

……

平安醒来,头疼得十分厉害。昨夜酗酒,又吹了很长时间的夜风,肚子胀得难受。翻了个身,毛毯被掀至一边,她重新盖上,不想,身边的人竟醒了过来。

"我们睡了多久?"

"不知道。这里没有窗户,看不到外面。不知道现在是白天还是黑夜。"安然抽着烟,看着对面的墙壁发呆,"冷吗?"她掐掉手中的烟,起身去开壁炉。不一会儿,蓝色的火光透过玻璃板照射过来,屋内渐渐暖和起来。

"你的屋子到处都是新奇的东西。"平安轻声赞叹。

"没那么夸张。"安然走过来,随手拿起地上的烟跟打火机,又点了一根,"房屋的主人是做研究的,房子里有很多东西是他自己设计的,我不过住现成的。对了,想吃什么?"

"随便,吃什么都行。"

"有我在,你可有口福了。"

"那我放 CD 好了。"

两人相视一笑。

舒缓的乐声响起,适合午夜与黎明时分听。海之彼端,潮汐归寂,润物无声。

"很久没有听到这么富有灵性的音乐了。"

"神思者。由深浦昭彦与藤木由加莉组成的电子键盘乐园,原名'Sensitivity Project'。藤木受的传统音乐教育,深浦是摇滚乐队出身，两人风格迥异，演奏时却表现得十分默契。这张专辑是为一部纪录片所作，《茶之圆舞曲》是其中一张，另有《海神》与《伽罗》，音乐元素多变，有来自阿拉伯半岛、印度和东南亚的新鲜声音。你现在听的《Shinden》是我非常喜欢的一首，仿佛海啸来临前的前奏，深凉、哀缓，将你带至不可预想的境地。"

重说邂逅，轻言别离。谁更伤情。

我喜欢伤情的音乐，它透出一个人灵魂的不朽。

4

他说，多听音乐，渐渐就有了乐感。

日本音乐界两位享誉盛名的教父——喜多郎与姬神。喜多郎是公认的 New Age 音乐的首席代表，以电子合成器为演奏器具，将古典、爵士与流行等多种曲风融入电子音乐中。他说，我可以用合成器创造海洋、冬天的海岸、夏天的海滩上的全部景色。他的音乐被称为"心灵音乐"。

姬神的作品中同样采用大量电子音乐元素，同时又渗透着深厚的民族风俗。结合历史、宗教、部落以及自然神秘主义，散发出日本文化中极致的空灵美感。他沿袭神道教的传统文化，借由音乐唤醒人类对自然之神的颂赞。

姬神曾经在青森市举办过一场音乐会,这场音乐会将他的影响力提升至空前。可想而知,姬神对于青森的音乐创作产生多么巨大的影响。

安然十二岁时跟随青森,人生发生质的蜕变。这力量的源泉,来自音乐。安然对她说:"我并不喜欢他这样武断的界定,该听什么,不该听什么,一直在做反抗。"

青森将她当不成熟的小女孩儿看待,未对她进行系统的音乐训练。他说:"你对音乐有着特殊的领悟力,资质甚高,是难得的音乐奇才。"他从不吝啬对她的夸赞,却无相应的应许。他会长时间关在音乐室,闭门不出,更不会关心她的生活。

"我记得,我十二岁时他要我吹奏尺八。我说我不喜欢这种传统乐器,他又要我随乐声唱。那音调拖沓尖细,到后来,声音越来越刺耳,如利器切割瓷片,不靠专业技巧根本唱不上去。众人皆以为我天生有副好嗓子,其实完全是练出来的。发育期是最容易改变体质的时候,声线变得细腻,唱出的声音与长笛演奏出来的效果无二。"

一个天才歌手,拥有天生的好嗓子是不够的。需要身心投入,奉献情感,将歌唱当作恋爱。歌唱可以练习,恋爱需要经历。

青森连着几日未归,她吃光所有食物,窝在冰冷的地板上睡觉。动物冬眠时身体俯卧,关闭所有器官,不吃不喝,如僵死一般,通常是两三个月,挨过最寒冷的时期。她此刻像一只冬眠的兽,面朝地板,双腿蜷缩膝盖贴至腹部,双手护住耳朵。这样怪异的姿势,是某个时段心理状态的呈现。

没有食物补给,只得依靠睡眠维系身体的正常运转。若醒着,切肤的寒冷亦能取代饥饿感,随时保持清醒的神志。

夜深,他仍然没有回来。

小腹胀痛难受,逼人的寒气直往里钻,下身如同刚从海水里打捞上来般沉坠。她觉得身处摇摆不定的小船中,随时有落水的情况发生。无边的冷,海水翻涌奔腾,狂风大作,一时寸步难行。

那夜,她做了个奇怪的梦。

她梦见自己一直在奔跑,跌跌撞撞地狂奔。双手揪着裙子的下摆,脚上没有穿鞋。海啸后幸存的少女,家园尽毁,亲人皆失。咸湿的海水顺着脚踝流下来,裙角大片花朵染上淡淡的绯色,饱含极尽绚烂之后的腐朽的美。

血顺着脸颊缓缓流淌,在侧颈处凝成深红的污团。她从镜子里看见污血纵横的脸,裙子被踩于脚下,开出朵朵繁花。赤裸的身体如精瘦的麋鹿,置身于苍莽荒原。

她醒来,周遭漆黑一片,大腿间溢出湿热的黏稠液体。她迅速起身,开灯,沉郁的红弥漫视线,裸露的小腿、手指、睡裙、地板、散开的发上皆是血。

梦境是真实的写照。

月事使我羞耻。她说。

"他做音乐的时候连着几天不出来,房门紧闭,剩余的空间只有我一个人。我不知道他都写了什么,音乐仿佛是他寄居心中的恋人,不能给人瞧见。出门无非是去买吃的,不会照顾自己,也不可能照顾我……他只跟我说音乐,这是我们生活中唯一的交集。常常觉得与他一起生活,好比两个人在黑夜里走一条崎岖的路,一边是险峻关隘,一边是无底深渊。他要带我去摘那朵开在断崖上的白莲。"

深夜醒来,仍是梦一场。

她用热水冲洗污血,穿上他的白衬衣。青森未归,她睡不着,给自己点上一根 Kent。站在他的房门前,没有隐约的音乐,没有浮动的窗帘,她熟悉地转动门锁,不一会儿门开了。这间屋子,每当青森外出她便住进去。她有预感,知道青森何时在外过夜,于是连着几夜睡在他的榻榻米上。

室内十分整洁,除了一架电子琴、一把吉他、一台合成器,以及尺八、三弦等日本民乐常用的传统乐器,摆得很高的来自世界各地的纯乐 CD,便剩下这张榻榻米。睡莲摆放在床头,睡前要抚摸它,醒来亦要亲吻,将它当女儿与妻子宠着、爱着,这是青森唯一的生活伴侣,她嫉妒并且迷恋着。

爱上了以为是幻觉,所以就算疼痛也会因为想念着他而微笑。我爱他,这只是我一个人的作为。

"第一次见他,我觉得他是因为喜欢我才将我带走,根本不信他说的那些言不由衷的话。什么母亲的朋友,我是个孤儿,就算跟亲人一起生活的那几年,他们也将我当作捡来的孩子。因而外祖母再怎样毒打我,我都不会怨恨……他算什么呢,同样是无偿抚育,却要剥夺我最昂贵的尊严。他若只爱花,何必带上我,何必带走我又放任不管……"

青森有深重的洁癖，不喜烟尘，生活中除却音乐唯有这株睡莲，观察、抚摸并且擦拭花的身体。又嫌空气不洁，房间安上空气净化器，进门前要先冲洗身体，防止拈惹的灰尘玷污了花朵。

睡莲日间开放，夜间闭合，喜强光，然而青森却将它置于幽暗的环境，长时间不见光。青森称它睡神，他的成名作正是《睡神》。

她用染了血的手指轻轻摩挲闭合的花苞。这株睡莲已至垂暮之态，如久卧病榻的女子奄奄一息。她一手夹烟，一手托住花盘，脸凑近了与它相对，吐出的烟圈环绕一周，继而没入水中。她看着花朵上的深红瑕疵奇异地笑，青森进来也未察觉。

青森通常回来先是冲澡，不会直奔房间，她也一直留意着他回来的时间，以往皆未穿帮。这次青森却提早回来，见着地板上的血迹以为她出了什么事，惊慌得满屋寻找，不期然撞见她趁他不在进入他的房间对待睡莲的样子。

"这是你原本的堕落样子。"她朝着花朵无比邪魅地低语，"看你再勾引他……"而在青森的眼里，女孩儿做了他永远都无法原谅的事——她居然就在眼前亲手扼杀了他的神。

安然没有见到他发怒发狂的模样，他沉默地捧起睡莲的尸体，转身走出去。少女仿佛意识到自己做了什么，做错了什么，面对他依旧的漠然，禁不住跪了下来，双手掩面。这是她第一次服软，第一次动情得不能自已。

受刑的是她，实则不是她。

5

"你要出去吗?"

"再有两个小时天就亮了,想回宿舍收拾东西。"

安然点点头。

一时沉默,平安看着她,斟酌道:"对了,还有一只镯子在你这里吧……"她晃了晃手腕上的银镯。

"噢,真抱歉,上次走得匆忙忘了还你。"安然起身去房间。

平安拉住她:"本来就是送给你的,你就收着吧。"

"这么贵重的礼物我不敢收,平时也不会戴。"

"你收着就好。列衣是一对,母亲送给我的,她说,成年之时右手戴一只,成婚之日左手戴一只,保佑平安。"

"你母亲对你真好。"安然叹息,回握住平安的手。掌心相触,生出温暖踏实的感觉。

平安低头看着右手腕上的银镯,因长时间的佩戴光泽褪去,上面印刻的繁复花纹如同古老的敦煌壁画上的经文。她临睡前习惯将镯子摘下放在枕头下面,据说这样可以驱除梦魇。

安然看着她缓缓抚摸银镯,似在想心事,岔开话题道:"你在学校有谈得来的朋友吗?"

"算是有一个吧……她叫小若,在话剧社认识的,挺有才华的一个孩子,比我小一届。"

安然点点头:"有朋友也是一件好事,像我,就没什么朋友。"

"难道我不是你的朋友吗?"平安托腮反问,两人相视而笑。

平安从安然家出来,独自走在寒冷的街头。约好下午两点与小若在咖啡店见面,却看到小若开着一辆北京吉普风驰电掣地停在自己面前。

"平安,上来。"小若摇下车窗冲她挥手。平安愣了愣。

"愣着干什么啊,快上车!"小若催促道,待平安上了车,一踩油门,向东三环驶去。

"我们去哪儿?"

"去酒吧。"

"不是咖啡厅吗?我新写的东西想给你看看。"

"平安,东西可以晚点看,今天的演出可不能错过了。"小若眉飞色舞地说道。

"谁的演出?"

"许安然!你的女主角啊!"见平安半晌没有反应,小若在她眼前挥挥手,"傻了吧?她今晚在 L CLUB 演出,你们也好久没见了吧?"

明明刚刚才分手,她竟没有告诉自己晚上有演出。许安然是这样的人,再如何跟谁靠近,都始终保持着与这个世界的距离,这个世界里也有她林平安。

她意外地情绪低落,其实两人不过是数面之缘,住了一晚。她低头不言,小若大大咧咧惯了,以为她还在为不看她东西有意见,玩笑道:"你现在可是咱们学校尽人皆知的大才女啊,就我们文学系那个谁都看不上的老处女,也对你的作品青睐有加啊……你就放心吧。"

平安没吭声,将脸转向窗外。天空灰沉,像失恋女子走在街头,漠然回头挂着泪的面容。她索性将脸埋进大衣内，闭上眼睛。

"平安？平安？"

她不再说话，权当睡着，仿佛出现了幻听，有人在耳边轻声地唤："平安，平安……"

不知睡了多久，平安被一阵骚动声惊醒，抬头一看，车子停在L的门口，小若不知去向。平安拉开车门，看到一个男孩儿，他冲她吹了声口哨，说是小若的男朋友，小若上厕所去了，他先带她进去。

除了人，还是人。酒精与尼古丁引发新一轮革命，台上的哥们儿吼着"我们现在就是在革命"，气氛达到高潮。

男孩儿叫小P，一路畅通无阻，带她到无烟区。过了一会儿，小若走过来，跟小P打过招呼，拉起平安找到一个位置坐下来。

"还要多久？"小若问男友。

"嗨，别提了。"小P操着一口麻利的北京话，"大小姐这回又放我们鸽子了，开场为她整整推迟了一个小时。今晚有大人物在，挨不下去了，才叫胖子他们先顶着。"

"怎么每次都是他来顶？"

"愿意呗。这年头想出名的人都挤破头了，偏偏有人不领情……当然人家人红不在乎。"说着，他状似无意地扫了一旁的平安一眼，见对方不吭声，无奈道，"行了你们聊，我看看阿麦去。"

"许安然没来，他们几个气得要跳脚了，一直在收拾烂摊子。"小若看着小P的背影说。

"她也不是神。"平安幽幽道。

"对这个圈子的人来说，她算得上一个神话了。当然这需要时间，"小若自嘲一笑，"至少目前不会是她。"

平安看小若点燃一根烟,又将烟头掐灭,好笑道:"你男朋友真有意思,又不是没看到我们两个抽烟,还带我们来无烟区。"

"倒不是烟的问题,这里没什么人打扰,和他们 VIP 那边有直达通道,可能要带我们见什么人吧。"

"你有喜欢的乐队或者歌手吗?"

"当然了。"

"譬如……"

"木。"对方不假思索地说,"我最大的心愿就是再次看到木跟许安然同台,他们两个气场都很强。"

"他们彼此认识吗?"

"当然认识了,很熟,一对旧情人……很久没有同台了,所以才是卖点嘛!"小若乐呵呵地笑着,掰着打火机。

"木今天也会来吗?"

"这我可不好说,不过明知道许安然不来,台下兴致还这么高的,大概只有木的人气了。也不知哪个小子放风的,一点意思都没有,这属于内部演出!对了,忘了告诉你,"小若挥舞着刺青的手臂,凑过来对平安说,"别的我管不着,但在这一片儿,木就是一个神……许安然呢,如果不是木,有才华又算得了什么……"

接下来是最后一场压轴,先前的演出除了一个模仿"挂在盒子上"的女子乐团引起两个女孩儿的注意之外,别的都很老套,走个过场,没什么看头。

两人断断续续地说话,等着看小 P 他们的演出,据说得撑到最后。中间小 P 和阿麦一起回来过一次,给她们叫了酒,玩笑了几句,绝口不提里面发生的事。小若顾及平安不喜欢人多,推拒了两个男孩儿带她们去前场的邀请,坐在包间里慢慢品酒,聊着传闻中安然和木的零星过往。

"别的我不是很清楚,有一点是圈子公开的,木为了许安然放弃去日本发展的机会,那时候许安然在外面有人……

"他们两个后来掰了,许安然在,木肯定不会来,反过来也一样。大家想看他们两个再同台,除了恶俗的心理,更多人是真看好他们在一起,只有这两个人在一起,别人才甘心。许安然原来做木乐队的主唱,就是那个时候红起来的。她先劈腿,遭尽了圈里人的唾弃,要不是本身实力够硬,有一帮忠实粉丝挺她,又有阿信他们撑腰,根本混不下去……其实说穿了,男人就是该甩,哪个不朝三暮四的。"小若不屑地瞥了眼外头闹哄哄的人流,"许安然甩木也算是给我们女人争了面子,他们男人就不爽了,木倒没怎么样,一帮孙子倒是天天叫嚣着砸人家场子。"

"许安然就是这么一步步挺过来的,她能红完全靠木,但是能这么一直红下去,绝对是她自己的本事。而且这么多年都没有丢了学业,和圈子总是若即若离,哪边都挨不着。就像她做的音乐,很边缘……该轮到他们了。"一阵飞扬的吉他前奏,小若突然拉起平安,"走,这次给我个面子,到前面给我男朋友捧个场。"

两个女孩儿挤到前排,有认识小若的带头拍手,吹哨起哄:"不懂音乐的都上去了,懂音乐的怎么也该上去来点儿什么呀!"

小若与台上的小P相视一笑,转头喊道:"徒弟上场,师父就不凑热闹了!"

现场又是一阵哄笑。

平安是真心喜欢这个直率而才华横溢的女孩儿。

小P主音，阿麦贝斯，另有一个打鼓的不认识，不过看台下的亢奋劲儿，似乎来头不小。鼓手叫Ben，光头戴墨镜，他上台低调地敲了敲鼓棒，转而不再看台下。

三个人的朋克乐队，接连唱了三首新歌——《狂想》《年轻的生命》《High》。小P和阿麦两个表演天赋十足，现场高潮不断。

"最后一首歌，"小P示意台下安静，"今天有个重要的人没有到场，可能是天太冷了，不愿出来。"停了停，下面没有人说话，他又说，"今天在场的都是老朋友了，我们L除了真正热爱摇滚听了多年摇滚的哥们儿外，那些听听尝个鲜的是没资格进来的……"

台下一片叫好，小P的北京腔很浓："今晚，L的太子爷亲自登场给大伙儿演出，谢谢各位的捧场。L自开业以来聚集了一批热爱摇滚创作摇滚的朋友，十分难得，也特别愿意给大家提供这个舞台展现才华。"

阿麦接腔："得了吧你，别在这时候拉生意，兄弟们最不耐烦了！"

下面笑声不断。

"干脆再把胖子喊上来，来个东北段子。"有人提议。

"胖子不成了，他媳妇儿从东北老家来了，这会儿正背着包往火车站跑啊……"

大家听了更乐了，有个东北哥们儿说："那不成，虽不是商演，大伙儿给的酒水钱可不少。我们就是冲着许安然来的，她没来，总得找个替代的吧，不然你媳妇儿也成啊……"说着冲前排的小若指了指。

"行啊，我放许安然的录音，让她假唱。"小P乐呵呵的，真下场来拉女朋友。

"玩过火了吧你！"小若推了走过来的男友一把，在众人的笑闹中拉起平安挤出了人群。

就在她们转身的时候，现场突然暗了下来。

"最后一首歌，"台上传来小P一本正经的声音，"在L这么长时间，就数今晚最High。终于和阿麦同台一次，费心思把Ben请了过来……还是不够，最好一次把木跟许安然都请来，大伙儿彻夜不回都乐意是不是？"

"是！"

"不能说了不算！"

"快别藏着了叫他们出来！"

众人七嘴八舌，你一句我一句，好不容易安静下来的氛围再次被点燃。

"我们请了，但人家不来，放鸽子也不是一次两次了。大伙儿见谅，Ben能来，也算是给诸位一个交代。"Ben应景地来了段间奏，刚才的一点不快顿时烟消云散。氤氲的烟雾中，谁也没有留意音乐是何时响起的，看不见台上，看不见彼此意犹未尽的脸，众人在漆黑中凝神静听，气氛渐渐冷却下来，没有什么时候比现在更安静了。

"青春的人儿啊，想想一个人的十年会怎样，足够让许多选择发生，许多人事来来往往。此刻你深爱的啊，是那多少的十年后的少年，他是否依旧那么年轻，是否依旧那么热情……"

仿佛依旧飘浮云端，与众人一道沉沦。这男人的嗓音如此令人着迷，着迷得任何一个女人听了都有可能不计后果地爱上他。

"声音与玩具乐队的《秘密的爱》，只有木才能演绎得如斯完美，甚至超过欧波本人。"小若轻声说，声音已是控制不住的颤抖。

现场除了台上源源不断的歌声，没有人说话。

"我深深地亲吻着你，在这夜色不安的城市里。"

她明明看见尘埃落定，发自内心的掌声在耳边源源不绝，台上耀眼夺目的男子与冷酷张扬的女子取代了所有的欢呼与震撼。小若的难以置信，小P的狂呼跳跃，经久不息的呐喊和掌声，眼泪与欢呼……人群疯了。

这注定是一个不眠之夜。台上只有两个人，许安然打鼓，木弹吉他演唱，临到尾声改词。

"我依旧那么年轻，也依旧那么热情，除了音乐我还有什么可以奉献给你，视线里那颗跳跃的心。臆想中的我是那么出色地，赢得你的欢心，一切不再是秘密……"

一切不再是秘密。

台前烟火绽放，越过众人望去，那手执鼓棒的女子自始至终未向前方看一眼。平安又感到下腹阵阵抽痛，险些站不住，喧嚣仍在继续——高举双手，POGO，疯狂地呼喊着木和许安然的名字……

她倚着墙壁，慢慢闭上了眼睛。

6

离高考还剩十天的时候，月事来临，平安拖着虚弱不堪的身体参加叔公的葬礼。葬礼上,平安见到了久未碰面的濂。

是釜底抽薪的烈与死,她至今记得。那天格外炽热,阳光晃得人睁不开眼。陆建航带她坐巴士,一路颠簸。她没怎么出过远门,车子晃动得厉害,体味、尘土味、烟味与汽油味充斥着狭窄的车厢。她与陆建航坐在后面,靠着车窗,皱着眉强忍着。前座不时传来婴儿的啼哭、老人的咳嗽以及男人沉重的鼾声,一对小夫妻为中途转车在争执,司机不耐烦地摁喇叭……如此恶劣的环境,加之月事拖累身体,令她极度消沉与疲惫,渐渐昏睡过去。

"平安,平安。"陆建航唤醒她,"一会儿停车,可以出去透透气。"

她不说话,再次闭上眼睛,恶心的感觉阵阵袭来,十分难受。

"不舒服吗?"他递来一瓶水,"真抱歉,去江宁的车不多,又是大热天,都不愿意出车。"他刻意不提叔公的故里。

"叔公这几年都住那里吗?"她睁开眼睛,已没有了睡意。

"是,那是他的老家,也是你的老家。"

"小时候听他提过,路过三道闸口,要坐两个小时的船……回去一趟不容易,坐船要坐很长时间,等船更久。一般是跟着过路的渔船,渔家不愿意载陌生人,用地方话打招呼,去寿元吗?渔家便知道是当地人了……"

寿元在江宁一带很有名,游客只知道"蓬莱岛",寿元却逐渐为人淡忘。那里只通水路,许多捕鱼为生的人改行做旅游,专揽送客的生意。

"我从来没有去过。叔公说家乡有山有水,非常秀美。"

车停下来，司机扯着嗓子催促大家快去快回。巴士靠在路边，旁边有条小河，尘土飞扬，河水污染严重，弥漫着恶臭的气味。年轻的母亲抱着小孩儿在河边端尿，平安见着，无端想起幼时将尿撒在叔公的手上，叔公仍乐呵呵地不离手，她却哇哇哭个不停。

陆建航下车抽烟，她屏住呼吸，小腹胀痛得难受。有人在小卖部找到陆建航，说你女儿在车上吐了。陆建航没等找钱跑回来，同行的乘客说平安去了河边。

"你女儿可真倔，不让人跟着，晕车这么厉害就不该坐长途。"那人说道。陆建航面色沉郁，急忙下车去找她。

平安起身，撞见陆建航，脸一下子红了。

"上车吧。"他只丢下三个字，转身往回走。

一路上，两个人没有再说话。她的脸一直对着窗外，身体尽量往里缩。陆建航保持放松的坐姿，偶尔转脸看她。下车、换车，一路马不停蹄，日夜兼程赶往江宁。坐长途夜车，到江宁已是第二日凌晨，小客车在路边等候，带他们赶船。

"现在是旅游旺季，一般的观光船漫天要价。中途会绕好几个地方，将游客留在岛上，随便宰人，若不给就不肯带人。钱收走不说，首饰、证件全部拿走，甚至连行李都抢。"司机操着江宁话与陆建航寒暄。

平安听陆建航熟练地说着地方话，知晓他的能耐。因急着参加叔公的安葬仪式，无心询问他与江宁的过往。

"水路是最快捷的，"陆建航对她说，"老赵带我们赶第一班船，亲自载我们。"

赵师傅与她打招呼，陆建航解释道："老赵是寿元人，认识你叔公。上午九时举行入土仪式，我们下了船直接驱车去墓地，九点之前一定能赶到，你不用担心。"

　　黎明时分，空中飘着小雨。江宁的天灰蒙蒙的，陆建航脱下外衣给平安披上，轻声说："船很快就到岸，忍着点。"
　　她看着天空，说："我其实很喜欢黑夜。人脆弱的时候无力自制，心事显在脸上，黑夜里看不清脸，不知道谁是谁，也就没什么顾忌。"
　　"难过的时候就哭出来，别逞强。平安，葬礼上很多人陪你哭，你无须过于压抑。"
　　她看着陆建航："能给我一根烟吗？车里的烟味让我想吐，但现在胃难受，抽一根也许会好些。"
　　陆建航指了指前面驾船的老赵："我跟他说了你是寿元人，他有个和你一般大的女儿，如果你在他面前抽烟，会不会现在他就把我们扔下来？"
　　平安哧地笑出声。老赵回头，冲两人比了比手势："小姑娘再忍忍，过了前面的关口就快了。"

　　船一路往南驶，仿佛去往天之涯海之角。持续一段时间的雨停了，灰蒙的天空散发出迷离的光亮，呈现出海水浸泡的墨蓝。经过第三个关口之后向东行驶，百米之外依稀见到成群的建筑，倚立在山峦之下。山水相映，如同置身世外桃源，清静、自在，一旦入住，此生都不愿走出。
　　"将来我也要来这里长住。"
　　陆建航回过头，看着面容沉静的平安，不知此刻她的内心是哀伤，还是因时隔十八年重回故里而欣悦。

她说:"也许我生在这里,又从这里走出去,但现在已经没有印象了。我和父母接触很少,那时候不懂事,跟叔公一起生活……他是个沉默的人,我缠着他问《红楼梦》《诗经》,听他讲历史上的名人就是忘了问他家里的情况。似乎有一段时间,我忘了父母,忘了家族,只想看着他,听他说话,永远和他在一起。"

"之前我向老赵打听过,寿元如今属于新开发的旅游观光区,原住民大都拆迁搬离,也有部分村民很早外出谋生,经过这么多年,早变成城市居民了。你的家族原本人丁单薄,祖父一代起就带着你父亲走出寿元了。你并非生在这里。"

寿元赵姓人口居多,平安家族属于外迁住户,在当地无多大名声,加之林家人很快外出做生意,知情人更少了。唯有林逾时——平安的叔公,听说他是抱养回来的,天生右耳失聪。林家子孙稀少,到平安祖父一辈,只有两个弟兄。哥哥早夭,待到平安祖父育仁大一些,又从外面抱养了一个,便是林逾时。

寿元处偏僻山区,长久与外界隔绝,过了许多年,仍是封闭落后的小村子。大哥育仁在省城做生意,很少回家,逾时与大嫂还有小侄子一同生活。逾时是左撇子,为当地人看不起。林家男主人长年在外,与之来往的人甚少。逾时素日寡言,不下地、不外出营生,常常闷在自己的小屋子里捏泥偶,大雨来临前在屋后的河塘挖湿泥。逾时将松软泛黄的潮土用叶子包起来,用它做手工原料。

逾时捏出的十二生肖栩栩如生,将它们送给侄子做玩物。林家子息稀少,传到育仁这代唯有小峻这根独苗。没过多久,逾时的大嫂就病逝了,逾时带着年幼的侄子离开寿元去找大哥。自此以后,直到他病逝之前,才回到了阔别多年的故乡。

寿元的天气变幻莫测。转眼之间，雨过天晴，太阳跃升之峰峦之上，赤橙黄绿青蓝紫，群山连成一条赤金的丝带，一路随行。水光潋滟，石头间的水草若隐若现，斑斓锦鲤穿行而过。彼岸烟火人家，传说中的蓬莱仙岛，呈现出一种幻象中的境界。

江面上白帆点点，顺波而下，跟随某位故人，去往不知深处的归墟。

许多年前，十七岁的少年逾时在守了三天三夜灵之后带上千只纸船来到江边放生。江水翻腾，纸船很快被淹没，意味着亡灵的归寂。

从哪里来，到哪里去。这是寿元人的宿命。

平安看着被江水一点一点吞没的千帆，仿佛漂泊久远的魂灵终于寻得皈依。

7

他说，我要回日本了。

安然想起初识那天，昏黄的光线中男子惊鸿一瞥的笑。你带我去哪里。青森。

她很快忘了自己犯下的错，搬出青森的寓所，与木同居。她在木的乐队里担当主唱，因唱腔与风格独特很快在北京各大酒吧走红。有钱有势的客人冲着安然的名头,包下场子,要她唱一晚。知名经纪公司出巨资要她退出乐队,改走主流路线,她不屑道:"花一千万又怎样!"虽然得罪了大牌公司,她的名声却更招摇。

第一次出道,以艺名 Vivian 示人,和木一起,是风靡各大酒吧"Moon"乐队的灵魂人物。Moon 一直延续它独特的风格,安然加入之后,为配合她的声线,创作的音乐更加空灵阴郁。木是民谣歌手出身,一把吉他闯北京,本身出众的气质与音乐才华使他很快闯出一片天,是最著名的"薇薇"酒吧的签约歌手。

"薇薇"的老板,为人神秘,常年不在国内。"薇薇"能够迅速崛起,与这位神秘的老板有很大关系。木是"薇薇"的台柱子,他的背后亦有着不可估量的势力。彼时安然与木达成默契,她可以接受任何酒吧的邀约,除了"薇薇"。而木,在"薇薇"只是驻唱歌手的身份,乐队不包括在内,安然不必因为木的关系在"薇薇"演出。

"薇薇"演出门槛很高,歌手与乐队都需具备足够的实力与名气。能够在"薇薇"演出的歌手或乐队,也就证明了他们在圈中的地位。许安然实力与名气兼具,但毕竟是刚出道的新人,圈中的地位与人脉还是欠缺的,有木这层关系,与"薇薇"签约是顺理成章的事。她却不惜得罪圈中势力,公然划清界限。

外界以为安然是因为木的关系才与"薇薇"不和,以她的性格,绝不会靠取悦某些人保住自己的地位。她从来不会去遵循这个圈子的规则,而在外人看来她与木的关系,也不只是绯闻情侣那么简单,木至今未正面回应过两人的传闻,她也置之不理。之所以不去"薇薇",只是因为一个人——青森。

青森的生活圈子只有音乐室与酒吧，众多酒吧中只去"薇薇"。青森因为音乐人的身份在"薇薇"的待遇很高，有私人休息室与会客室，传闻他是"薇薇"老板的朋友。他在"薇薇"喝酒找灵感，认识了木。同样有着音乐才华与梦想，青森很愿意指点这位天赋很高的后辈。他们认识的时候安然尚未出现。

青森为人低调，没有人知道他的住处。安然来了之后，木每次要去青森那里都被他拒绝。两个人的交情也维持得非常低调。青森回日本的事情木并不知道，他正在筹备安然加盟乐队后的第一场演唱会，这场演唱会也是"薇薇"老板回国之后的第一个运作项目。

青森与木在一起时，不会主动谈到安然。木问道："你觉得新来的女主唱怎么样？"青森晃了晃酒杯，浅酌一口，没有回应。"本来打算叫她一起来的，你们见个面，她有很多音乐上的想法，很特别，我觉得你们会擦出火花……"

"朋友？"青森用日语重复了一遍。

"你在思考的时候就会露出本性。"木玩味地说着，青森一笑置之，"这次乐队筹备的演唱会主要是推她，'薇薇'早对她动心思了，现在才刚走了一步而已。"

"她不适合。"

"什么？"

"她不适合。"青森此时已有几分醉意，含混不清地说，"安然……她不会同意。"

青森未通过木，找到安然。演唱会日渐临近，乐队没日没夜地排练，与外界完全隔绝。安然独自出门，晨雾尚未散去，她只穿单薄的风衣，瑟缩着身体在空旷寂静的马路上溜达。

凌晨她沿着马路跑一圈，将白天黑夜的逼仄与压抑释放出来，睡眠少，唯一减压的方式是不停地抽烟与奔跑。青森见她戴着耳麦，光脚在柏油路上跑步。他将车开到她的面前，对方看到也没有停下来的意思。他索性将车停在马路边，与她并肩奔跑。

"安然，你是故意的。"他喘着气说，"你将外套鞋子脱掉，像闹别扭的小孩儿。"他说中文的声音还是那样低柔，"出来一年了，怎么还没有学乖？"

她将耳麦摘下，冲他微微一笑。果真如好胜的孩子，铆足了劲往前跑。他们一起穿过马路，沿着护城河不知跑了多长时间。

在音乐的教导上，他对她十分严格。未达到预定的期望，她便要受到惩罚。不许睡觉，反复练出错的那节，她赌气脱鞋，光脚在冰冷的地板上来回奔跑，他不出声就不能停。

节奏越来越快，奔跑的速度也越来越快。不吃不睡，身体到达极限，反应一旦慢下来，小腿就会多一道鞭痕。她恨恨地瞪着他，他说："是你自愿的。"她便趁他不在的时候将恨意发泄到他爱的睡莲上。

她说："在音乐上一旦犯错，我就用这种方法惩罚自己。"

两个人发生矛盾，要冷战一段时间，之后就像什么也没发生过般一起生活。青森照旧指导她音乐，她也逐渐顺服，但她始终觉得自己对于他而言，不过是一件无聊的玩具。时隔一年，青森还是老样子。

他们在河边停下来。她静静地回望他，突然转身踏入水中，河水冰冷刺骨,她却没有一丝瑟缩,面对惊愕的青森,只是淡淡一笑。河水没到膝盖,她弯腰用水拍打光裸的脖颈、手臂与脸,长发倾泻而下。他站在河岸,面孔苍白如纸。

"我感觉自己一直在生长,就像某种生命力极强的植物,有着惊人的生长速度,停不下来……当我具备与他对视的高度,我终于发觉,一直以来对他的迷惘和依赖,源于自卑。"

她起身,与他平视。漫长的对视中,他低下头,说:"我要回日本了。"

安然不期然想起第一次见面他说的话。

"回青森吗?"她问道。

"东京的一家唱片公司对我的音乐感兴趣,前两天得知母亲和弟弟在东京的住址,我想去看看他们,短时间不会回来。"

她平静地接过他脱下来的外套,披在身上:"什么时候走?"

"明天。"

"真巧,我的第一场演唱会就在明天。"她径直往回走,未穿鞋袜的双脚冻得通红。

"安然,"青森皱眉,"再这样你的脚会冻坏的。"他弯腰解开鞋带,脱下鞋子,她任他给自己穿上他的鞋。

"上来,"他弯下腰,耐着性子,"我背你。"

天已透亮,白雾散去,清洁工人正在清扫路边的枯叶。青森的车子不见踪影,安然看着忙碌起来的车道,挣扎着要下来:"我自己打车回去,你的车应该是被交管拖走了,你别管我了。"

青森却没有停下来的意思,他背着安然,因为冷的缘故,一路小跑,来往的行人纷纷转头看着他们。

他吝惜说出一句离别的话,在她的一再要求下将她放下来。他说:"安然,我不赞成你过早出道。你还年轻,应该先完成学业,出道的事慢慢来。"

"谁来负担我呢?"她轻嗤道,"我需要负担自己的生活。"

"这就是你这一年在外面飘荡的理由吗?你究竟想证明自己的音乐天赋,还是赚钱的能力?"青森突然怒道。

"都不是……我只想摆脱寄人篱下的生活,不再看别人的脸色。"

"你太任性了。"

"那你带我走啊!你既然要离开了,为什么不带我走?当初的承诺呢?"见他沉默,安然怒极反笑,"所以你没有资格管我,你不是我的什么人。知道我为什么不去'薇薇'吗?"她笑得张扬,"我的第一场演唱会就在'薇薇',所有人事先瞒着我,等签完合同,一切已成定局后才告诉我,可又能怎么样呢,我稀罕毁约吗?"

"不过现在我要改变主意了,"晨风中,她扬起脸,"因为我再也不用担心在那里看到你。"

她与木发生争执,他在一切尘埃落定后告诉她,Moon要借着这次演唱会正式与"薇薇"签约。若毁约,乐队要承担巨额赔偿,背上官司。她没有吵闹,转身出门,此时距离演唱会开演还剩两天,也是他们紧锣密鼓的三个月来最后一次排练。

青森说:"安然,我们总是彼此伤害,不留余地。"

她握紧兜里的钥匙,不发一言。

她与青森不欢而散,没有留下只言片语。一路跑回来,她推开门,室内 Jazz 乐声流转,空气里弥漫着烟草、酒精的香气。木一个人抱着吉他坐在窗台弹唱,与"薇薇"签约是他单方面的决定,但毕竟是为乐队的利益着想。

他反复弹唱那首《爱你至天明》,瘦而性感的男子,锁骨突出,微敞的衣襟下线条分明。

"你有多少女人?"安然看着木,突然问道。

"很多,或者一个也没有。"他微眯着眼,见她披着男人的衣服,"为什么突然问这个?"她不做回应,就着桌台的烛火点一根茶花。

"你的衣服和鞋呢?怎么弄得这么狼狈?"

"跑步的时候落了。"

"鞋也跑飞了?"木似笑非笑,白色的毛毯上,涂着红色丹蔻的脚趾鲜艳夺目。

"过来。"他说。

她依言过去,木的眼神迷离,身旁摆放着七八个空了的酒瓶。

他将吉他递给她,她低头拨弄着琴弦,轻声唱:"愿河水长流,愿星辰永驻,愿生死无悔,爱你至天明……"木从未如此安静专注地看她,她低垂的侧颜像一只不肯折服的白天鹅,拨开长发,如愿看到红莲刺青隐于皮肤罅隙,他情不自禁,俯身亲吻。

"安然,"他轻声呢喃,"你想好了吗……我们要在'薇薇'演出。"

对于他近乎疯狂的抚摸无动于衷,她问:"你打算什么时候公开我们的关系?"

"你担心这个?"

"我不想成为众多选择之一。你也可以换主唱,捧别的女人。"

她漠然地别开脸。

木轻蔑一笑，松开手："许安然，你别把自己的幸运当资本，你还不够格。"

平安夜圣诞嘉年华取消，"薇薇"隆重推出"Moon Night"跨年演唱会。注定属于Moon的夜晚，彼时，她叫Vivian。

12月24日，北京下雪了，漫天漫地的雪白，迎合圣诞夜的气氛。Live House里搭起巨大舞台，供千人观看，算是"薇薇"给予一个出道三年的乐队的最大荣耀。歌迷陆续入场，彼此拍打肩上的雪，相视一笑。很多人第一次来，染了Vivian标志性的紫发，脸颊画着红莲花。

晚上十点，场内所有灯光熄灭，璀璨烟火腾跃，幻化成莲花的模样。这是送给歌迷的圣诞礼物。人群沸腾了，吉他咆哮，Moon的成名曲——《The Moon》，一贯作为开场曲目。歌迷高举双臂，抑制不住地尖叫……这凄美自由的洪流，随着节奏挥动双手，慢慢地，人群间开始相互冲撞，兴奋不知。

舞台是一朵巨大的红色莲花，灯火绚烂中花瓣缓缓绽放，那迷人男子化着妖娆妆容，站在舞台中央。整首歌曲用日文、英文各演唱一遍，最后一遍是中文，全场集体演唱，荣耀王者的归来。

演唱会前两个钟头，乐队的三个成员，木、阿信与Ben一一登场演绎Moon的经典，他们相互交换乐器，分别进行Solo。演至动情处，木亦追随他的狂烈热情，拥抱吉他亲吻。万人瞩目的Yellow Heart——Hide的御用吉他，谁都知道，这是木的至爱。

中场休息，不知谁带头，全场高举双手，大声喊着"Vivian"的名字。大幅海报升至空中，商家惯用的噱头，风头最劲的那个，非要千呼万唤始出来。屏幕显示器上圣诞倒计时数字跳跃，足足十分钟……烟花再次绽放，全场一片欢腾。

"12月24日，你的生日。生日快乐。"

她说："这么多年，从未过过一次生日。忘记自己的出生，以为还是那个被人捡到收养的孤儿。从孤儿院出来，被他接走，两年的共同生活算来已是奢侈。两年里，他尝试将我送进寄宿学校，十三岁，该是上中学的年龄。我违抗，从未见他那样着急。我想拥有这份奢侈，害怕被他扔下……"

CD里持续播放那首《*Merry Christmas, Mr. Lawrence*》。

那天木喝多了酒，试图对她侵犯。她在争执中将酒瓶推倒，用碎玻璃片划伤了木的脖子。她无处可去，在青森公寓前逗留至天黑，未见他出门。披着他的外套来到201室，敲了敲门，无人回应。用青森留下的钥匙打开门，室内一片冷清，空气中弥漫着消散不去的烟草味。想起为不让他闻到身上的烟味入水的事，她自嘲地笑了笑，在他面前，永远是妥协退让的孩子。

她在房间里寻到青森留下的一沓钱与便条，将钱扔进抽屉，便条随手揉成一团，瞥见背面模糊字迹，展开来，他对她说：Merry Christmas，生日快乐。

那一瞬间，她抑制不住泪流满面，闭上眼，回味他的容颜，就是这样一个与她生活了两年的男人,令她悔恨,令她着迷,令她疯狂地爱恋与记得。

我爱你,却只是我一个人的作为。

她被安排在午夜十二点出场,穿雪白花卉礼服,七分高的定制水晶鞋,化着与乐队相配的妆容,木在前方喊着:"Welcome my girl……"演唱会达到高潮。

木的伤口被艳丽花朵图案掩饰,染了与她同样的紫发,左耳戴着一颗 Vivienne Westwood 水晶耳钻。他们是众人眼中的金童玉女,天生相配。

"我以为你不会来。"他借着拥抱她的时候轻声说,姿态暧昧。

台下越加沸腾,随着疯狂的尖叫声,木拉着安然走上舞台中央,阿信与 Ben 早已准备好。

"Merry Christmas!"

振奋全场的 PUNK 调,迎接千禧年圣诞。众人随着乐声振臂高呼,现场再次开始集体冲撞,疼痛与兴奋交织。

她只为音乐而生。

她说:"最后一首歌,我要求清唱。演出当晚,足足两个小时我将自己反锁在化妆间,他们四处找我,却不知我一直在后台……反复听青森留下的CD,里面只录了一首歌。我背不起昂贵的违约金、歌迷的愤怒与失望……但他们必须为对我的欺瞒付出代价。外面人声鼎沸,现场气氛很好。爱情名誉皆是虚幻,对我而言,只有这个舞台才是最真实的。"

她唱青森送给她的唯一一首歌,当场作词,她只为音乐而生,雪之女王。

雪白华服,妖娆妆容。漫天烟火中她与木长久亲吻,成为Moon乐迷心中的"雪之女王"。

肆

扑火

/

爱到飞蛾扑火,是种堕落。

1

休息了一个星期之后,平安恢复去学校上课。安然重新与木合作,一起做后摇。她说,我想尝试一种新的创作方式。

"说起后摇,日本做得最地道。"

两个女孩儿相对点了一根 Blizz,平安说:"我正酝酿一个剧本,听《茶之圆舞曲》时眼前出现了一片郁蓝的海。"

"神思者的音乐不用经常听,偶尔听来,特别是夜深人静的时候力量很大。"

"故事的开场是在海边,海边的小镇……似乎不太适合做成舞台剧,小说嘛,又没有画面来得那么直接震撼,只能考虑电影剧本了。"

"故事写的什么?"

"写一个少女与两个少年。"

"很纯洁嘛。两个少年相爱,也爱这个少女,少女也同时爱两个少年……"

"烂俗的桥段我都编不下去了……"

"那你还是写成连载小说吧,现在的孩子爱看这种。"

"你太打击我了。"平安轻捶安然的肩膀。

"那要不换一个?"安然戏谑道,"现在的小说、电影包括舞台剧都是一味地复制,没有突破,没有什么好糟心的。"

"那音乐呢?"

"音乐只有爱听和不爱听,没什么好含糊的。你的剧本也一样,喜欢就看,不喜欢就不看,界限明确。"

"但它是在描写人性,不管纯洁的还是混乱的,反映人性的善与恶的作品都该得到正视和保护。"

"是,是。就好比摇滚,歌颂青春,歌颂生命,也赞颂暴力与死亡,似乎又坠入一个没有界限的时代。"

"热爱音乐,热爱苍穹,热爱河流,热爱存在。歌唱为人民,歌唱为小资,歌唱为困苦,歌唱只为演绎世间不朽。"

"你还记得?"

"我还记得,生活每天都在上演新的悲剧,这其中也许有我和你,有什么不好,我们就停留在这里。"

"他轻轻抓住我的手,微微一笑,又优雅地放开。

"他叫作木,是这世间最性感妖娆的摇滚男子,穿着白衬衣,有陈旧的褶皱,别一朵米色胸花,下身是修身的黑色牛仔裤,光脚在台上唱。"

安然轻声念给她听,换来她的淡淡一笑:"你如果喜欢,直接跟他说。他是来者不拒。"

"你喜欢木吗?"平安突然问道。

"不喜欢。"

"一点动心都没有吗?"

"你怎么突然问这个?你的那两个少年呢?该关心关心他们呀!"

"安然,"平安伏在她的肩膀上,"你其实很寂寞。"

水流哗哗往下流,落在女孩儿的肌肤上,仿佛流动的音符在光洁纸张上跳跃。列衣相撞发出清脆声响,安然的左边,平安的右边,偏过脸,两人湿漉漉的目光相对,模糊了长久的心事。

她执起安然的手,如同抚摸优美丝绒,水珠沿着指缝滴流,摊开来看,像是情人的眼泪。她放下,再次执起,连着手腕上的列衣,深深亲吻。

"与木在一起,其实并不顺利。起初他将我当宠坏了的小女孩儿,不过玩玩。我与他在酒吧认识,被他怀抱吉他的样子吸引……他身边从不缺女人,视性爱为消遣。我也无所谓,只想通过某种方式引起青森的注意。我和木在一起的时候流掉别人的孩子,十分可笑。木送我去医院,在家属栏签上他的名字。如果和他在一起,也算为这场荒唐的爱情画下句号。可是……我不爱他。"

平安说:"我明白你的感受。在叔公的葬礼上遇见濂,他是我关于爱情的期待与一切美丽幻想。安然,经历之后再回头看,爱上的,其实是幻觉。"

"举行第一场演唱会的那天青森离开,留给我一套只剩一个月租期的房子,一个月后我做出选择,若想继续住下去,用他留下的钱与房东续签。他是在告诉我,若留恋过去,就要欠他。除非抛下与他的一切,开始新生活。"

印度《吠陀经》里有句诗,我是站在镜子前的一个回声。噩梦初醒看见镜子里自己的影像,十分陌生。将洗浴间的花洒开大,听水流细密的声音,从痛苦的回忆中抽身而出,才能够坚持过新的一天。黎明在等待新一天的漫长静默中到来。

十八岁,平安失去至亲。生命中的亲人,父亲、母亲与叔公,叔公永远是排在第一位。他们坐船、换车,一路南行,她看着身边睡着的陆建航,男子疲惫的面庞令她惘然。

经过一条地下隧道,进入寿元地区。南部大开发,挖山填河,大量土地被征用,房屋拆迁,如今已面目全非。陆建航给她介绍寿元的现状:"你叔公搬到这里的时候还未进行大规模建设。"

年届六十的林逾时回到家乡,在旧址的河塘边盖了一间茅屋,屋前屋后种上大片蒲公英,用竹篱笆围一个院子,种一些蔬菜,天气好的时候将整箱整箱的旧书翻出来晒。闲暇之余重拾泥塑手艺,又尝试雕刻工艺。他的名声很快在寿元传开,尤其是孩子们,越来越多的孩子拥进他的小院子,跟他念书,学习手艺。逾时早年心愿得偿,成为村里德高望重的教书先生。

大嫂桂芬坟前的花圃日渐昌盛,娇艳欲滴,逾时临走时栽种的树苗也已长成茂密大树，保护坟墓不被日晒雨淋。逾时回来，重新雕塑了一个泥人，挨着坟墓新挖了座坟，将泥人放进去。坟前立块碑，育仁与桂芬这对分别多年的患难夫妻得以团聚，安葬在一起。

逾时在村里住了几年，未见着寿元翻天覆地的变化。历史的脚步不会停歇，他在时间的洪流里被一代寿元人记住，也被一代寿元人遗忘。

平安在叔公的葬礼上遇见久未谋面的濂。逾时突然离世，未留下遗书，江宁政府感念他对寿元的贡献，派人联络他在当地的亲人。最后到场的只有濂与平安。濂已是有家室的男子，在国企工作，妻子因为怀孕没有来。濂比印象中更加成熟，岁月的风尘在他清俊的脸上留下痕迹让让他焕发出男子独有的魅力。十二年之后再相见，面对为人夫为人父的记忆少年，平安却转过脸，做不到坦然相对。

对方只当她陷入悲伤中，昔日的小女孩儿已长大，不再如过去可随意亲近，自始至终，他们没有说过一句话。回程的途中，她在随身携带的日记本中写道："少年人总以为爱太缺乏，最后越过思念这一层，爱是苦难。"

她反复问陆建航："我是不是很绝情……"

叔公的离世尚能应对，然而面对昔日少年已婚的事实，她却不能当下接受。阵痛再次袭来，她疼得弯下腰，朝着家族的墓地跪了下来。

那片埋葬爷爷奶奶的坟地已被夷为平地，河塘被填平，沿着山脉修一条高速公路。育仁与桂芬的坟地迁到后山，寿元的每个家族自有一片墓地，逾时连同兄嫂作为林家人一同埋在半山腰处。

平安说："将来我也要葬在这里。"

她偏过脸,看见不远处的濂,俯身在坟前放一束白色雏菊,身后是一群孩子天真朝气的脸。

2

爱一个人,爱至以酒为引,吞下他的骨灰,拥有对方身体的一部分。那样地爱着,只是为了真实地拥有。

青森之后,安然唯一真实拥有过的男人是许家树。

跨年演唱会之后,安然正式进驻"薇薇"。几个月下来,"薇薇"却没有照事先签订的合同给 Moon 安排商演,联系大公司去日本发展的事也遥遥无期。"薇薇"方面以内部人员变动为由一直拖延,同时要求安然单独与"薇薇"签歌手合约。

而 Moon 也存在着变动。木与"薇薇"高层频繁接触,洽谈事务,他在很多事情上不与其他成员商议,擅作主张。因为合同的限制,成员任何单方面的行动必须征得"薇薇"的同意,而许安然的不买账也加深了内部矛盾。Ben 出国深造,阿信也以专注学业为由暂时退出,Moon 陷入成立以来最大的危机。

成员临时变卦,纷纷与"薇薇"解约,Ben 与阿信分别支付违约金,抽身走人。身为队长的木不得不单方面延长与"薇薇"的合约,作为乐队违约的代价。也有传闻说是"薇薇"资金运转不灵,不得已拆散队员,将赌注下在木一个人身上,全力培养他去日本深造。

唯一的牺牲是许安然。这位未红够两个月的新人受到严重冲击,因高调的不合作态度得罪"薇薇",官司缠身。她与木一年的地下恋刚曝光,又迅速传出分手。

世事无常,人生不过浮尘。这一切仅是外界的猜测,失踪一个月后,许安然奇迹般地在"薇薇"登台。

只每周五晚在"薇薇"驻唱两个小时。她唱《南海姑娘》《初恋的地方》等怀旧歌曲,声线细腻优美,惹人思念。她对着麦克风轻轻摇摆唱《怀念》:"也许喜欢怀念你,多于看见你。也许喜欢怀念你,多于得到你……"

很多人难以将她与舞台上华丽张扬的 Vivian 联系在一起,她在偏室一隅,安静歌唱。

许家树在连续七个夜晚看她演出之后对她动心。他是有家不想归的买醉男子,流连于商场与情场。对逢场作戏的桥段已然厌倦,脱下昂贵的西装,呈现出的只是一个疲惫的已婚男人的状态,渴望一段充实的感情生活。

他见到安然,以为她是以唱歌为生的小女孩儿,如此全情投入,视歌唱为全部,不免心疼。生活之外还有生活,任何事都不该成为重心。他的眼里,这个女孩儿遇到了麻烦。

许安然不止一次看见木当着她的面与别的女孩儿调情,次数多了见怪不怪。就像现在,那个与木拥抱亲吻的女孩儿偏头看着她,一脸的挑衅。木一直充当她的经纪人,包括与"薇薇"交涉。她未出面,直接由木代为支付部分违约金。花去一年赚的钱,剩余部分以在"薇薇"驻唱偿还,每个星期一场,直到还清债务。

嚣张出众的许安然早有许多人看不顺眼,她演唱的那晚"薇薇"爆满,更多人落井下石,来看她的失意。木在音乐上精益求精,他的私生活却十分放荡,拥有不计其数的女朋友。许安然风头正盛的时候,他也没有收敛。木的浪荡生活,不会为任何一个女人改变,即便是许安然。

乐队解散后,安然迅速搬出木的寓所,如同两个人没有公开恋爱关系一样,分开也不明言。钱在木那里,用来支付"薇薇"的赔偿金,她将青森的房子退掉,最窘迫的一段日子住地下室,白天在书店打工,晚上在酒吧唱歌。除了"薇薇",她又选了两家酒吧驻唱,生活逐渐宽裕。她却习惯了住地下室,坚持在无人认识的小书店打工。

被许安然的歌声吸引,继而跟随她辗转各个酒吧的中年男人很多,唯独许家树只钟情"薇薇"。某个醉酒的男子冲到台上欲轻薄安然,她撂下话筒,当场走人。男子跟过去,立即有保安架着他往外走。男人骂骂咧咧:"不长眼睛看看老子是谁……"不久就传出男人撕心裂肺的哀号声。

酒吧这种消遣地,没有身份与尊严之别。家树跟出去,见她被一名年轻男人拥抱亲吻,随即又发生争执,她甩了对方一巴掌。家树一路跟随,她又去另一家PUB,两个小时后被侍应生扶着出来。在连续第三辆出租车没有拦停时,一辆黑色奔驰停在面前,她抵住车窗,对着车子呕吐起来。

许家树将不省人事的安然带回公寓,给她脱去外衣,清理脏污,拿体温计给她量体温,服下解酒药。她做噩梦,挥舞双臂尖叫,在床上来回翻滚，家树抱着她，喂她水喝。她看他的样子十分模糊，伸手轻抚他的脸，像个孩子笑起来。

家树被她的笑容迷惑，她一只手钩住他的脖子，另一只手探入他的衬衣，从他的下巴开始亲吻，脖颈、肩膀、胸膛……一路向下……家树忍不住抱起她，褪去全身的衣服……因为酒精的作用她像只乖戾的小野猫，不肯就范，又莫名哭泣。家树安慰她，一遍遍吸吮她流出的眼泪，他不确定地轻唤："安然……"

她将头深深埋入，咬住了他的脖子。

安然醒来，看到陌生男人，忆起昨夜的场景。家树倚着窗台抽烟，她问："现在几点了？"

"晚上八点。"

她瞥一眼暗沉的天色，该死，居然睡得这么沉，迅速起身穿衣。

家树偏过头："晚上有演出吗？"

"没有。"她将头发扎成马尾，从包里拿出外套穿上，像一个清纯的学生。

家树说："外面在下雨，你的衣服还没有干，如果没有什么要紧的事，吃完饭我送你。"

安然回身，看着他柔和的侧脸，突然发觉昨晚的乱性不能完全归于酒精作用。

"好，"她想了想，"我要吃家常菜。"

家树被她的孩子气逗乐，不禁笑道："我很长时间不在家里吃饭，只能将就一下，有什么吃什么了。"

她说："我曾经的心愿是，只要不饿肚子就好。"

那晚家树下厨,做番茄炒鸡蛋、生鱼寿司、蔬菜沙拉、排骨汤,点一支玫瑰香油蜡烛,两杯苏格兰红酒做点衬。

她说:"女人为心爱的男人做饭、洗衣,生儿育女,无取无求。"

家树为她斟满酒杯:"男人也同样甘愿为心爱的女人付出。"

"也许他的甘愿带着目的。"她自在地就着烛火点起一根烟,"欢好之前,鲜花、名车、昂贵的首饰与衣服,不过带着欲望行事;欢好之后,同样的金钱付出只是想着摆脱。女人永远争不过男人,她们却不信命。"

"你只是参照从前的恋爱经历,并不是每个男人都像你想的那样,也有家庭和睦婚姻幸福的。"他说,"在爱情上,女人比男人伟大的是她们不去追求结果,选择这个男人并为他付出,即便这个男人薄情寡义,最终抛弃她也不会抱怨。她们选择忠于自己的爱情,为爱情付出。"

"那么男人呢?"

"在爱情面前,男人什么都不是。"

他们的第二晚,他将她跨坐在腰间,抚摸腰部的刺青。

"你身上有多少刺青?"

"没留意过,这里是刚做的。"

他俯身亲吻,将她抱起来,散发着玫瑰香薰的浴缸雾气蒸腾。她说,与他一起,有种被瞬间融化的错觉……正是这种错觉,令她错误地着迷。

浴缸的水溢满,她似乎闻见令身体隐隐作痛的香艳气味。将身体潜进水中,带着窒息的快感。她的身体,十二处刺青,每一处都是一种花的图案。无可救药地迷恋上花,莲、鸢尾、百合、蔷薇……

突然看到或想起某种花的姿态，就将它刺进身体。

肉体逝去，记忆永存。只是香如故。

3

平安突然收到陆建航的来信。

高考败北，陆建航找到一个在大学招生办的同学，破格录取平安。她与同学没有多少联系，高考之后闲在家里，看书、整理日记，一天睡十个小时以上。房子月底到期，她不打算续租，找陆建航商量。陆建航说："你妈妈要来看你。"

"她又离婚了？"

陆建航好笑："成家了就不能来看你？她想带你外出散散心。"

"你呢？不是说好带我出去旅行的吗？我还盼着呢。"

"那是对你考上大学的奖励。"陆建航看她沉下去的脸色，知道触及了她的伤心事。叔公去世对她打击很大，葬礼回来之后整个人迅速消瘦下去，还要坚持熬夜复习。他自己的事情也很多，疏忽对她的照顾。她在考场上晕倒，缺考一门。陆建航劝她，"你妈妈的意思也是让你再复读一年，现在办还来得及。"

"我不想再那么痛苦地读书。"她说，"大热天我也不想出门，房子快到期了，回来后没地方住怎么办？"

"这些都不是你考虑的问题。房子的事已经解决了,你妈在市里买了房子,你直接搬过去和她住。"陆建航低声叹了口气,"真如你想的一样,她恢复单身了。"见她沉默,陆建航继续说,"她知道叔公的事,心里难过。这几年过得不如意,对你心存愧疚。她想补偿你,想和你好好过完后半生。"

"她是这么跟你说的吗?"平安露出犀利的神色,"男人和钱都不能满足她,仍觉得空虚……天知道她到底想要什么!"

"住口,平安。"陆建航呵斥她,"你没有资格说你的母亲。"

"那你有资格管教我?你想管就管,想放手就放手?这些不过是你想摆脱我的说辞!"她不依不饶,声音尖锐。

陆建航痛苦地闭上眼睛。

她与陆建航激烈争执,任性跑出门。陆建航后来没有再来过,秀云来接她,她沉默地任由秀云收拾行李,给房东钱,说尽感激的话。房东说:"小姑娘天天闷在屋里怎么行,你们夫妻尽忙工作了。好在你回来了,要给女儿好好补补身体,太瘦了。"

秀云神情尴尬,匆匆点了点头,拉着平安走出去。这处生活了十二年的旧宅子就此画上了她灰色青春的句号。

她随秀云回寿元祭祖。秀云没有表现出陆建航口中的难过与愧疚,她早已不当自己是林家儿媳。

"我与你父亲结婚十年,从未见过公婆,今天来权当是了却过去多年未尽的孝道。"经历两次失败的婚姻,她似乎看透了,"只有你才是我最挂心的。"她在墓前提及与平安父亲的往事,"那是很早的事情了,我差不多都忘记了。你叔公当时是我的老师,不是他,我和你父亲还不认识。那还是我的初恋呢……"她不愿多谈,一副墨镜遮掩心事。开车带女儿游览寿元风光,禁不住感叹,"没想到这里变化这么大。"

"你来过这里?"

"听建航说过,他年轻的时候在这里插队。"

"怪不得会说方言。"

"建航是个有能耐的人,这些年我唯一做对的就是把你托付给他。"

单秀云想要在某个地方打天下,便会在最短的时间内网罗各种关系。她将外头的资金撤回,打算在家乡发展。几天后回到市里,开始出入高档场所,组织饭局,结交人物。秀云去哪里都带着平安。人家问女儿考哪里了,秀云露出一贯世故的笑:"我女儿去北京了。"极尽风光之能事。

平安厌恶,但不会将不满表现出来。平安在她身边如一个摆设的洋娃娃,母女俩像是一个模子刻出来的,非常艳丽。

秀云给她讲一些处事要害:"你跟在我身边慢慢学,我的一切将来都是你的,你要先打基础。"

平安不回应,对于她的那些商场伎俩不屑一顾,认为不过是一些虚与委蛇的把戏。她只惦记陆建航,母亲回来后一直没有和他见面,又介怀和他吵架,索性憋着性子不问。直到去北方上学,她也没有见到他。

大学的学费和生活费由秀云负担,在花销上她尽可能满足平安,并积极为平安筹备出国的事。秀云说:"现在出国热,国外有优秀的学校和环境,你出国再回来就不一样。"

平安说:"我不想出国,现在一切都挺好的,而且花了你不少钱了。"

"母女俩还计较什么?我现在有能力供你出国,平安,你要出去,学好本领回来帮我,我身边始终没一个得力的人……"

她不等母亲说完挂断电话,心情烦躁。

安然带回一封信。

"我去学校办退学手续,一个女孩儿拿着你的信说联系不上你。什么人,居然从国外寄来?"

信封上没有署名,邮寄单位是美国加州一个华人公益基金会。

"你怎么办退学了?"平安问。

"迟早的事。"安然点了根烟,淡淡说道,"我正在跟一家唱片公司聊,计划不久出专辑……学校那边的事处理完就可以专心做音乐了。"

"恭喜你。我也正酝酿小说。"

"不写剧本了?"

"退出话剧社,学校的课大多很无聊,打算趁着这段时间写点东西。"她没有提秀云要求出国的事。

安然显得十分疲惫,没说几句便回房间休息。平安独自坐在客厅,拆开信封。

十七岁,他给她写第一封信。

她渴望将心事宣泄给他听,羞于说出口,便用写信的方式。

"我喜欢上同班一个男生,那种感觉既甜蜜又失落。课堂上默默关注他,看他做题,与女同桌低头说笑。每天放学他的女友到我们教室等他,我看他牵着女孩子的手从我面前走过十分难过。"

她似乎隔一段时间就对某个气质特别的男生动心。她说:"在看不到心之前,只能专注表象。"

不久,陆建航回信。同样是放在某个特定位置,让她自己发现。他在信中写道:"我能明白你的感受,中学时喜欢过一个女孩儿,课堂上偷偷画她的侧脸,整个速写本上全是她。她是我的同桌,父母都是高干,喜欢她的人一大把。我这样一个穷小子,人家肯定看不上,我只好努力学习,靠成绩引起她的注意……"

"她后来自杀了。"他说,"平安,人若不能真实地表达自我多么无能。我后来去她自杀的河边向她忏悔,表达心意,不过是让自己内心好过。所以,如果有喜欢的男孩儿就去大胆表白,不要给自己留下遗憾。"

去北方那天,她在火车站徘徊,广播里提醒旅客进站,她拖着行李箱站在月台上,试图从一个个风尘仆仆的行人中辨认出那张熟悉亲切的脸。临走前,给陆建航发短信,告知离开的时间与车次,并以出差在外的母亲的拜托为借口,希望再与他见一面,却一直没有收到陆建航的回复。她仍不死心,直到列车员吹哨示意火车快开了,才不情不愿地上了车。

到北方后换了号,打电话给陆建航对方却始终处于关机的状态,自此与他失去了联系。她想,也许是他故意不接电话,照顾了这么多年,一味地任性发脾气使他厌倦了,不想与非亲非故的自己再有什么瓜葛。

十九岁的时候,收到他的第二封信。

生日快乐,平安。

原谅我一直没有跟你联系，知有母亲照顾你已安心。我与秀云认识这些年，她只有在说起你的时候才会那么快乐。平安，她很爱你。

你现在是大姑娘了，能够将自己照顾妥当，我感到欣慰。在我眼里，你一直很坚强也很独立。我希望你在大学好好学习，好好生活，找一个爱你疼你的男朋友。

我即将迁居美国，你暑期那段时间正忙着办签证和辞职，抱歉没有给你送行……平安，有许多事无法当面对你讲，我一直纠结要不要将去美国的事告诉你。这件事在你高考前已成定局。小京的妈妈多年一直没有再婚，女儿十三岁被她接去美国，七年过去了，这七年一直是她抚养小京长大。小京来信说希望看到父母重归于好，让妈妈的后半生有个依托，她说现在已经不再叛逆了，希望在二十岁生日时见到父母。

平安，还记得我给你讲过的那个难以忘怀的初恋吗……那件事给我最深的教训是，人不可以太自私。是的，我不得不承认当年因为一己之私以至于酿成一生无法抹去的罪。也因为我在爱情上背负的罪，使我从未得到过爱情……这一生在仕途上摸爬滚打，婚姻草草了事，女儿出生，从未看过她一天成长。我试图从你身上找到一点为人父的骄傲和释怀，也确实得到了。我希望得到女儿的原谅，尽全力满足她的要求，哪怕只是看一眼她在生日上幸福的笑容。

她收到信的时候他已经去了美国，而现在收到的这封信是两个月前从美国寄出的。信里附一张工作单位的明信片，正面是几个华人义工与一群非洲孩子的合影，没有在人群中找到他。明信片的背面依旧如去年一样，写着"生日快乐"。除此之外还有一张画像，长发女子站在海边，裙摆微扬，金色海潮漫过脚面。

夜晚，她辗转反侧，难以入睡。将信夹进日记本，又翻开旧信来读。安然半夜醒来，见她在灯下迟迟不睡，问："还在写小说吗？"

"没有，在看以前的一些东西。"

安然看着她，说："我刚刚做了个梦，梦见将你送我的银镯弄丢了。你说它们是天生一对，必须找回来，如果找不回来，就将我最珍爱的东西给你……我怎么找也找不到，拿刀杀了你，然后挖出自己的心。"

她说，《全蚀狂爱》里两个男子近乎疯狂的爱情，兰波问魏尔伦，你爱我吗？魏尔伦说，你知道我很爱你。兰波又问，那么，你爱我吗？我爱你。魏尔伦说。说完他伸出手，手掌朝上。兰波将刀插进了魏尔伦的手掌。

1873年7月10日，魏尔伦在酒醉的状态下向兰波开了两枪，魏尔伦被判入狱两年。在这两年间，兰波完成了《彩图集》。

"你这两天一直睡不好，有什么心事吗？"

"我和一个人很长时间没有联系。中学时他对我照顾很多，我和他总是若即若离。我读大学时他去美国，每年生日给我寄一封信。今年来迟了。"

"就是因为这个原因？"

"不是。"平安摇摇头，"他来信是我没有预料的，也许这是最后一封了。他在美国有自己的家庭，女儿比我大一岁，去年他与前妻复婚了。"

"他告诉你的？"

"他写信告诉我，我不知道如何回信给他，那时候他还没有去美国。我在想,他给我的那封信只是一个说明和告别,可是,我仍抑制不住想他……他是否想通过这些信向我暗示什么……我在渴望得到什么……

"我习惯写日记记录我的心事。小时候的我非常自卑,父母离异,母亲没多久改嫁,我不知道父亲去了哪里,有没有再婚……高考前叔公突然离世,我失去了生命中最亲的人,这些年,唯一在身边的只有他。

"每次喜欢上一个男孩儿,便在日记里写暗恋的感受。写爱的感悟,少年人总以为爱太缺乏,最后越过思念这一层,爱是苦难。也一度认为,爱只是自己的所为,与别人无关。最难忘的电影是《心动》和《情书》,翻来覆去地看,常常流泪到不能自已。而今我觉得,似乎有一阵子也爱过他的。"

她回忆那幅海边的剪影,他描画的女子也许是他的妻子、女儿,也许是秀云又或者是她……还是他愧对与追忆的初恋情人……囊括了他这一生对于一个女子的全部幻想与表白。

4

除了每周五晚去"薇薇"演唱一场,其他时间安然都待在家树的公寓。她没有告诉家树与"薇薇"的合约纠纷,没有提 Vivian 的从前。家树每天工作之余陪她逛街,买各式花朵包装的香水。他带她去意大利餐厅吃牛排,听一场午夜音乐会。

家树说:"我初次见你,你在台上安静唱歌的样子,仿佛这世界所有喧嚣与你无关。安然,你看台上那些投入的演员,歌唱是他们一生的事业。你若一心只想唱歌,也该寻找这样一个一生为之歌唱的舞台,酒吧始终不是长久之地。"

她浅浅一笑:"不然呢?"

"有什么苦衷吗?"她不说话,一副有难言之隐的模样,越发楚楚动人。"安然,让我帮助你。"家树握紧她的手,"没有人能够逼迫你做不愿意的事。"

她看着家树,就是这么一个男人,在她想走的时候带她走,令她错觉地以为爱上了他。

她去见木,提出解除合约。

约在原来一起同住的公寓见面,直至凌晨四点,木才醉醺醺地回来。而她一直坐在常坐的窗台上俯瞰北京城的夜色,照例晃着脚听CD,从许巍到朴树,昭显着九十年代的民谣声音,沧桑绚烂一时。

室内一片昏暗,木看着她的背影,长久没有出声。

"你回来了。"她像过去那样背对着他,口气一贯的淡漠。

木走上前,从后面轻轻拥抱她。

"难为你,还记得钥匙存放的地方,我一直没换地方。"他的声音里有罕见的温柔,"你走后,我都是在外面过夜,很久没回这里了。'薇薇'给我在附近租了新房子,以后更不会来这里。"

"你可以把它卖了。"

木轻轻笑着:"安然,说卖就卖,你从不稀罕我们的感情……现在又搭上哪个男人了?"

安然沉默了会儿,说:"木,我不是来谈私事的,我不想在'薇薇'唱了。"她掏出信封,"这里面的钱足够支付'薇薇'的违约金和对你的赔偿,我来是想要回存在你这里的东西,你知道是什么,当然,把它毁了也可以。"

两个人在昏暗寂静的空间对峙,一时无言。木接过沉甸甸的信封,随手掂了掂,将钱丢到沙发上,顺势坐下来,点了根烟。

"难怪你可以两三个星期不去'薇薇',是有后台了吧?那个靠老婆的男人?许安然,你的本事可不仅仅是唱歌勾引那些愚钝无耻的离婚男人。"他刻薄讽刺地说道。

"是。在你和你的老板面前,我不过是赚钱和博取名声的机器,真没什么本事。现在,你可以把它还给我了吗?"

"这个我做不了主,得等老板回来。"

"他什么时候回来?"

"不知道。他要回来的时候自然会回来。"

"至少将属于我的那份给我。"

"我给你担保的只是后签的那份合约,你就算拿走也没用。"木的声音掩饰不住的烦躁,"安然,如果你是来要合约的,现在没办法给你。"

"可是我给你钱了不是吗?那些钱足够支付所有的赔偿金,还有什么不可以解决的?"

木醉酒的身体枕在那沓钱上面,他借着酒意缓缓说道:"很多事情不是你想得那么简单,也不是用钱就可以解决的……这个道理你应该知道。你只是太急了。"

"如果我再也不登台呢?"

"用这些钱吗?"

"是,用这些钱。"她恨恨地说,"再也不受你们摆布。"

木轻佻一笑,回头看她。她的身影隐于夜色中,侧脸面向窗外,像一只被风吹起来的荧光蝴蝶。有一瞬间,木恍惚地想起初识的他们,她执意文一株濒死绝望的莲花,他亦有意在身体某个位置为新的人生留下印记。他们同为一朵红莲,这样相知。某一刻,曾靠得很近。

"还不够。"他疲倦地闭上眼睛,声音里有遮掩不住的空洞与绝情。

她从未爱过自己,他从未爱过她。如此,也好。

黎明时分,她走出寓所,手里攥着一张纸。白纸黑字的字条,是木临时写给她的收据,答应替她摆平此事。她没有告知家树,从他给自己的卡里取出所有的钱,不是简单直接的金钱买卖,就是暧昧拖沓的床上交易。男人与女人之间,性与金钱总是显出本身格外的分量,周而复始,乐此不疲。

天色渐亮,酒吧刚刚打烊。一两个醉汉从身边经过,她敏感地避过,男人身上的酒气渐渐被风吹淡。与木的欢好,算是彼此最后的了断,也为自己挣得一段时间的自由。她可以做任意想做的事,获得平静的生活。

她跟家树说去见一个朋友,什么时候回来没说。北京的清晨被晨雾笼罩,显示出它的深沉与神秘。这城市如此不真实,浓郁的黑,混沌的白,失去了分明的界限。它的身体堆积着历史的尘埃,沉得担不起一分重量。华灯渐熄,晨曦破出,白杨树的叶子窸窣作响,耸立的高楼云影像沙漠中矗起的一座座石林,道是无情,欲望自知。

她是不会回头看走过的路的,然而在这清冷的早晨,却忍不住回头望去,路的崎岖与笔直不过是它睡着的姿态。某一刻,她觉得自己是瘫倒在路边被一双双脚踩踏的蚂蚁的尸体,渺小得感觉不到身体的存在,亦感觉不到痛。

她又开始奔跑,穿过清晨的马路与草地,沿着河流狂奔。血液急剧上涌,似是要从身体某个部分溢出来。整个城市尚沉浸在繁华喧嚣之前的静态,像某只乖觉而危险的兽。那种奔跑的感觉,正如战场上一马当先,迎面直上,是那样干脆与决然。所到之处净是草木风声,身后是一排排倒下的尸体。她知道,很久以前自己的心就已经死在了绝望里。

许家树回来时看到的是这样一幅画面——少女难得盘起头发,穿着他的衬衣,自己煮面条。屋内放着舒缓的小提琴协奏曲,几盆新买的盆栽安放在 CD 台上,衬着背景的壁灯一片绿意,仿佛月光天地里的麦田人家。少女是那暮色炊烟里的"我中有你"。

他静静在门边站了许久,不忍破坏这安恬美满的画面。直到安然回头看见他,露出少女明媚的笑容。

"你回来啦,"她挥着手中的筷子,"我在煮面条,还有一会儿就好。"

不过是上学年纪的女孩儿,却经历了这么多。家树从后面抱住她,轻轻嗅闻发丝的香味:"你有没有想过像寻常女孩儿一样上学?"

"上学?"安然含糊地重复一遍。记忆的阀门打开,似乎在某个夜晚,也是这般难得的岁月静好心无杂事,有个男人问她愿不愿意去上学。

他在等她的回话。她说:"好啊,你供我上学。"

家树顿了顿,抚摸女孩儿盘起的发髻。

"你这样子最美。"他轻声说。

她沉默不语,将煮熟的面条捞起,清香弥漫。

他勾起嘴角,缓缓道:"城西有个不错的学校,我跟校长有些交情。那所学校看重艺术人才,依你的天分在那里应该会有很好的发展。"

再读的事就这样定了。

安然听了没有过多反应,往面条里掺了两滴香油,又拌了牛肉辣酱,就着夹起的一筷子面送到对方嘴边:"尝尝,好不好吃?"

家树自在地咬了一口,又喝了口面汤:"味道不错,你以前经常做?"

"倒是想经常做,但没有想做的人。"

家树笑了笑:"你以后可以经常做给我吃,我很开心。"

"只怕你没太多时间。"安然见他吃完,又盛了一碗,岔开话题,"最近很忙吗?"

"嗯……"家树的反应有些踌躇,"是在抱怨我没有抽更多时间陪你吗?"

她低下头,故作思考。时间在氤氲的雾气中悄然流失,古罗马之美的赞颂还在某个遥远之地回荡,旋律如此优美。猫咪琉球换了舒服的睡姿,眯着眼打量依偎的男女。雪白绒毛与湛蓝眼瞳的波斯猫还是家树嫌她独自一人太闷,买来打发他不在家的时间。

"一个人的时候我会做很多事,不觉得孤单。房间里的每件家具我都仔细擦过,小到绿色植物上的细小灰尘。最爱午后的时光,抱着琉球睡到自然醒，然后坐在洒满阳光的地板上发呆，从黄昏到天黑，听墙上的嘀嗒声默数你开车到家的时间。"

她听见身畔男子轻微的叹息，惬意地闭上了眼睛。

家树说："我每天开车上班下班，例行公事。我的生活单调刻板得让我感到慌乱，坐在空荡荡的办公室，从高高的落地窗俯视整个繁华的城区，有一种深入见底的麻木与厌倦。这就是我的生活，很多年前向往，而今彻底厌弃……如果时间倒流，让我再做一次选择，还是会义无反顾重走当年的路。它耗费了我的半生，却也让我证明了自己。"

"你有没有想过，某天撇下拥有的这一切逃离，而逃离的理由仅仅是出于对路边流浪儿的一句承诺，或者……单纯为了一个女人。"

"为什么会这样问？"家树偏头看怀中露出笑意的女孩儿，仿佛是在勾引他掉入早已准备好的陷阱。

"你会吗？"她执拗地握紧他的手臂，"如果有一天我要你抛下这里所有的一切跟我走，你愿意吗？"

她眼中纯真未褪，令家树错以为身边的女孩儿真是单纯地将自己视为一切，假如这时候抛下她，她将无家可归，失去这个世界唯一的支撑。

家树从未与安然谈及自己的过去，包括曾有的家庭。他是勤工俭学的模范生，家中清贫，父母是下岗工人。他始终记得高中那三年，一家人蜗居在二十平方米不到的单位宿舍，拥挤简陋不说，每个月还要上交已停产的厂子两百元房租和水电费。厨房设在公共过道，吃饭也在那里，来来往往的人溅起尘土与污水，非常脏乱。永远都是他与父亲两人吃饭,母亲每天起早贪黑推着三轮车,以卖煎饼为生补贴家用。父亲微薄的下岗工资和打工赚的钱用作他的学费。

他无法忘记那些年艰苦窘迫的生活,那些煎熬的日子逼得他不得不埋头苦读,失去同龄人应有的快乐。他以全县第一名的成绩考入清华,以为自此可以松一口气。当一脚踏入这座全国最高学府时,才意识到过去的自己一直是坐井观天。全国各地最顶尖优秀的学生考入这里,尽管在家乡出类拔萃,在这里不过是芸芸众生中的一个普通人,渺小、卑微……那些艳羡、仰视与追随的目光再也不会只投注在他一人身上。

他看到那些意气风发的同龄人,开名车载女友进出校门,一路爽朗的笑声与豪言壮语,无法不打动他……他却仍是最朴素的装扮,白衬衣、粗布裤子,身上唯一值得看的是考上大学那年班里的老师和学生合起来送给他的一双耐克鞋,这双球鞋穿了四年……他唯有发愤学习,在一众强劲的竞争者中拿到来之不易的奖学金。

大学期间,没有谈过一次恋爱,毕业两年之后结婚。他是在大学毕业求职中认识了前妻沈沐芳,北京人,父亲是当地一家颇有名声的企业老总。她是沈氏集团唯一的继承人,在北大读完文学硕士之后拿下光华学院的 MBA。她与许家树认识是在沈氏集团的求职会上,她在僻静走廊不动声色地观察大厅里拿着简历的求职者,许家树那天迟到,等到简历全被收走初次面试结束后才来,被拒之门外。她在看完第一轮简历之后疲惫地下楼喝咖啡,一眼就看到了他。

他穿着白衬衣、粗布裤子、白球鞋,打扮非常朴素。就连那双那双穿了四年对他来说最昂贵的耐克鞋在女方眼里都是廉价的。可是不知为什么,她第一眼就注意到他,被他吸引。他身上的孤冷气质,如同见到富士山顶终年不化的皑皑白雪,令她下意识地觉得,自己的年龄不小了,该找个人谈一场恋爱了。

她从 HR 手里接过许家树的资料,被一张绘有雄阔蓝图的方案吸引,无论设计取景还是商业运作,都称得上绝佳。许家树凭这张图纸顺利进入沈氏,即使没有这张彰显他才华和野心的图纸,他进沈氏也是迟早的事。

他们的结合顺理成章。年轻有为的公司掌舵者与根基深厚的继承者,完美搭档,将共同的事业蓝图描绘得更加壮阔。家树是有野心也有自知之明的男人,他需要找到一种捷径。不是每个人生来就是好命,任何别人煞费苦心想要得到的东西能够不费吹灰之力唾手可得,也不是每一个人只要付出汗水就能实现愿望。他不想做无谓牺牲,毕竟他和他的家人在社会的低层挣扎了太久,而一旦出现生机,他会当机立断牢牢抓住。

家树与沐芳在彼此搭档了两年也估量了两年后结婚。两年的同事与搭档关系,以婚姻作为彼此更为坚实的巩固。家树深知,在这个刚成立的新家中自己处于弱者,年迈拘谨的双亲无法给他锦上添花,正如他们所说,在身边反而给你丢脸。他的婚礼以及婚后的生活都没有父母的参与,在北京深造、打拼、成家、立业,始终孑然一身。

沐芳结婚后明确地告诉他,不想要孩子,他表示尊重与接受。他借助她的力量一步步往上爬,年纪轻轻已成为公司副总,沈氏一半以上的业务需经由他过问与管理。他的成功不能说没有妻子的功劳。沐芳是一个很有能力的女性,起初他觉得,这样的女子是最适合自己的,她会成为事业中得力的帮手,始终与他并肩。

此一时彼一时，当初成家立业需要沐芳这样的妻子。可当抵达人生颠峰时，名利双收，他却感到非常疲倦和空虚。他需要一个体贴温柔、善解人意的红颜知己，但沈沐芳不是，她也不是那种甘于隐身背后的贤妻良母。

许家树在经历一轮轮的并购与收盘后，婚姻也如做生意，意兴阑珊。他开始频繁出轨，与妻子渐行渐远。他们离婚前的最后一次见面，她即将去美国进修，很长一段时间不会回国。提出离婚时，沐芳其实已经有了他们的孩子。

她说："我怀了你的孩子，不过已经做了人流……我离婚的时候不喜欢有个孩子来牵绊。"

"离婚"两个字被她云淡风轻地提出，他其实并没有想过跟她离婚，他只是厌倦了这种貌合神离的婚姻生活。问题出在他身上，他知道，但没办法修复。他看她坐在对面，一袭Chanel深色套装，精致的妆容，仍是召开会议时无可挑剔的扮相。各式名牌的堆砌之下，是一副速战速决的心态。他只觉得那种熟悉刻骨的疲惫感排山倒海般袭来。一直以来，做决定的是她，他们结婚，他们有孩子，他们离婚……他永远是后知后觉被动接受的那一个。

恢复单身的那两年，家树过得十分艰难。他从沈氏辞职，另谋出路。沈沐芳够绝情，他被迫净身出户，否则他在沈氏所有的资产都要遭到清算。他离婚时三十岁，一个男人最意气风发的年纪，却仿佛历经了沧桑。他没有告诉家里离婚的事实，父母仍欢天喜地等着抱孙子。那段时间，他身心俱疲，夜夜在酒吧买醉。后来，他只去"薇薇"。也不知是爱上"薇薇"的名字，还是那里的酒抑或氛围……那晚，他照常去"薇薇"喝酒，第一眼，看到了许安然。她轻轻摇摆的样子刻入了心里，他清楚地知道，那是他渴望的女子。

那一夜，安然梦见了青森。青森的雪地明亮耀目，天空蔚蓝如海，阳光灿烂。四周是白雪覆盖的崇山峻岭，巍峨连绵。青白的光自山顶照射下来，在洁白的雪地投下一轮光环，她站在光环里，仰脸深深呼吸，光影流泻在脸上。

雪雾迷蒙，仿佛看到无数晃动的人影，身体里产生幻觉。幻象渐渐清晰，他们还是半大不小的孩子，有着一张张青春明亮的脸。眼睛、鼻子、嘴唇，扬起的弧度与细纹，一个两个三个，有男孩儿有女孩儿，纯真的笑脸，连同天边云朵的形状，像极了白神山地常年不化的积雪。

孩子们渐渐走散，或被家长领走，或坐上校车。空旷的雪地只留下一个背着庞大行囊的少年背影，他是所有孩子中个头最高的。他的头发微微卷曲，涣散的光芒笼罩一身，像一座金色的雕像。

光影交叠，梦境中一片雪白。忘记了笑颜的温度，失却了泪滴的形状，她不知不觉脱口轻唤："青森，青森……"少年下意识回头，金色的背光中，她看到他的脸，白得透明，似笑非笑，那么近，那么远。

这幅画面，永久地定格在时间的记忆里。

这大概是她做过的最美的梦了。

5

两个女孩儿一起生活，聊音乐、电影、小说和旅行。安然拍下身体的刺青，在平安的背部手绘花朵。浴缸的睡莲、窗台的昙花、墙角的山茶，买大盆吊兰和青竹，小盆的绣球和观音莲。两人一起逛街，光顾风格独特的日式小店苜蓿，买一朵天堂鸟送给对方作生日礼物；一起穿刺与文身，说好一起去东京看 live，去京都看樱花。

安然对平安说，我们一起去青森，去看神山的白雪。

小若约平安出来，两个人相约在学校附近的星巴克。小若剪了短发，乍一看险些认不出来。

"这里！"她朝平安挥手。

小若坐在窗边，点一杯美式，专注地看着平安。平安调侃道："怎么一阵子没见，认不出我了？倒是你，怎么把头发给剪了？"

"落得清静。喝点什么？"

"跟你一样。对了，找我出来有什么事吗？"

小若又点了杯美式，沉默会儿说："平安，你好一阵子没去学校了吧？"

"在家写小说，课也挺无聊的，去了反而浪费时间。"

"话剧社那边迟迟联系不上你，社长倒是挺欣赏你的才华，她出了一个剧，想邀你当女主角。"

"我已经退社了。"

"怎么没听你提过？我还打算帮你应下来呢。她对你的《列衣》一直念念不忘，你这回完全能得到很大的支持和发挥空间。"

"不是你想的那个意思。"平安顿了顿，"我现在没那个心了，想静下来写点东西,这也是搬出学校的原因。"

小若喝了一口美式,说:"我最近在看一部很火的日本动漫——《娜娜》,主角娜娜是个摇滚女孩儿,留着十分有个性的短发。"

"你是因为这个原因才剪短发的吗?"

"当然不是!我早不追星了。不过倒是你,偶尔犯花痴起来兴许会冲动一回吧……"她掏出烟,给平安一根,"这是《娜娜》最经典的 Black Stone,味道果然很迷人。"

平安拿着烟不说话,小若说:"你演《列衣》的时候,手里拿的就是 Black Stone,许安然也喜欢抽它,不然你回去问问,她是不是也喜欢《娜娜》……"

平安蓦地抬起头。意识到自己说多了,小若别开脸。

"小若,你是不是听到些什么来说给我听的?"平安见好友沉默,"你知道什么就直接说出来,不要这么拐弯抹角的好吗?"

"我只是担心你。"小若叹了口气,从包里掏出一个牛皮袋,"你自己看看。"

平安打开来,里面是一沓裸照,大概七八张的样子。她只随手翻了两张,便塞进去再也不看。

小若说:"这还不是全部的,许安然究竟被拍了多少张我不知道,但有一点肯定的是,她现在遇到麻烦了。这些我从阿麦那里抢过来的,听到一些他们的谈话。因为这件事我彻底和 JEEP 闹翻,JEEP 那个浑蛋,被人利用还不知道……你刚才也看到了,这大概是许安然喝醉之后被人故意拍下的,她一向有拍照的嗜好……我是爱 JEEP 没错,但不能因为爱他失去理智。爱情不能毁了自己……"小若断断续续地说,"我以前一直特别羡慕那些玩摇滚的人,觉得他们酷、有才华、活得很真……没想到他们的生活与他们做出来的东西一样,暴力、放荡……平安,这群人外表看似风光,其实都是一群玩物丧志的神经病,我劝你离许安然远点吧。"

平安尚未从刚才见到的那一幕中回过神。闭上眼,眼前净是安然裸露的姿态,她在晦暗的烟雾中看不清安然的脸。

小若仍在喋喋不休:"我打算去英国念文学,也好,总算清静了。剪了头发讨个吉利,开始新生活。平安,你有时候看着坚强,不过是在掩饰内心的脆弱。你觉得这个世界寒冷、孤独,那是你想象的样子,这个世界的黑暗残酷远非你经历的那些……我们聊的青春与理想都是扯淡!你必须正视自己,正视现实。"

"我和许安然只是朋友。"平安低着头,努力维持镇定。

"你觉得自己和她只是朋友,我也相信你,可是外头人不这么看。她突然回学校退学,又当着那么多人的面接下你的东西……后来有人多次看到你们手牵手一起逛街,买的都是居家的东西……平安,《列衣》之后许安然消失,接着你搬出学校,学校里不乏搬弄是非的人,你不是不知道,你搬出去不也是为了躲避那些乱七八糟的谣言吗?"

平安说:"你让我冷静一下,我现在没办法听你讲的这些。"也不管周围人的侧目,她起身仓促离开。迎面撞着两个同校的学生,有人惊讶出声"咦,这不是林平安吗",但她冲出去,一路往回跑。

她不能看,不能听,不能想……这样自私地假设,小若跟她男朋友闹矛盾牵扯到许安然,她知道小若一直对安然没有好感。她该相信谁,还是任何人都不可信。眼泪顺着脸颊流到脖子里,天寒欲雪,北方的春天总是来得这样悄无声息,你以为尚陷于深冷的寒冬腊月,其实它已悄然来临。

"你有时候看着坚强,不过是在掩饰内心的脆弱。你觉得这个世界寒冷、孤独,那是你想象的样子,这个世界的黑暗残酷远非你经历的那些……"

三个多月,一百零八天。她闭上眼,光的碎片一闪即落,仿佛破碎的灵魂埋入深土。内心一片荒芜,痛将岁月撕扯,击打命轮的纹理。

她们一起爬山,在山顶看到两个背靠背坐着的女孩儿,安静地看着夜空闪烁的星辰。平安在她耳边轻声说:"听说背靠背的爱人相距最远,因为他们要绕过整个地球才能看见对方。"

她沉默地看着那两个女孩儿,待到她们转过来,列衣相撞,是她们自己。

平安在黑暗中辗转反侧,想要起身喝水。周遭黑寂一片,就像被夹进错综交缠的隧道一般窒闷难受。被子被掀开来,身边多了一具温暖的身体。她屏住呼吸,良久,听安然说:"我知道你没睡。"平安不吭声,她继续说,"今晚喝了很多酒,回来十分艰难,不想再动了……真累……"安然将脸埋进她的发里,手臂环过来,抚摸腕上的银镯。

安然梦呓般地说:"以前觉得一个人生活很好,清醒时候可以思考,狂乱时候可以放肆……现在却很混乱,不确定是不是又要回到一个人的过去,越发执迷不悟……"她的手臂紧了紧,"明天我们去文身吧。"

"安然,明天我打算离开。"平安闭上眼,忍着泪意。

"这么突然……怎么没听你提过?"安然醉酒的神志恢复一丝清明。

"临时决定的。妈妈一直催我出国,我总是定不下来。"平安哑着嗓子,生硬地说,"今天碰到小若,她正好要去英国,我便也做出决定了。"

身后许久没有动静,她以为就这样睡过去了,却听到安然说:"你就这么说走就走……"

"安然,"平安忍着泪意说,"我答应母亲出国,我不想继续像现在这样,觉得人生很无趣……"

"你怎么了?"

"我不知道……我一直觉得自己很坚强,可以独自承担别人无法承受的事,可是现在我觉得我错了……活了这么多年,我发现自己原来比想象中脆弱……你明白吗,安然……"

她絮絮叨叨地说着,不知道什么时候睡着的,醒来安然已不知去向。她看到枕畔遗落的列衣,深刻的花纹刺痛了双眼。她细细地抚摸列衣,将它放入枕头下面。

今日之后,我们是否再见面。安然。

6

许安然答应家树去读书,开学时家树要送她,被拒绝了。她穿着T恤、牛仔裤和白球鞋,背着黑色背包,扎一条马尾,如同一个不谙世事的学生,匆匆跨入校门。

　　封闭式的贵族学校,打着两年后被保送北影、中戏等一流影视高校的噱头,招揽全国各地有钱有势人家的孩子。高档的学生公寓和健身中心、设施齐全的私人排练室、水上保龄球馆、高尔夫球场……进来的学生,都不是一般家庭出身,极尽攀比之风。只有许安然,全身上下没有一件名牌,搭校车过来,对于一干从保时捷、捷豹下来的富家子弟视而不见。

　　她唯一的要求是独住,每日两点一线独来独往。特立独行加之长相出众,很快引起了学生们的注目,却没有人认出她是风靡一时的Moon乐队的主唱。每天大部分时间被文化课和乐理课占据,剩余时间用作私人排练。因为缺乏根基,她的文化成绩很差,乐理方面却非常出色。她从不与人合练,任何集体活动都不参加,在学校属于十分另类的人。

　　进入这所学校的学生或多或少都有些背景,在没有搞清情况之前,谁也不敢轻易得罪谁。这当中,宋朝晖是最出风头的学生。他是典型的公子哥,家中有钱有势,母亲是20世纪八十年初名噪一时的女明星。因着出众的长相、显赫的家世,加上玩乐队,宋朝晖成为学校的风云人物。

　　宋朝晖知道许安然,他看过她的演出。一开始,他只是单纯地想邀她加入自己的乐队,可对方连正眼都不看他。她大概也不知道他是谁,甚至他们曾经见过面喝过酒,但她表现出的漠视说明,那晚她连跟谁喝酒都未必清楚。宋朝晖感到前所未有的挫败,他想要征服许安然。

不久,整个学校都在传宋朝晖要追一个叫许安然的女生。

许安然这个名字不如她在 Moon 乐队的 Vivian 如雷贯耳,何况风光的时间太短,不久 Moon 解散,她很快销声匿迹。彼时十七八岁的少男少女,不知道一个混迹"薇薇"叫安然的女孩儿。

安然周五搭校车回市区,宋朝晖为了抱得美人归放弃了坐保时捷,与她一起乘校车。

你追我躲,安然被逼得没法子,索性周五也不回去。那阵子家树公司事多,她告诉他周末住校,其实是去酒吧唱歌赚生活费。

两个人就像捉迷藏,朝晖如果提前约,安然必定玩失踪。宋朝晖连续一个月扑空,再好的耐性也磨没了,他趁上课的时候跑到教室截人,不顾全班师生讶异的目光,拉起坐在最后一排靠窗的女孩儿径直往外走。许安然被宋朝晖拽出教室,他的力气大得吓人,压根挣脱不开。他将她带到私人排练室,重重关上门,拽着她的手腕将她逼至墙角,说:"Vivian,Moon 的女主唱,木的女朋友,'薇薇'的驻唱歌手。我说得没错吧?"

见对方沉默,他继续说道:"我第一眼看到你,就认出了你。你不记得我了吧,在 X 喝过酒,还是我叫人把你送回家的……"

许安然冷漠地看着他,一声不吭。朝晖被她看得松开手:"你为什么会来这儿?这里不是你该待的地方。"

"这是我自己的事,跟你没关系。"这是她第一次开口跟他说话,朝晖一时忘了回应。

安然转过身:"如果没别的事,我先走了。"

"等等,"朝晖拦住她,郑重邀约道,"我想请你做我们乐队的主唱。"

"我还以为你只是想追我呢?"安然嘲弄道。

"也追啊……"朝晖不知所措得像个孩子,"你答不答应?"

"要我答应也可以,"见朝晖惊得一双眼睛瞪得巨大,安然不禁软了口气,缓缓道,"别透露我的过去,还有……别追我。"

"好。"对方咬牙应了。

普通人眼里,美女与富二代向来是理所当然的结合。朝晖却承诺只把安然当乐队成员,他很快交到女朋友印证,而许安然除了例行排练,不与朝晖接触,包括定期的成员聚会也不参加。有几个公子哥见朝晖对安然失去兴趣,便跃跃欲试想追到手,传到朝晖耳里,他不由分说带人去教训,更放话许安然是他非常看重的人,别癞蛤蟆想吃天鹅肉。他对安然的态度忽明忽暗,众人看得含糊,却当真无人敢出手。

安然个子本就高,青春期身体发育得快,面容皎洁如山茶,显露出女人的性感美丽。她经历丰富,在一群如同白纸的同龄女孩中,令人不由自主地被吸引且着迷。朝晖虽当众做了承诺,却仍克制不住地喜欢她,频繁换女友,可不管交多少脸蛋漂亮、身材高挑的女孩儿都抵不上许安然在心中的位置。他对她上了瘾,越陷越深。

他找人跟踪安然,发现她住在一个男人家里。联想她过去与木的传闻,胸中憋着气,他很想捅破那层纸,和她交往。

安然连续几个星期未归,周末在附近的小酒吧唱歌,遇到了阿信。

"你很缺钱吗?都在传你被一个富商包养,为什么还要到这种地方唱歌?"阿信不解道。

"你也说了，是包养，万一哪天被抛弃了，难不成去喝西北风啊？"她抽着烟漫不经心道。

"安然，"阿信迷惑地望着她，"你知道我不是这个意思。木那家伙，现在天天花天酒地，绯闻闹得一个比一个厉害，'薇薇'也能忍。你如果只是赌气，其实不必这样，我可以帮你把他叫出来谈谈……"他还以为许安然是因为和木分手才这样。

"你是来做说客的吗？"她不屑道，"你从哪里看到我在赌气？你们当初一个个离开我又说了什么？乐队又不是谁的私有品，何况，就算要生气，也轮不到我。待得最久的那个不正过着你口中花天酒地的生活吗，其他人同样可以去找各自的第二春……"

"如果我说，我组乐队你来不来？"

"你要组乐队？"

"是。"阿信低头抽了会儿烟，"我一直有独立做乐队的打算，配合你的声音与风格，你不用再像以前配合乐队做你不喜欢的，你喜欢什么样的我们就做什么样的。我们先走校园路线，学生们对音乐的热情很高，也很单纯，如果有经纪公司看中，按照你的意愿来签约。我认识的几个乐手功力都不错，他们都很欣赏你，如果你愿意，可以先见面聊聊。"

安然沉默片刻，说："你不是要专注学业吗？为什么又要做乐队？"

"我不想浪费才华。安然，在 Moon，你的目光从未在我这里停留过，我也反思是不是技术没有木好，还是只因为他很会哄女孩儿……现在我还是不明白，他从未珍惜过你，利用完你就把你抛弃，照样过他的逍遥日子。我不服气，去找他打了一架，如果我赢了，就把你找回来，他再也没有资格要你……"阿信苦笑一声，"我们打了平手,还是趁他醉酒的时候。我不服输,但也只能这样,我们谁都没有借口再说把你抢回来的话……可我还是不愿意放弃,我希望用我的力量为你创造一个舞台,而不是看到你现在这样在小酒吧里讨生活。"

她掐掉手中的烟,看着外面暗沉的夜色:"时间不早了,我要回去了。"

阿信刚想说话,一个戴墨镜的光头男走过来,推搡了他一下。

"你谁啊!"阿信火大地站起来,"想打架是吧?"

那光头男也不说话,转头退一步站到安然边上。安然明所以,看了眼阿信,示意他先别急。不一会儿,宋朝晖和两个人走过来,看到阿信,他愣了愣,突然转过身冲光头男甩了两个耳光。

"你刚刚是不是对人家动手了,长不长眼……"说着,他仍不解气地踹了对方两脚。

旁边的两人见状忙上去拉劝:"哎,别这样,他好歹是你堂哥,见你喜欢的女孩儿跟别人在一起一时急了……"

"安然,他敢打你朋友就是跟我过不去,别说我堂哥,亲爹来了都不成。你说句话,我立刻把他丢出去!"

宋朝晖不依不饶还想动手,许安然制止他:"好了,别闹了。"她回头对阿信说,"我们改天再聚吧,那件事我暂时没办法答应你。"

阿信点点头,看也不看旁边戳着的几个人,转身离开。宋朝晖明知道对方是谁,却故作惊讶道:"刚刚那人是阿信吧?"

"他是我朋友,你的戏也可以收场了。"安然面无表情地揭穿他。

朝晖尴尬一笑,旁边几个人迅速离场。朝晖讨好道:"我刚从学校那边过来,这会儿寝室应该关门了,反正回不去,不如找个地方吃点东西。"

安然隔着窗户看着没走多远的阿信,心不在焉地点点头。

朝晖将她带到一家餐厅的包间,点了一桌菜,她只顾喝酒,也不吃菜。喝了几杯,她便开始昏昏欲睡,不一会儿,醉倒在酒桌上。那酒很烈,她感到绵软无力,胸口似有把火在烧。朝晖推了她几下,她嘟囔几声,便彻底昏睡过去。

朝晖将安然带到宾馆,他也喝了不少酒,借着酒性,和她发生了关系。她醒过来,头很痛,然而身体更痛,浑身赤裸,她依稀回想起昨夜发生了什么……安然坐起身,回头看着一侧熟睡的男孩儿,他睡得很沉,青春张扬的脸上尚有情欲未褪的红。但就是这张脸,她看到它的迅速老化,皱纹横亘,惨不忍睹。

她再也受不了扑上去掌掴他,而朝晖还沉浸在一夜淫靡的欢愉里。他被彻底打醒,摸着肿胀的侧脸怔怔地看着眼前状若疯癫的女子,对方的耳光不留情面地落下,一声比一声响。朝晖被打得毫无招架之力,只得拿枕头挡。以昨夜的行径,她的发怒不是没有道理,于是他抓着枕头左躲右闪,克制着不还手。可是安然铁了心不肯停手,直打得他嘴角出血。

"够了!"朝晖一下子擒住她的两只手,愤怒道,"你还真下得了手啊,说不定现在肚子里就留了我的种,谋杀亲夫谁负责啊……"

安然见他不知悔改反倒很得意,越加怒不可遏,抽出手指着鼻子道:"你信不信我可以告你!"

朝晖满不在乎地笑了:"许安然,别怪我没提醒你,你昨晚喝醉了,酒后乱性情不自禁,你告我什么?强奸啊?大家都知道咱俩在一起,这叫你情我愿……你要不介意的话,今天回学校我就公开关系……"

他的一番话深深刺痛了她,却无破绽可寻。但她没办法忍气吞声,她对他没有一丝感情,不可能将这一夜情当作被疯狗咬了自认倒霉。她有她的骄傲,不能被一个男人残忍地揭开尚未愈合的伤疤,即便这是一再发生过的事。然而,她现在正努力从另一个男人那里获得温暖和爱,现在这样又跟背情弃爱的木有何区别。

她闭上眼,绝情地说:"我可以和任何一个男人做爱,但不会生下孩子。没有人能让我为他生孩子……即使我爱上了他。"

7

家树来接她,黑色奔驰停在学校对面的林荫道上。她拎着包上车,一言不发。家树见她一副心事重重的样子,想带她去吃饭,她却突然转身抱住他,将脸埋入他的脖颈。

家树轻轻拍着她的背,一时无言。和她在一起,仿佛回到大学时的青葱岁月,那些丢落的遗憾似乎全部找回来了。他想,这样也好,一直宠着她、陪着她,只要她不说结束便永不结束……可是,人生总有无数个峰回路转的可是。

那天她心情不好,带着行李想回去住一阵子。家树向学校请假,老师却说许安然已经请了一个月假。家树不明所以,关切地问她:

"发生了什么?"

她摇头不说话。

那天回校后,她将自己关起来,乐队排练不去,宋朝晖找上门,她提出退出,两人发生争执,她用吉他砸伤了他的眼睛。朝晖的母亲知道后不依不饶,非要揪出谁伤了他的儿子,一定要让那个人付出代价。朝晖却怎么也不肯说,非说是自己不小心磕伤的,一时流言飞起,她厌烦无比,借生病躲避风头。

家树将她送回公寓,转身又要回公司。她从后面抱住他:"别走好吗?"她的语气是从未有过的软弱与哀怜。

男人轻叹一声,心有不忍,但还是坚持道:"我要回公司处理事情,晚上不能陪你。你听话,冰箱里有吃的,睡前关好门窗,早点休息。"

她双手环住他的脖颈,双脚悬空,亲吻他的脸和嘴唇,软糯道:"那等我睡了你再走。"

对于安然突如其来的温柔举动,家树一时无所适从,但他甘愿,于是抱着她躺到床上。

"你以前不管多忙晚上都会回来陪我,以后也会吗?"她轻声问。

"忙是暂时的。"家树说,他不欲多谈公司目前面临的困境。

他创立的这家公司,一半以上的客户都是从前在沈氏结交的,为了留住这批人,他将售价压得比沈氏低很多。但沈氏毕竟是实力雄厚的公司,几个被提拔上来的老冤家紧盯着他不放,不惜牺牲利益与他对抗。他辛辛苦苦开发的业务被几个老客户反吃,而那些新崛起的竞争者又对他虎视眈眈,加之沈氏的暗箱操作,逼得他连续几个月喘不过气。如此还不够,对方想尽办法挖他墙脚,员工纷纷跳槽，更有甚者向对手泄露商业机密，欲陷他于万劫不复之地。

安然枕着家树的手臂，闻着他身上浓郁的烟味不知不觉睡过去，醒来家树已不在身边。她打电话给阿信，约晚上八点见面。

他们约在后海，阿信带了个人，叫卓。卓是阿信的同学，看上去像个涉世未深的学生。安然化了妆，穿一件吊带桑蚕丝裙，指尖夹着寿百年。许多老外将目光投过来，放肆地看着她，她浑然不觉。卓和阿信属于一类人，相比那些性格张扬怪异的乐手，他们处事低调，个性不算突出。这也是为什么安然一直对阿信的追求无动于衷，她是光芒四射的女子，需要像木那样耀眼高调的男子相配。

阿信一直在说服安然，卓话不多，能看出他是那种技艺深藏不露的人。

"这几年我打算进修，暂时没有出道的想法。"安然瞥了眼对她吹口哨的老外，嘴里吐出一轮烟圈。

阿信这次反常地没有沉默，反问道："上次挑事的那小子呢？他居然到'薇薇'公然放话你在他的乐队，还说你跟他……"

安然皱眉："什么时候的事？"她见阿信欲言又止的样子，恐怕对方说的话还要难听。

"前两天……但他也没占到便宜，一个不到二十岁的毛头小子，也想在'薇薇'那种地方砸场子，被几个保镖打得爬不起来，还是他家人拿钱来赎的。"

她默默吸了几口烟，没有回应。阿信说："本来我不打算说这些让你添堵，但你和'薇薇'似乎不止合约这么简单。木那小子很淡定，说你跟他断了关系，你爱做什么他无权过问……"他顿了顿迟疑道，"'薇薇'的老板摩恩你见过吗？"

"没有。"安然掐掉烟头。

"是个很怪的人。"见对方一副无动于衷的样子,阿信叹了口气,语重心长道,"安然,其他话我不多说,你自己小心。"

安然点点头,她终究没有答应加入阿信的乐队。

她决定找朝晖,如果阿信的话是真的,他真借她的名义在外面招摇撞骗,那就不只是退出乐队打伤他那么简单了。

她给朝晖打电话,最近他在家养伤,她要到地址直接找到他家。远远地,她看见朝晖站在门口,眼角的伤口还没有拆线。

"你的家真大啊。"她在他面前站定,说出的话森冷而讽刺。

"要不进去说……"朝晖看着她,眼中竟闪过一丝狼狈。

"不用了,我说几句话就走。"见朝晖不应声,安然继续说,"听说你去'薇薇'了,耍了通威风。"

"那件事真不是我做的,安然,你听我解释!"朝晖知道安然为什么而来,生怕她再次跟他闹,也顾不上太激动会扯裂面部的伤口,急吼吼道,"阿涛不知道哪根神经搭错了,借我的名义去'薇薇'闹事,我真不知道,人还是我去捞的……他不说是谁,怕我查出来,我平时在外面又特别维护兄弟,有心人听了就以为是我干的……"

他见安然无动于衷地站着,心里更加光火,抓起她的手就往脸上掴:"你要是不解气就打我吧,反正我也不是第一次挨你打……新仇旧恨一起来吧……"

"阿晖,你在做什么?"不知何时,宋太太突然出现在朝晖的身后,她指着安然沉声道,"她是谁?"

朝晖一见母亲,立刻垮下脸,也不说话。宋太太转过身将安然上上下下打量一番,冷然道:"是你打伤朝晖的?"

"是。"安然也不回避,直直与她相对,任她用挑剔刻薄的眼光审视自己。

"啪!"一记响亮的耳光,安然被打得侧过脸去。

"妈——"朝晖没想到母亲当着自己的面打心爱的女人。

"你给我进屋去!"宋太太气势凛然,恨恨地瞪着安然,"要不是我儿子在场,就不只是打你一巴掌这么简单了。从小到大,连我都舍不得动他一下,由着你这个小狐狸精害得他破相……"宋太太越说越气,挥手还要再打,被朝晖死命拦住。

"我算是见识到了,"安然摸了摸被打肿的脸,冷笑道,"怪不得宋朝晖这么不招人待见,有什么样的母亲就有什么样的儿子。"

"你——"宋太太气得说不出话。

"宋朝晖,"安然走到母子俩面前,直视着对方,一副睥睨倨傲的样子,仿佛被打的不是她,她才是那个给对方教训的人。"既往不咎,我们两清了。"不等对方回应,她昂首挺胸转身踏步向着夜色深处而去。

一条条马路交错又分开通向不同的方向,两边的树发出细碎声响,天空一片黑寂,孤清的月亮隐于阴云之后,露出半边轮廓。长夜漫漫,却无一个供以寄身取暖的地方。天地之大,每个人都是孤独的流浪儿,在路途中迷失了方向。

一天,两天,三天……家树没有回来。手机一直关机,她找不到他。每天除了吃就是睡,闭门不出,浑浑噩噩地过了一个星期,家树依旧没有回来。她怀疑过他另结新欢,想想又觉得不可能,她笃定家树是喜欢她的,她年轻、美丽、会讨好他,唱的歌他也喜欢……她想不出理由家树会在这个时候抛弃她。

朝晖来过几次电话,她拒接。她开始习惯早睡,经常八点不到就睡了,电视机里的声音陪着她到天亮……家树什么时候回来的她不知道,半夜睁开眼睛,看见坐在床畔的身影,以为又在做梦。银白的月光照进来,一室敞亮,她恍惚地看着他的背影,忘记了他们在一起有多久,一年,两年……还是十年。

她从身后搂住他的腰,脸贴上他的背。她感受到对方身体里传来的热量,似无言的手温暖冰冷寂寞的脸。她习惯了离别,这似乎没什么不好,但她讨厌离别之前的温存。

"怎么不说话?"他将手覆上她的手背。

"不应该你对我说吗?"她执起他的手,手指穿过指缝,握紧。

过了很久,他缓缓说道:"我打算去美国……"他语气平淡,握着她的手依然温暖如昔,"房子已经转移到你的名下,学校也打过招呼了,你可以继续读剩余的课程。我到美国后每个月给你汇款,你不用担心生活……我再给你一笔钱,留着你未来深造或者做别的都可以。"

"这算是分手费吗?"她并不惊讶,甚至隐隐中觉得迟早有这么一天,只是没想到这一天来得这么快。不等家树答话,安然起身走到窗前,夜空中的月亮美丽而孤清,她静静地看着,什么时候风吹干了脸颊的泪也恍然不觉。

"我打算跟前妻复婚。四年前和她离婚时她怀了孩子,我以为她将孩子打掉了……她带着肚子里的孩子一个人去美国,现在孩子到了上幼儿园的年纪。她当时生孩子落了病,这几年身体一直不好……她和孩子都需要我,无论作为丈夫还是父亲我都……"

"你不是跟她离婚了怎么叫'丈夫'呢……"安然转过身,极尽讽刺地看着他，"你前妻知道有我的存在吗？"

"这不重要。"

"是啊，不重要……你都要走了……"她喃喃着，语气是说不出的漠然哀伤。

"安然，别这样。"家树走过来想抱她，她却如受到惊吓的小鹿一直往后退。

家树默默地看着她，尽管于心不忍，尽管仍有爱意，可是……此时此刻，他终于明白什么叫作——理想只是理想，现实才是现实。令人做出决定的原因不止这些，他的公司很快陷入四面楚歌的境地，债主纷纷上门，最得力的助手也临阵倒戈。他将自己关在办公室三天三夜，曾想过就这么从二十八层的高楼上跳下去，他不想让所有人看到他一败涂地的样子，尤其是父母和安然……直到沈沐芳来，他以为她回来是为了看他的笑话，整垮他，她却什么也不说，替他接手处理，以沈氏的名义将公司收购，帮他摆平债务……这一切的条件是，复婚。

沐芳告诉他，这几年她想了很多，孩子还是要有一个家。当初生下这个孩子几乎送了命，却不能给他一个健康的身体。她也想过给孩子一个新家，找个男人代替他的位置，却做不到。看到孩子张着小手喊"爸爸"时，实在无法让一个毫无血缘关系的人做他父亲。

"家树，你就是太自私，爱自己胜过一切。"她终于说出心里话，"你可以不爱我，可是你从现实考虑最终还是要回来面对一切。我就当放一匹野马出去撒野，它跑够了，就想回家了……而我一直在等，看你为不屈服的命运究竟付出多少。"

"安然，你恨我吧，"家树忍着泪哀求，"但是请你接受我的补偿。决定复婚后我再也给不了你什么，浪子回头，这是她说的，我不能再让一个为我付出孩子和生命的女人伤心……"他再也说不下去了,将脸深深埋入掌心。

她说:"我不恨你,我对你没有爱就谈不上恨。大家各取所需,你给我衣食无忧的生活,我回报你身体,这是公平的交换……你所谓的补偿,不过是让自己好过。我既然可以从你这里获得我想要的,换一个人也一样。"她的话冷酷而犀利,"家树,我算是贪欲过多的女人,却也觉得是本性使然。你不必歉疚,因为这真的没什么……爱情也没什么。"

她开始翻箱倒柜收拾东西,物欲换来的价值连城的商品,到最后不过是一个背包,里面几件衣服、几张碟、两本随身读物……她说出的话十分世故,偏偏行动简单直接,怎么来的,怎样离开。

她最后一次对他说,但愿以后的时光,永不相见。

伍 邮差

你是一封信,我是邮差。最后一双脚,惹尽尘埃。

1

平安第一次坐火车,是从南方去北方上大学。在这之前,她从未出过远门。

前路未知,身后如一团雾。学校、母亲、远在美国的建航、小若……以及安然,所有和她有关系的人,有谁知道她此时此刻的决绝。她在赌,将全部身家交付一个想象的已逝爱恋,那个曾经暗恋的人,是在校内网搜到的。小若的一番说辞,让她无法按照原来的方式生活下去,逃避或改变,她需要一个可以栖身的地方。

她骗安然,说接受母亲的安排出国留学,没有告诉任何人她要去哪里。根据校内网显示的地址，只身过去，这是她人生的第一次冒险。在火车站排队等了近三个小时，买到第二天最早去南京的票。她看到很多背着沉重行囊的民工穿梭在人头攒动的售票大厅，他们的神情有着悲戚的木然，生活在最底层的艰辛和疲惫在他们或坐或站的身形里刻下无法磨灭的痕迹，背着沉重的行囊，拖家带口……平安忽然觉得，越是繁华的城市，越体现社会底层的挣扎和苦痛。

从火车站出来已是凌晨三点，她拖着行李拦下路边晃荡的黑的。窗外一闪即逝的黑树林，依稀是那年夏天，那个夜晚，第一次见到顾思齐的情景。少年穿着白衬衣，在缀满繁星的夜空下向自己走来……她记得，最后一次见他是隔着一家咖啡店的橱窗，她一个人在咖啡店呆呆坐了一下午，看晚霞将天空一点点染红，勾勒出一幅"夕阳红"的油画。他逆光而来，穿着初次遇见的白衬衣，头发剪短了不少，眼里有挥散不去的忧郁，仿佛这个少年的心中长久怀着一个永不可实现的梦想，无论前进还是后退，都会让人在看着他的时候勾起永恒的悲伤。

思齐……她隔着窗户轻声念。

那一年的美好与心动仍横置心间。高三除了建航、叔公，不平静的心便是因为顾思齐。迈入高三，前所未有的压力铺天盖地袭来，对自己特别好的班主任突然患癌，班里群龙无首，陷入散乱的状态。她在十六班，顾思齐在十七班，两个班挨在一起，上课下课经常遇到。十七班是艺术班，也就是所谓的差班，顾思齐学习不好，调到十七班学音乐。晚自习时，她安静地做题，总能听见隐隐约约的钢琴声从隔壁传来，做题的心情不觉随着流淌的音符欢畅起来。整个高三，虽说有失意与憋闷，却也有如斯快乐与宁静的时候。

年级举行合唱比赛，班级报上去的歌曲是《明天会更好》。平安想到班主任还在上海做手术，想起他对自己的谆谆教导和殷切希望，内心酸楚难当。这首歌是她与班长一起选的，她一力主张通过这次比赛提升全班士气，让大家团结起来。

班长有意让她当这次合唱的总指挥："林平安，这是咱们班最后一次搞活动了，留个纪念吧！很多人表面上没动静，私下里非常计较指挥的人选，都跑我这里打听好几次了。唉，我看你最适合，歌也是你选的，就当为班级做点贡献吧……"

她沉默了会儿，说："再有半个月老班该回来了吧？"

"是啊，听说他的手术很顺利，如果他能来看我们的比赛就太好了。所以林平安，你要好好表现，他最喜欢你，不是吗……"班长这么一说，平安没有了推拒的理由。

她不喜欢班里一个叫张慧玲的女生，对方是外地转来的学生，刻意操着一口异地音调的普通话与男生打情骂俏。她平时跟班里的女生很少交往，与男生更不亲近，虽有才名，但在同学中的人缘不算好。

平安和张慧玲的冲突是因为合唱比赛。张慧玲想当指挥，但不正面申请，她去班长那里打听指挥的人选定了没，班长说林平安，张慧玲不满，百般说林平安的不好。她又联合平时要好的同学，以全班同学的名义抵制林平安当指挥。

班长没有和平安说这件事，平安不明内情，晚自习时搞合唱排练，大家兴致缺缺，几乎没人配合。平安跑到讲台前要求大家配合，下面乱糟糟一片，没有人听她说话，再一看，张慧玲一副得意挑衅的样子，只觉得深深的无力与挫败感，再待下去怕自己会失控……

她跑出教室，外面正下着雨，她浑身被打湿，满脸的雨水与泪水交织。她跑到操场的看台上，任由冰冷的雨珠砸在身上，一阵阵刺痛。班长带人到处找她，喊她的名字，她装作没有听见……就这样不知坐了多久，坐到身体已经完全麻木，丝毫感觉不到冷和痛，她起身慢慢往回走，却意外地看见了他。

彼时她的泪痕犹自挂在脸上，浑身湿透，头发被雨水打得凌乱。昏暗的路灯下，她怔怔看着顾思齐，对方亦看着她。她觉得一切都够了，她不想如此狼狈的样子被他看见，可是对方却一直看着她，没有要走的意思。

这时，班长带着同学赶过来，除此之外，还有一个人。

"林平安，你太任性了！"显然陆建航是被临时叫过来的，他因为找不到平安，又下着雨，担心她淋病了，又急又气。

她对着顾思齐，眼泪吧嗒吧嗒往下掉，建航的话却像一把无情的刀捅进心里。

"你当着同学们的面一走了之，丝毫不顾及别人的感受。你知不知道大家都很担心你？你的班主任现在还在医院，你轻率的举动惊动了他，现在还没休息。你说，你怎么对得起老师的一番用心！"

"是！是我的错！"她突然失去了与思齐对视的勇气，转身冲建航吼，"我没有要你管，也没有要谁管我的死活！你什么都不知道就不要妄加指责，你根本就不懂我的内心真正渴望什么……我高兴或者不高兴只有我一个人知道……"

围观的人越拢越多，她像只迷途的羔羊抱着自己蹲下来，大声哭泣。

雨不停地下。

她最狼狈的样子被顾思齐看到,她知道,这一段短暂的暗恋破灭了,就像曾经读过的一段伤感却执拗的话:"一些明知不会有结果的爱情,终于经历了多少的空守,留下一堆美丽的灰烬,在我的生命里告终。"

2

她在南艺下车,凌晨四点,拉着行李箱站在学校大门前。天还没亮,夜雾笼罩,校园里一片漆黑。

平安双手捂着冰冷的脸颊,呼出的白雾没一会儿就消散了。没有暖气的南方果然更冷,她竟不太适应,这样想着似乎很久没有回家了。她琢磨着天亮后该如何进入学校找顾思齐,从兜里掏出便携本,再次确认上面的地址是否正确。

"美女,是来找人的吗?"

她下意识转头,见两个男生相互搀扶着站在自己的对面。他们姿势怪异,明显其中一个喝醉了酒,另一个送对方回来。

她点了点头,那个问话的男生笑起来,不好意思地说:"对不起,我不是这个学校的,没办法帮你。倒是他可以,"平安顺着他的视线望去,那个喝醉酒的男生一直低着头,"但他现在醉得不省人事,也没法帮你……"

"现在能进去吗?"她不愿与陌生人多谈,看着那个醉酒的男生，让出一条道。

"我跟门卫很熟，倒是可以。你应该是外校的吧……"他扶着醉酒的男生往前走了几步，回头看了眼平安身后的行李箱，"外地来的？"

"是。"平安不自然地笑了笑，"我一个同学在这里上学，你能带我进去吗？"

"为什么不让他出来接你呢？"

大概是因为冻久了，她不禁跺了跺脚，低着头说："他不知道我来，我没有他的联系方式。"

"这样啊……这里风大，这样吧，"他扶着怀里快支撑不住的高个儿男孩儿说，"我先把他送到门卫室，你等一下。"

平安点点头，道了声"谢谢"。

没过多久，男生折回来，两个人并肩走路。他问："你是第一次来南京吗？"

平安点了点头。

"一个女孩子大老远跑过来真不容易，是来找你男朋友的吧？"

"不是。"平安说，"谢谢你，我想不如天亮我再来，找几个同学问问，虽然不知道联系方式，但名字跟专业是知道的，多问几个人应该就能打听到，也不用麻烦你了。"她明显不想再跟他多谈。

男生愣了愣，略显尴尬地说："其实也没什么，你要是不愿意我帮忙就算了，我也不一定能帮上什么忙。"他见平安没有反应，试着问，"你是不是认为我是坏人，担心把你骗了？"

"我不是这个意思。"平安急忙解释，"我是觉得没有这个必要，天这么黑，又这么冷，你也一夜没睡。我是觉得不好意思，而且非亲非故的,你凭什么要帮我呢……"

"你没必要这么说,听口音你是北方人吧?"男生转过脸,呼出的热气喷在她的脸上,她没有否认。"那我更应该在北方女孩儿面前展示南方人的热情了,我叫肖哲,很高兴帮助你。"

"林平安。"

"很特别的名字。"男生渐渐收住笑,"告诉我你同学的名字吧,给我一天时间,我一定帮你找到他。"

"顾思齐。"她轻声说,许久对方都没有回应,她以为他没有听清楚。"顾思齐……"她又重复了一遍。

出乎意料地,男生看着她渐渐低下头,她听见他说:"你说的这个人我认识……这个世界真小。"

肖哲带平安在学校附近找到一间招待所,坚持给她付钱。

平安还他钱,他拒收,说:"你一个女孩子出门在外挺不容易的,就当交个朋友吧。"

两个人一前一后地走着,天快亮了,熹微晨光从天窗照射进来,走廊里年轻的学生情侣手拉着手从对面走过来。女孩子披散着长发,穿着单薄的超短裙与长筒靴,身边的男朋友体贴地给她拎包。

肖哲将她送到房间外,说:"你奔波了一夜先睡一觉,今天我会帮你联系到顾思齐。"

这个男孩儿的面孔如此平常却如此深刻,平安默默点了点头,说:"好,谢谢你。"

肖哲很快离开。平安打开房门,一股陈旧的潮湿味扑面而来。她放下行李箱,躺在床上,闭上眼睡了过去。不知睡了多久,手机响了,是肖哲,临走前他要走她的手机号码方便联系。

平安拿起手机,却传来一个陌生男人的声音,明显不是肖哲。
"林平安?"对方低声问。
"是,请问你是?"
"顾思齐。"

他们在这间招待所相见,天黑了,那个有着明亮笑容的男孩儿兑现了他的承诺。好比做了一个漫长的梦,睡前一切都是晦暗的,睡了一觉,睁开眼睛整个天空都亮起来了。

顾思齐站在门外,神情里是满满的不可思议:"林平安,你怎么来了?"

她没有说话,静静地看着顾思齐,他与她只有一步之遥。她保留着十八岁的那个梦至现在,当中有过遗落,现在重新将它拾起来。夜明珠的表面覆上灰尘,她小心翼翼地擦拭,终于看到它重新发出透明的光。他逆光的脸似一颗光润的夜明珠,如此珍贵。这少年已经长大,是这样英俊与特别,只是他眉宇间隐现的忧郁更深。

"你确定要一直站在外面吗?"平安笑着问。

顾思齐笑了笑,走进来,看到被褥正中一个巨大的塌陷。平安抱歉地说:"我太累了,一直睡到现在。"

顾思齐忍俊不禁:"你就是这么睡的吗?着凉了怎么办?"

平安没有接话,问道:"你是从学校来的?"

"不是。"思齐就势躺在床上,"我这几天都不在学校。"

"那还真是……"平安微微笑道,"如果去学校找你,说不定还不会这么容易找到。"

"这不是找着了吗?"房间没有开灯,顾思齐侧躺在床上静静地看着平安,看了会儿他突然说,"你站在那里不累吗?过来。"

他拍拍身边的位置,"你不是来找我的吗……"他的声音喑哑,与电话里的感觉完全不同。

平安依言坐到他的身边,低着头不说话。漫长持久的沉默里,她似乎又听见心中那个声音,遥远却贴近——顾思齐……思齐……

她转头看他,见他也看着自己,似乎在出神。两个人静静相对,他突然伸出手,毫无预兆地将她压倒在身下,对着她的脸,一阵亲吻。那个时候,她听见身体深处,花开的声音。

她躺下来的那一刻,觉得一道奇异的光芒在身体深处骤现,又迅速流失,她不觉得痛。像闪电划破天空后漫天漫地的倾盆大雨,她在这沉静泛滥的雨夜听见心中微凉的声音:你做到了,后悔吗?

事毕,思齐起身去卫生间,不多时卫生间里传来水声。平安闭着眼,感到非常疲倦。迷迷糊糊中,有人过来推醒她,那张曾经朝思暮想的脸依旧英俊而遥远,他的眼睛像是蕴含着千言万语。他注意到她手腕的银镯,清亮如静夜湖水发着光。

"你为什么……"他想说,却不知如何开口。黑夜里情欲的涌动,可是,他还是想问她,为什么?

"没有为什么,是我愿意的。"她说,"我喜欢你很久了。"

思齐仰面向上,看着黑沉的虚空,两个人都没有说话。

过了很久,思齐说:"你来找我,我很意外,"他说得极缓,似乎想努力确认,"林平安,你给我的印象还停留在走廊上擦肩而过的时候,我只闻得你的发香,心想这个女孩子真是好。我不知道你对我的感觉,也从来没有过想法……可现在,你和我突然见面,一下子越出这么多,我还是第一次在一个女孩子面前不知所措,我还是想知道你为什么……"

"我说了,没有为什么。"她在暗中背对着他,长发压在手臂下面。她看着面前的墙壁,窗外的微光透进来,打在墙壁上,像刚刚坠身而入的白褥子,看着有一瞬间的恍惚。"我喜欢你是很久很久的事,你可能觉得是个笑话,但我确实为你而来……你不需要有任何负担,明天我就走……"

夜寂静而悠长,身后的男孩儿贴住她的身体,鼻息渐渐加重。她闻到属于少年昔日的体香,慢慢闭上眼,倦意上涌,她裹紧了身上的被子,用身下的被单一遍遍擦拭手中的血迹。

漫长的永生的夜,身后的人不知不觉地睡去。

3

安然渐渐对青森失望。他冷漠偏执、与世隔绝,不会照顾两个人的生活,对她看似严格实则放任。她对他的期望与付出太多,得不到回报,她觉得愤怒,甚至绝望。

她和他对着干,故意摔坏买回来的装饰物。他要她照看盆栽,她将它们扔到窗台上,任其自生自灭。她像一只乱飞乱撞的雏鹰,虽羽翼未丰却横行霸道。青森对她的表现无动于衷,深知她的一切举动是为了激怒他。他不再买任何东西回家,她的衣服和鞋,除了最初买的那些，很长时间没有换新的。十三岁，花一样的年纪，她从不打扮也从不怜惜自己，像只会发怒的木偶娃娃，他除了视而不见，也没有别的办法要她改正。

她有着极高的音乐天赋，因不属于她身体内部发光发热的能量，他需要通过不断地挖掘和逼迫，让它生出奇迹。于是，她像是迷失的箭终于找到了靶子，故意在训练中与他唱反调，一直达不到他的要求，终于令他动怒。而每当他惩罚她，倔强倨傲的少女死咬着牙不反抗。

这女孩儿在他的手中，以光的速度生长。

青森要送安然去寄宿学校，她觉得他终于对她忍无可忍，要甩掉她了。她一连几天不回去，徘徊在"薇薇"门口，这是她知晓他唯一出没的地方。她连着几天没有见着青森，却在"薇薇"门口遇见一个高瘦漂亮的少年，肩上背一把吉他。最吸引她的是少年裸露在外面的锁骨，线条优美流畅，让她想起云雾高山的轮廓。

木看着女孩儿盯着自己发直的双眼，似乎已经习惯了，笑了笑说："你这几天守在这里，是为了看我吗？"

安然的表情顿时从天堂落入地狱，冷冷瞥了他一眼，转过头看着来来往往的人流不作声。

木觉得这个小丫头挺有趣的："喂，站在你这个位置的人都是来看我的，现在你看到我了，怎么不感谢我？"

"你很有名吗？"她不屑地反问。

木像是吃东西被噎住了，但他仍然保持一个刚出道红人该有的风度，耐心地自我介绍："我是木，是这里最火的，也是最优秀的……"他盯着少女娇弱洁白的耳垂，不禁凑近了诱惑道，"而且很快也会是全世界最红的,你等着看好了。"

安然讥诮地看着木张狂的样子,像在看一个疯子。她退后一步,说:"不管你再怎么出色,在我眼里你都不是最优秀的。"她指了指他身后背着的吉他,"就像它一样,世界上也不是只有它才能弹奏出最美的音乐。一个人无法从武器上胜过别人,就不要胡乱瞎扯,免得更让人看不起。"

木惊讶地看着这个横眉冷对满面风尘的少女,她突出的个性就像头顶强烈的日光令他挪不开视线。终于,他正色道:"你想进'薇薇'?"

她不欲和外人谈及青森,何况,青森只是她假想的一个名字。那个人究竟叫什么,有没有人认识他,她一概不知。

她说:"我在等一个人,现在不想等了。"顿了顿又说,"这种地方我不会进去,除非我是最强的被老板请进门……我从来不求人。"

木轻蔑一笑,想到她说的这些狂妄的话,觉得不过是个孩子,也没必要再理会。可是不知怎的,看着她倨傲执拗的模样,他竟不想就这么走了。

"你叫什么名字?"木微眯着眼问。

"安然。"

"那么安然,这里既然没有你要找的人,你可以走了。"

长时间的曝晒,加之没有吃饭,她感觉身体再也坚持不下去了。摇摇欲坠,在木惊讶的注视下,她昏了过去。

她醒来,周遭一片漆黑,不知身在何处。身边睡着的人听见动静,起身打开灯。木赤裸着上身,一副意兴阑珊的样子。他从床头柜上拿起一盒烟抽出一根,点起来递到安然嘴边:"如果头还疼,就抽两口。"

这是白天遇到的气焰嚣张的小子,她瞪着眼睛,警觉地蜷起双腿。

"不认识我了?"木斜睨着她,将烟叼在嘴边吸了一口,"你昏倒了,是我救了你。"

她缩着身体的样子像一只受到惊吓的小鹿,木感到好笑,伸手摸了摸她的头,热度好像降了。木说:"要不是我,你就像个乞丐倒在马路上,是死是活也没人管。"她不说话,抿着嘴瞪着他,他继续说,"我救你也不是白救的,你要给我做事。天下没有免费的午餐,你也不愿意欠别人吧……你得还。"

"你要我怎么还?"她终于开口,声音是说不出的沙哑。

木原本只想逗她说话,见她一本正经的样子,随口说道:"很简单,你不是没地方去吗?那就和我在一起。"

他看着女孩儿错愕的表情,半天没有说话,不禁笑了:"好好睡一觉吧,就这么说定了。"

连续几夜他们睡在一起,她发着烧,他没有碰她。

谈不上什么照顾,可是木给她的感觉,比青森好很多。在她的感情世界,男人向来都是冷血动物,可是这个十八岁少年,张狂不羁,冷酷自大,口口声声说自己是"全世界最红的",明明很讨厌,却在最脆弱的时候,感到一丝温暖。

他静静地看着她,露出一丝不易觉察的微笑。

4

平安没有在第二天离开，顾思齐挽留了她。

她跟思齐说不想回学校，想开始一段新生活。思齐不欲触动她的心事，说："既然这样，那你先在这里待下来。"

此时，顾思齐已和酒吧签约，做驻唱歌手，白天上课，晚上演出。平安在学校附近的少年培训中心找到一份代课老师的工作，教英文，又在一家餐厅找到一份侍应生的工作。

为了方便工作和生活，思齐在外面租了房子，一室一卫，空间不大却很惬意。他没有和平安说自己的感情状况，平安也不问。反倒他自己，深夜两个人睡在一起时，故作随意地问："你这样不管不顾地跑出来跟了我，你的男朋友怎么办？"

平安只平静地说："我没有男朋友。"

思齐便不再说话，转过身静静地看着她的侧脸。

他有时候演出到很晚，凌晨才回来，一回来倒头就睡。两个人的相处除了晚上那点时间，其余很少。而两人多是身体间沉默的摩擦，没有多少言语。思齐寡言沉默，平安也不是喜欢喧哗笑闹的女孩儿，两个人的小世界透着一股子梅雨天的压抑，却又好似为了习惯这种生活而无止境地忍耐。

平安连续几个星期不来学校上课，期末考也没有参加。学校给单秀云打电话，说这样下去恐怕只能退学。单秀云联系上安然，对方告诉她平安已回家，并反问，她不是出国了吗？秀云才知道女儿失踪了。

平安任性的举动激怒了秀云，但更多的是后悔。她这段时间非常忙碌，对女儿有所疏忽，上次母女俩在电话里话不投机，好长时间没有联系。她一直单方面决定平安出国的事，打算等一切都定下来，再给她办转学手续。眼看事情进展到尾声，平安却以失踪来违抗她的安排。

秀云动用各种关系寻找平安，而平安在距离她不远的城市过着低调的生活。每天上班下班，生活的范围不离南艺校区。她没有进过顾思齐的学校，也不去酒吧看他的演出，她将自己与他的一切关系隔开来，像是他的隐形女友。而对思齐而言，平安的举动无疑让他安心不少。

平安白天教孩子们上课，晚上在餐厅兼职。因是寒假班，有些老师早早回家过年，培训中心缺人手，平安临阵磨枪，因为出色的英文功底，不久便适应了英语老师这份职业。

她从来没想过有一天会当老师，当她还是下面这群学生的年纪的时候，遇到的老师很少有令她欣赏和服气的，而当自己站在讲台上，面对着一张张认真生动的脸，为人师表的责任感令她丝毫不敢懈怠，叔公的话犹在耳边："安安，叔公活了这么多年，最大的价值是当了一名老师。"

春节，顾思齐决定不回家，平安更不可能回家，回去等于自投罗网。秀云给她在学校办休学手续，只等找到她安排出国。她似乎将出国和那个支离破碎的家忘了，在南京生活得还算安稳。唯有思齐，让她不放心。她越是对思齐不放心，意味着自己越将他放在心上。思齐新年有去处，要到外地演出，这是他参加的第一个大型演出，机会难得。他收拾好行李没等平安回来就走了，只发了一条短信告诉她春节不能陪她过了。

培训中心打算在新年结业前办一场联欢会，老师和学生一起共度新年，平安担任这场联欢会的主持人。她和几个留校的老师一起布置现场，贴上有节日氛围的对联和窗花。将桌子拼成椭圆形，用鲜花气球围成圆圈用作表演场地。她从餐厅订了各式各样的点心，精心准备精美的节日卡片，用中英文写下新年祝福。

活动那天，现场气氛很热闹，方以怀和一个孩子坐在靠门的位置。他和朋友合开这家培训中心，每个周末来看看，人手不够的时候也会代几节课。一些初来乍到的老师当他是同事，他也低调地接受，午饭时和老师们一起在员工食堂用餐。平安没有见过他，只偶尔从别的女老师口中听过他，一口一个"方老师"，很快他便成了培训中心所有单身女教师心仪的对象。

活动进行得很顺利，大家围聚在一起表演节目，谈笑风生。方以怀不动声色地看着那位人缘极好又有才华的林老师，据说活动上用来装饰彩灯的一首灵巧生动的中英文短诗出自她的手笔。她属于江南水乡静坐的柔美女子，带着一点点的疏与傲。以怀微微一笑，平安当他是学生家长，礼貌地和他打招呼，并请他给这次活动以及培训中心的教学提意见，以怀当即答应。

散场后，学生和家长渐渐走光，平安留下来打扫教室。方以怀坐在原位，他身边的小孩儿刚刚被家长接走，显然他不是孩子的父亲。平安疑惑，见他拿着一沓收集起来的贺卡认真地看，才恍然那些卡片都是学生送给她的新年礼物。

这时有人走进来，见着他，熟络地打招呼："方老师，你也留下来帮忙啊？"

以怀抬头，视线与平安相触，之后转头对进来的老师歉意道：

"真对不起,我一时竟忘了。"他回头微笑着看向平安,"抱歉林老师,有什么我可以做的吗?"

平安这才意识到他就是方以怀,拘谨客套地道:"不劳大家长了,我差不多收拾完了。"

以怀哑然失笑,这姑娘还真是得理不饶人。

三个人检查好门窗走出来,之前那位老师识趣地告辞,留平安和以怀站在门外四目相对。平安打完招呼便转身想走,以怀拦住她:"林老师,这么晚了,我看你一直忙也没吃什么东西,不如找个地方坐坐吃点东西?"

看着眼前人诚恳的笑容,她话到嘴边却说:"不了,我还有事,改天吧。"

"那就改天。"以怀仍是笑盈盈的样子。

平安看着他温暖舒心的笑容,觉得即便是再寒冷的冬天,因着他的笑容也让人感觉身在春天。

培训中心放假后,因着顾思齐外出,时间变得无聊而漫长。

这段时间顾思齐很少跟她联系,平安想或许他正在忙着排练,便没有主动联系打扰他。大街上到处都是过新年的气氛,不知不觉在这里生活了几个月,这几个月的生活谈不上好,也谈不上不好。与顾思齐的感情趋于平淡如水,除却最初的激情,还是要过日子。因着白天繁重的工作,晚上从餐厅回来便早早入睡,常常睡到深夜,摸摸身边的被子,冰冷的触感让内心感到荒凉。顾思齐不曾陪她去过一次商场和超市,人多的地方很少流连。有时候,她半夜睡不着,听到门锁转动的声音,侧身对着墙壁听他摸黑换鞋的声,然后进入卫生间冲凉⋯⋯她始终为他留好热水,冰箱里永远不缺酸奶、面包、水果……她就像一个深夜等待丈夫回家的妻子，付出感情之余仍有默默关怀。大概如此，不论多晚，顾思齐都不会在外面过夜。

她到打工的餐厅帮忙，今年春节恰好是情人节，这家西餐厅比往常更加热闹。平安过来，被浓浓的节日气氛感染，心情不觉愉悦起来，热情地投入到工作当中。方以怀进来的时候外面飘起了雪花，餐厅里的顾客簇拥着出去赏雪看烟花。店里剩下几个正忙着打扫的工作人员，还有几对情侣借着烛火过二人世界。以怀进门一眼便看到平安，他没有立刻过去打招呼，只选了一个安静的位置，点一杯红酒慢慢地品。

平安回过神时，以怀已坐在对面，看着她手腕上的镯子出神。

"方老师？"她惊讶。

以怀移开视线，向她抱歉地微笑，说："我进来看见你一个人坐在角落，以为你约了人便没有上前打扰……但是看了很久，你还是一个人，独自吃一碗红豆汤圆。我想，我可以上前试试，邀你一起共度佳节。"他的微笑温和有礼，姿态风度翩翩，让人无法拒绝。

平安看他优雅地为自己斟满了一杯红酒，忍不住说："春节不是应该陪家人吗？不过，今年难得赶上情人节，应该留出时间陪伴侣……"

"林老师是在打探我的私生活？"以怀向她举杯致意。

平安碰了碰杯，他喝红酒的姿势甚为优雅，身上穿着灰色羊毛衫，白色衬衣的领口微敞，身上喷了淡雅的古龙香水。旁边的座椅叠放一件灰色绒大衣，一条格子围巾。淡淡的光华流转，今日的他似乎与初次见面那个谦和平常的方老师有些不同。

他任她静静地观察。沉默片刻，以怀问道："过年不回去吗？"

平安点点头,喝着杯中美酒,却无甚滋味。以怀见她默然不语,不再多话。优美的钢琴乐伴着空气中的香氛静静流转,两个人看着窗外的火树银花都有些出神。情人们依旧一副忘我甜蜜的样子,室内欢声笑语,不断有人从外面回来,听说午夜十二点会有精彩的表演。

平安忽然不想再待在这里了,说:"我想到外面透透气,你要一起去吗?"

"好。"

两个人一前一后走出餐厅。外面银装素裹,雪已经不下了。雪地上到处可见断裂的焰火棒,朗月星稀,天空被雪地映得透蓝,幽深漆黑的小巷时不时传出孩子的欢声笑语。在路灯下散步,平安顺着别人的脚印踩上去,一步一步。这时候,以怀才觉得这个不喜言笑的女孩儿有着当下年龄的童心和烂漫,他不知她为何时而表现出看尽繁华的倦怠。

他说:"我看孩子们在卡片上写平安老师,你叫平安?"

"是,他们觉得这样称呼亲切。有些孩子从外地来,寒假也无法回家,他们将我当姐姐……但愿他们能从平常的称呼中感受到一点家的温暖。"

"我替孩子们谢谢你。"以怀真诚地说,"你自己呢,为什么不回家?是放不下你的学生们吗?"

"以前不觉得,时间久了竟有些舍不得……但人总是要离别的,他们离开后,会从别的地方找到慰藉。我不求他们记得,只希望他们学好知识,不要辜负了自己和送他们来读书的父母。"她说,"也许不久之后我也要离开,所以能教一天是一天,教书使我快乐。"

以怀看着面前女孩儿淡淡的笑容,因着夜灯的照射像一幅挂在墙上的仕女图。不远处的前方,灯火通明,人声喧哗,他却觉得此刻的心无比幽静。他说:"你明天也是一个人过吗?"

"是。"她脱口而出,又觉得有些不妥。

以怀说:"虽然在国内待了三年,但是真正意识到过节只有今年。我也是一个人,你如果不介意,我们可以一起。"

"怎么过呢?"

"夫子庙应该很热闹,也很有过年的气氛。我长年在国外,对夫子庙只剩童年的记忆。你愿意和我一起找寻童年的感觉吗?"

她觉得过年应该是热闹喜庆,欢声笑语,锣鼓震天。这样的节日似乎也只有童年时见过,此后再也没有……这是她记忆中一段遥远的奢侈,一时间竟答不上话来。

他唯恐她拒绝,站着不动,安静地等她的回应。似乎是第一次面对异性这样紧张,局促中带着腼腆。他明明长相十分成熟,此刻却像一个初出茅庐的少年。

她轻轻点头,说:"好。我还不知道你叫什么名字。"

男子微微一笑,说:"我叫方以怀,平安。"

这个春节与情人节共同的日子,她和方以怀一起过。

5

许安然退学后,投入到音乐创作中。她以前所未有的热情和积极的状态和木合作,筹备第一张后摇专辑。抛却曾经的恋人关系,他们是最好的搭档。L酒吧因为两人复出的第一场演出名声大噪,不久L又传出木跟许安然复合,一时间风光无限。

平安走了之后,安然很久没有回住的地方。房子承载着两人的一段过去,若心只得这间房,它属于林平安与许安然。

因为要做专辑,安然和木暂时住在一起。木希望Moon能重组,他对安然说:"阿信与Ben知道你回来都很高兴,他们也有意重组乐队。这是歌迷现在最大的期待,你不会让我们失望吧?"

她说:"我只想做好这张专辑,其他什么都不想。"

木了解她,没有再继续。她上了几年学成熟了不少,气质、谈吐都变得内敛和深沉。如果说以前的许安然是一柄出鞘的剑,那么现在她锋利的刃已被磨平,攻击力减弱,却叫人不可小觑。木一时看得出神。

他们仍然会亲热,或许是出于身体的习惯和需要,彼此最为熟悉和了解,但已经没有激情可言。

"我们这样像不像老夫老妻?"完事之后,木躺到一边感慨。

"没结婚谈什么夫妻。"安然起身,穿上衣服,迅速而果决。

她站在落地窗前看着北京的黎明出神,昨夜,木跟她说起"薇薇"的老板——摩恩。

这是目前关于"薇薇"最内部的消息,摩恩要回来,全面掌管

"薇薇"。她对"薇薇"没什么兴趣,以前不签,现在仍不会签。只是她很好奇,那个一直没有露面的神秘男人,他似乎在背后掌控一切。木说,"薇薇"是以一个女人的名字命名的,她原来是北京一带很有名的酒吧歌手,人们都称她"酒吧街的邓丽君"。比如那首《爱你至天明》,就是她留下来的。这首歌安然曾听青森弹奏过旋律,后来听到木弹唱,才知道原来是一首歌。

"薇薇"的前身是个破落的酒吧,后来薇薇来了之后才渐渐火起来,薇薇成了这家酒吧的台柱子。摩恩和薇薇的关系木没有说,只知道摩恩很喜欢薇薇的歌,当年薇薇在时摩恩日日捧场。当时还有一个叫青田的日本人,慕名来找薇薇,并专门留在酒吧给薇薇写歌,最有名的就是那首《爱你至天明》。

后来不知怎么酒吧发生了一场大火,烧死了很多人,其中就有薇薇。这也是当年的一大悬案。

大火之后的酒吧面目全非,跟废墟一样,是摩恩出钱买下酒吧,重新装修,改名叫"薇薇",也就是现在的"薇薇"。

摩恩常年不在国内,酒吧交由朋友打理。朋友后来回国,酒吧一直处于无人管理的局面,却照旧红火。有圈内人猜测,摩恩高价请了一个神秘的经理人替他打理,也有人说,摩恩根本没有离开中国,只是他为人低调,不喜欢在公共场合出没……总之,关于他的真实身份和行踪,一直是圈内人津津乐道的谈资。

这些年,随着"薇薇"的声名鹊起,被很多投资商看中。"薇薇"逐渐由一家地道的酒吧成为打着酒吧旗号的娱乐经纪公司,木是公司的签约艺人,他的一切商演由"薇薇"打理,绯闻、不合等相关炒作也需配合公司。当初"薇薇"看中安然,想借裸照事件将她捧红成艺人,这事由他们一手策划,因为许安然的不听话最终作罢,然而当时根基不稳的安然也为此付出了代价。

安然回头看床上的男人,人前戴着一副面具,风光、耀眼、不可一世,只有睡着时,才见到隐藏在面具背后的真实和疲惫,他还是很年轻……安然目不转睛地看着他,他拥有无可挑剔的外形,她不得不承认,他是天生的巨星。当年 Moon 的每一首歌都由他填词谱曲,后来她加入,与他在一起也曾有过默契和快乐的时候。

两个人的伤害,双方都有责任,相互防备算计,利剑伤人。两个同样骄傲和强势的人,都有着不为人知的辛酸难为,不懂得体谅与珍惜,以一种极端的手段达到要对方投降的目的……谁又能说明这是无情,还是有情。

6

元宵节过了顾思齐仍然没有回来,他临走时对平安说元宵节前会回来,却一点消息都没有。她试着给他打过几次电话,都显示不在服务区内,除了情人节那天给她发了"情人节快乐",没有再给她发过短信。

她跟方以怀逛了夫子庙,两个人又去游乐场,晚上看完一场贺岁电影。那是她过得最快乐的一天。分开的时候,两个人相约新学期见面互相送对方新年礼物，平安开玩笑说要红包，大大的红包。

　　一连数天平安都没有联系上思齐，担心他出了事，她打算去找肖哲，正好肖哲来找她，告诉她顾思齐被人打了。

　　"他在哪家医院？"

　　"他不在医院，现在住在一个朋友家。"

　　"那带我去见他。"

　　"你先别急，听我把话讲完。"肖哲说，"顾思齐跟一起演出的人打架，为了一个女孩儿。"

　　"为了一个女孩儿……"平安不敢置信。

　　"我知道你现在没办法接受，但是真的。那个女孩儿跟他在一个酒吧驻唱，有时候为了调节气氛两个人会同台演出，这次是他们俩一起登台。所谓一起登台，也不是一块儿唱一首歌那么简单，要配合舌吻跳热舞什么的，你能想象到吧……"

　　他停下来，看她的脸色。

　　"嗯，知道。"良久，她轻声说。

　　肖哲继续说："顾思齐和那女孩儿一直暧昧不清，但碍于是同一家酒吧的歌手也没继续发展……有一个一直喜欢那女孩儿的男的，也是玩乐队的，后来不知怎么的就知道了，一直想找顾思齐的麻烦。这一次到外地演出，上台前不知为什么，那男的来找顾思齐挑事，扬言让他登不了台。后来顾思齐还是上了，演出效果相当好，主持人以为两个人是情侣，就多调侃了几句，结果一下场那男的就冲上来打了顾思齐。"

　　"伤得严重吗？"

　　"具体不清楚，当时好多人都在，现场一片混乱，后面的演出也没有进行下去……警察来将一伙人都带走了,回来的人说后面的就不知道。我想现在对顾思齐来说受伤是小,演出因为顾思齐搞砸了,酒吧考虑到接下来的影响,把他退了。"

"他现在住在那个女孩儿家里?"她感觉自己的嘴唇都在发抖。

"林平安,我不想骗你。"肖哲没有正面回答她的问题,"顾思齐从派出所出来就被她接走了,到现在我们也联系不上他。那女孩儿后来找过我,说顾思齐住在她那里,还有就是顾思齐要我给你带话,他跟朋友在外面玩几天,暂时不回来。"

"他这么说的?"平安无力地倚靠在床沿。

"我有那女孩儿的地址,如果你不放心,我可以带你去。但是我劝你想清楚,见面了该怎么做……我是觉得你不如等他回来,当面问清楚比较好。人我晚点会去看,好或不好我都会给你报个信……或者叫他打个电话?"见平安一时没有反应,肖哲试探着问。

"不用了,谢谢你。你只要告诉我他没事就好。"

肖哲点点头:"那我先走了,你照顾好自己。"

"等等,"她说,"我想知道你为什么要对我说实话,你不是他的朋友吗?应该帮他隐瞒才对。"

肖哲一时间不知该如何开口,过了很久,他断断续续说:"我也不知道为什么……只是不想你被骗……其实我应该见面时就告诉你一些事情,只是我也不能确定顾思齐的为人。而且我想,如果一开始对你说那些,会引起你对我的反感吧……"

"是什么?"

"顾思齐……以前和我关系挺好的。"肖哲坐下来慢慢回忆,"我很早就不上学了,因为对调音师感兴趣,就进了酒吧。一开始进去做服务生,顾思齐那时候经常来,一来二去就熟了。他说他喜欢唱歌，想当明星，他外形条件没话说，唱歌也很棒，后来慢慢地成了歌手，我也混成了调音师……"他顿了顿，环顾着房间，"这房子原来是我住的，他在这里认识了我以前的女朋友。他那个时候住校，受条件限制，登台的机会也不多。后来他想搬出来住，我让他先住我这儿，等过段时间找着房子再搬，而且他那个时候也缺钱，租个房子不容易，后来……"

他笑了两声："就像狗血电视剧里演的，他抢了我的女朋友……他长得帅，又有才华，自己带了把吉他过来，没事的时候就弹几首。我女朋友那时候经常来看我，因为顾思齐在，她也不好意思留在房子里过夜。我们两个人虽在一个地方工作，有时候上下班时间也会错开，而且白天顾思齐上课我也要打工。我把钥匙留给女朋友，她有时候会过来洗澡，因为就一把钥匙，我让她走时把钥匙放在门外一个隐蔽的位置，顾思齐回来拿了直接开门。后来我觉得麻烦，自己又多配了一把，只是事情多了忘了说，那个时候我女朋友也有好一阵子没来。但是……"他的神情变得非常沉郁，"就在有一天我回来拿东西的时候，开门撞见顾思齐跟我女朋友在床上……我不知道是谁勾引了谁。真的，这件事给我的伤害很大，兄弟跟老婆搞在一起，还真像电视里演的……我当时火大地想揍他，最后只是摔坏了他的吉他，现在看这里没有，估计被他扔了吧……我之后就跟女朋友分了手，搬出来。他们后来应该是在一起了，还住在这间房子里……有几次我看见前女友来找他，实在是待不下去了，就离开了那家酒吧……"

7

顾思齐回来是在一个星期之后。

他不在的这段时间，平安每天晚上睡不着，点一根烟坐在窗前。肖哲的话像一把锥子扎进心里，每一次想起就会痛，痛过之后是累。

他回来时见她背对着门坐在屋里，没有开灯。

"你回来了。"她说。

"嗯。"他的应答声后是关门的声音，接着是换鞋。"怎么不开灯呢？"他说着摸到墙上的开关，打开灯。

房间被收拾得整整齐齐，桌上摆着未动过的饭菜。她的东西全部清空，他下意识回头看，红色的行李箱立在门边。

"你要走吗？"

"你不在的这些天，我每天晚上都会做一桌菜，这样不管你哪天回来，我们可以吃一顿最后的晚餐……"她缓缓地说，"我跟你在一起后没有吃过一顿饭，晚上你要工作，白天我又不能陪你。两个人这样生活下去，还谈什么感情……当然，也许仅仅只是我的奢求。"她的声音空洞，一直背对着他。

他好一会儿才找到开口的力气："肖哲都跟你说了什么？"

"跟别人无关，我只是觉得这样很累。我辛苦工作，贴补家用，像一个小妻子……思齐，你出了事，为什么不给我打电话？你以为一个谎言就可以掩饰一切？你有没有为我想过，你这么长时间没有消息，我有多担心。"

"平安，"他艰涩地开口，"对不起，我不过是不想让你担心。事情肖哲大概跟你说了，我没必要为自己辩解什么，我骗你是不想你胡思乱想。我对你的感情一直没有变，如果你不相信，我也没有办法……"他自嘲一笑，"反正，我现在已经一无所有。"

她将脸埋入掌心，感到无比疲倦。

思齐从身后抱着她，吻了吻她的耳垂："好啦，不要再生气了，是我不好，这么长时间把你一个人丢在家里，想我了吧……我会好好补偿你的，以后天天在家陪你好不好？"他以为女孩子哄哄就可以了，见她仍不为所动，不免无趣，又沉默了会儿，低声说，"你要我怎么做呢？"

"思齐，你还是不了解我。"她挣开他的手，站起来。

"你要去哪里？"

"不知道。可我必须离开。"

"呵呵，"顾思齐见林平安不为所动，索性仰躺在床上，"我是不是可以理解成你要跟我分手？是因为我没工作了，还是因为……别的男人？"

"你这话什么意思？"她转身面向他，这是自他进屋之后第一次看他。他整个人仰躺在床上，身体非常瘦，穿得也很单薄。平安想起第一次见他时，也是这般仰躺在床上，看不清脸上的神情。

心中微微一动，平安走到床边，轻声说："让我看看你的伤。"

"你这是在关心我吗？"他干脆翻了个身，将脸埋进被子里，闷闷地说，"没什么事了。"

平安此时才看清他的消瘦与苍白，他的身体完全陷入被子里，一副筋疲力尽的样子，脖颈处的瘀青非常明显。她忍着胸中的窒闷坐到床边，尝试着劝慰他："思齐，你应该重新考虑以后的生活，酒吧始终不是长待的地方。"

"是啊,我现在不是被赶出来了吗……"他转过脸,与她相对。他的面孔苍白如纸,一双熠熠生辉的眼睛此刻暗淡无光,全无往日的朝气。眉尾处一条斜长的疤痕,伤口很深,一只眼睛仍肿着。平安看着他,呆愣着说不出话来。

顾思齐嘲讽地看着她:"我现在的样子很可笑吗,也难怪你要走。"她一时心痛无言,他接着质问,"是你先闯入我的生活的,如果这是你的一时兴起,那么现在呢?也是一时兴起,说离开就离开?林平安,你不觉得你很自私吗?"

她说:"你可以重新回学校,毕业了找一份稳定的工作。如果你想坚持音乐这条路,不一定非要在酒吧,做音乐老师也一样可以。"

"你以为那么容易吗……"顾思齐低低地笑了,"你自己呢?还不是没毕业就跑出来。人都有梦想,我喜欢这个舞台,说什么也不会放弃。"

"那你接下来的打算呢?"平安强忍着汹涌而出的泪意。

"在学校上课很枯燥,就算顺利毕业又有几个混出名堂的?还不如自己到外面混……"顾思齐苦涩一笑,闭上了眼睛。

"你的意思是,不想上学了?"

"还要再熬一年,我已经等不及了。最近有一个选秀比赛挺火的,我想去试试。"他沉默了会儿,看着平安不禁软下声音,"其实我真正想做的是摇滚,在学校组过一个乐队,那样的日子真是一去不复返了……"

"成名要付出多少代价,不是想得那么简单。思齐,你明白吗?你当初有梦想,可一旦踏上这条路,或许最后连梦想的心都没有了。"

"我知道不容易,可是我仍然想搏一搏。我也想像当年的木那样成为摇滚之神,他年少成名,一直到现在,没人能取代他的地位,这不是光有梦想的人就能做到的……还有许安然……"他忽然睁开眼睛,直直地看着她。

这是平安第二次听到身边的人说起许安然,不是小若口中的冷酷、自私、生活放荡。这是与圈内看到全然不一样的印象——美丽、孤傲、独一无二、遥不可及……她像从天而降的光之女神,散发的光芒夺目强烈,没有人能抗拒。天生为舞台而生,有着无与伦比的明星气质,亦有着与这个繁华世界相距甚远的清冷。

"总之,他们两个是摇滚乐坛的标杆,没有人能取代。"

顾思齐兀自喋喋不休,他一口气说出心中憋了许久的话,只觉得畅快无比。那是他拥有的一段真正快乐自由的时光,有执着的信仰、恋慕的偶像,还有,记忆中挥之不去的中学生涯。打架、学音乐,和哥们儿通宵喝酒 K 歌,被职高的大姐大追,他拒绝,人家找上门狠狠打了一架……他跟她讲着高中生活的点点滴滴,那些都是她没有经历过的。她为他心疼,为他难过,隔了那么久依旧想念他,怦然心动的感觉像是第一次爱恋一个人,不顾一切只身寻找一个未知的答案。

"思齐……"她倾身靠近,抚摸他的眼睛。这双眼睛像是两颗遗落天边的星星,明亮悲伤。他默默地看着她,神情里有着掩饰不住的伤怀与茫然。芸芸众生,每个人都在追寻,为这看不到尽头的虚妄挣扎。她不想他成为芸芸众生的那一个,她想抚平他少年时起就烙印在眉宇间的深刻忧郁,想他成为她心中期待成为的那棵茁壮坚韧的树。

"思齐,我会尽我所能帮你……请你,再也不要悲伤。"

陆

色盲

/

慢慢踏在我的色盲途中,尽力辨认你方向。

1

平安站在灯下,看见她的身影。

她从暗中走来,周身被浓郁的黑包裹,依旧是一袭瀑布般垂坠的长发,刘海整齐密集地遮住额头,瘦削的下巴微微上翘,脸庞洁净,被眼影覆盖的一双眼睛桀骜冷漠,像极了始终驯服不了的鹰。

平安轻声叹息:安然。

安然回过头,迎着风下意识眯紧了眼。如同暗蓝的夜幕中飞过一只黑蝙蝠,带起迅疾隐没的风,许久,她轻轻笑了。

第二天，平安还是离开了顾思齐。离别的那一夜，两个人都很疯狂，她咬着他的肩膀承受他的欲火，在他负伤的身体下感觉自己融化为一摊水。她没有告诉顾思齐第二天远行，她想让他记住这个疼痛与炽热交织的夜晚。

离开之前，平安去了一趟培训中心办理辞职手续。

给她办手续的老师一脸惋惜地说："林老师，你怎么说走就走了呢？明天就开学了，好多学生都是冲着你来的呢……"

她轻轻一笑，说："我以后有时间还会回来看他们的。"

对方又看了她一眼，说："林老师，你人这么好，长得又漂亮，咱们这里好几个单身男老师都喜欢你呢……还有那个方老师也是，这几天大家陆陆续续来报到也没有见到他，几个女老师都是冲着他的，唉，他不会是和你一样走了吧，怎么也应该提前说一声哪……"

平安不便接话，办完手续就跟女老师打招呼走了。培训中心除了意外认识的方以怀，其他老师几乎叫不出名字。她想起和以怀共度的那个夜晚，两个人玩得忘乎所以，分手时忘记互留对方的联系方式，还记得向他讨红包……如今离别时才想起，不免感到遗憾。

她给顾思齐留了一封信，信中说去北京找许安然。

她说，思齐，不管你相不相信，我和许安然是好朋友。一个人为梦想付出的代价多大，我经历过与你相似的困境。请原谅我的不告而别，因为我不知道如何当面和你说再见……你说，我自私地闯入你的生活，说来就来说走就走，丝毫不顾及你的感受。长这么大，我任性地做过很多事，也做错很多事，但从来没有后悔。正如我任性地来找你，走入你的生活，直至我们相爱……我想，两个人如果不够相爱，是没有办法一起生活的，更没有办法一方为另一方做出妥协与牺牲。我不能明确你的心意，但至少我知道自己在为你改变，这就够了。好好照顾自己，用不了多长时间，我就会给你答复。你如果相信我，请耐心等我……等待梦想的那天来临。

　　她坐飞机从南京到北京，只想尽快找到许安然。不知为什么，昨晚顾思齐的话让她后悔当时的决然离开，无论发生什么，她都不想伤害许安然。
　　她下飞机前想好先去L，问问小P或者阿麦。小若出国后和平安在MSN上简短地聊过，说她出国后就和小P他们断了，L什么情况她也不清楚。
　　下了飞机天色尚早，她打开手机，没有收到顾思齐的短信。
　　学校已经开学，如果此刻回校，不知看到的是什么，等待她的又是什么。她跟母亲许久未联系，近乎忘却身为一个女儿的责任——无论到哪里，给母亲报声"平安"。这一点上，她跟她父亲一样自私无情，这是她母亲的认定。
　　单秀云心灰意冷，母女间较量，总要一方先做出退让。平安到南京后过了段时间秀云就知道了，她却没有再进行下一步举动。学校方面提前办完休学，出国的事暂时搁置，她需要和平安见面之后再确定是不是要让平安出国。与此同时，她也知道平安拒绝出国的原因，因为一个在酒吧唱歌的男孩儿。得知消息时，她非常震怒，不管怎么说，平安虽然叛逆，也不会做出太出格的事。当初建航在时尚能说动平安，现在建航走了，且随着平安去北方上学，与自己的关系越来越远，自己再也管不住她。对于和平安同居的男孩儿她没有再做调查，秀云伤心疲惫，女儿和她没有多少感情，出走根本就是对她沉默的反抗。秀云仍当平安处于青春期的叛逆，打电话给国外的建航，却一直没有得到回音。秀云整夜整夜担心得睡不着，又不敢贸然去找她，一时竟病倒了。

  平安在机场的星巴克喝咖啡，只等夜幕降临。估摸着再过些时候酒吧就会营业了，她打算再坐会儿然后打车去 L。这时，两个和她差不多大的学生在不远处坐下，听见其中一个说："嘿，你一会儿就回家吗？"

  "不，我要去'薇薇'看演出。"

  "演出？谁的演出？"

  "许安然呀！我很多年前就喜欢她了，却只看过她一场演出。可惜的是，那场之后她就没有再登台，我以为这辈子都看不到她的演出了。"

  "这么夸张？"

  "她后来人间蒸发了，当时和我一起喜欢她的哥们儿还说，她要不唱就没得听了。所以知道她又复出了，而且还是跟木一起，我特地提前赶回来，就为赶这一场，意义特别深刻。"

  "你说得我也想去了。"

  "那就一起吧！但不知道还有没有票，她很火……跟木复合之后的第一张专辑今天在'薇薇'举行首场签唱会，听说 Moon 的成员全都来了，搞不好就在今晚宣布 Moon 复出，给所有人一个惊喜……"

  "那我也要去。"

  "我看够呛了，歌迷早早就把票都抢光了，我也是拜托跟'薇薇'有关系的哥们儿给我走的后门儿……"

  "真遗憾，好想见她本人……"

  接下来的对话，平安不想再听了，起身仓促离开。安然曾经的辉煌她没有亲眼见过，这一次却不想放弃。她不是没有见过安然演出，但是离别之后的相聚更刻骨铭心。她只想远远地看一眼。

她到"薇薇"时，已是华灯初上。"薇薇"这个只闻其名的传说中的酒吧终于拉开了神秘的面纱——独占湖中央，秋水伊人，果真应了"薇薇"这个名字。据说酒吧的前身是一座拱桥，不知哪位巧夺天工的设计师将其改成酒吧，建在湖中央。当年的一把火，因着建筑材料全是木头的，烧得很旺，若非湖水的作用，恐怕昔日的酒吧早已化为灰烬。后来的老板仍然按照原来船形的设计重新建造，改名"薇薇"。乍一看去，微波荡漾，两岸灯红酒绿，错以为身处十里秦淮的画舫，有着身在梦中不识梦的幻觉。

"相聚·首场签售会"，广告牌上赫然写着这样几个字，没有出现木和许安然的名字。海报上的两只手，如同佛的纤纤玉手，五指微拢，手掌相合。中间一朵天堂鸟，远看像初绽的红莲，隐秘地被双手包容。除了近似莲的天堂鸟让人误以为红莲之外，引人遐想的是这双手，看似像是来自一个人的两只手，仔细看会发现这是两只完全不同的手，它的细腻与美感相似，却不是来自同一个人。

一帮看得入神的歌迷为着这幅奇特的海报冥思苦想，有人说中间的花是红莲，木和安然都有莲的文身，当年 Moon 最盛大的演出舞台也是一朵巨大的红莲。莲，是两个人的爱情之花，也是 Moon 的标志。这张海报既暗示两个人的复合，也寓意 Moon 的复出。也有人说，左手与右手分别来自两个人，左手为男，右手为女，正是木和许安然的重新结合。而"相聚"更是将其中的隐晦寓意表达得十分深刻——他们一直都是彼此。不分彼此，才会看不出一双手来自两个人。

歌迷们陆续入场,她因为没有票无法进入,很快就被汹涌的人潮挤到了最后面。这间酒吧至多容纳八百人,而这次签售只限定五百人。幸运入场的人兴奋得手舞足蹈,举着海报与专辑亲吻,没有入场的垂头丧气直呼倒霉。有人哭泣,有人留恋不肯离去,也有人试着强行闯入……待签售会真正开始,外面仍滞留了一大批人,大家彼此对视,又心照不宣地将视线对着"薇薇"标志的蓝色大门,未关紧的两扇门中间一个女人的轮廓时隐时现。

里面的喧哗声此起彼伏,歌迷们按捺不住心潮纷纷拥至门前观望。保安赶走了一拨又来一拨,平安被人群挤得往前拥,只听见里面的喧闹声和隐隐约约的电子乐声,没有人唱歌。一个歌迷说,听不到许安然唱歌固然可惜,但是能再见她一眼也是好的……大家都有同感,纷纷附和。几个心急的歌迷见里面迟迟没有动静,光是歌迷的尖叫和喧哗就已让他们按捺不住了,不知谁起了个头,大家一股脑儿往里挤,终于成功地将保安推开拥了进去。

现场一片混乱,平安被人潮挤着向前,感觉身体不是自己的。闻讯赶来的保安和歌迷发生剧烈冲突,而里面的歌迷正处于亢奋状态,为了制造气氛,酒吧找了几个乐队暖场,木和许安然仍未出现。后方起了冲突,前方焦急企盼,不知怎的,歌迷间开始扭打起来,把酒吧里能砸的都砸了。

平安在殴打的人群中左躲右闪,只想快速冲出去,却受到场地的限制,不得不随大拨人流往前台挤,一时尖叫声、咒骂声、哭喊声响彻一片。混乱中,不知谁拉了电闸,现场顿时陷入一片漆黑,短暂的沉寂之后人群更疯狂了,大声叫着木和许安然的名字。

平安被推到舞台的角落，所幸没有受伤。她蹲在角落大口喘气，刚缓过劲，不知谁大声说了句"警察来了"，原本喧哗的场内顿时安静下来，众人停止斗殴，一时唯一明亮的出口成了所有人奔涌的目标。

她是被滞留的一批人，和警察做完现场笔录之后离开。她以为今天能见到许安然，不想竟碰到这样一出闹剧，心悸之余只觉深深的遗憾。她在"薇薇"门口徘徊，湖面的风在清冷的夜更加湿润，呵出的白气迅速凝结成霜。夜未央，两岸的酒吧灯火辉煌，一家挨着一家，门前挂着红灯笼或者醒目的金字招牌，穿着西服短裙的男女侍应生不惧夜的寒冷站在门前招揽生意。平安将大衣的领口紧了紧，御寒的围巾遮住脸，无处可去，身边的红色行李箱是唯一的家。她仰起头，正前方的灯箱广告——两只唯美修长的手，如烟如雾，一朵天堂鸟微微昂首，如红鸾飞翔御天的翅膀。

视线所及，酒吧大门打开，陆续走出几个人，穿着制服的警察与身着西装的工作人员，后面还跟着几个背吉他的音乐人。一行人向右走，平安的视线紧紧追随他们，没有女孩儿的身影。她失望地转过身，却意外地发现身后站着一个人。她一时僵在原地，看着那人由远及近，由近及远……

"安然。"她下意识轻唤。对方转过来，面朝她，只一眼，刹那咫尺，犹在梦中。

梦中相见甚是美好，雪花漫天飞舞，带着绝望的美感与悲切。

"下雪了。"她轻声呢喃。

"是的，下雪了。"安然笑着，走过来轻轻拥抱她，"好久不见，平安。"

2

　　平安注意到安然手腕的银镯，轻轻笑了。
　　两个人紧紧拥抱着，不知过了多久，当她睁开眼，看见一个高挑的男子，在风雪中与她持久对视。平安看不清他被阴影遮盖的脸，他站在原地，头发肩膀落满了雪花。她刚想出声提醒安然，却见对方转身没入黑暗中。
　　她跟着安然回到现在住的公寓，打开门，一股清香扑面而来。
　　"山茶花。"平安惊喜地说。
　　安然微微一笑，打开玄关的壁灯，仿佛置身另一处迷幻天地。
　　"随便坐。"安然脱掉外套，打开CD机与音箱，室内充满轻快的弦乐。

　　黑夜里的光，如夜雾般朦胧清冷。很日系的装饰，和室门隔出居室，如纱般轻薄的屏风上绘着青竹和白鹤。客厅白色的墙壁悬挂一把沧浪刀，除此，别无他物。中间置一张长木桌，摆着盛了水的青瓷盘，水底铺满黑石，水面飘一朵白栀子。桌子对立两角放置莲花烛台，白色香烛透明圆润。长桌两边各放着两张圆形米色布垫，侧面各摆两盆盆栽，分别是吊兰和散尾葵。最称奇的是靠窗一只透明的旋转水柱，流水潺潺，如雨珠飞泻，却不落地分毫。旁边赫然就是初见的那株白山茶，同系列的浅底青瓷盘取代敞口的白瓷杯。

安然问:"你是专门来找我的吗?"

"是,我想请你帮我一个忙。"平安收回打量的视线,看着安然说道。

安然就着烛火点燃一根"Black Stone"樱桃,满室弥漫浓烈香气:"说说看。"

"我的一个朋友喜欢唱歌,他想来'薇薇'。"她接过安然递过来的柠檬苏打,喝了一口。

安然走到CD机前,拿起一张CD放了进去,轻缓的乐声响起,吉他前奏特别优美,像丝帛划过皮肤般柔和。

"能告诉我他跟你什么关系吗?"烟雾中,她的脸若即若离,声音是幻觉般的淡漠。

"是我男朋友。"平安偏过头,两人视线相对,安然此刻的神情似笑非笑,她不期然想起了那张海报,以及海报上的名字——相聚。

"好。"安然轻轻吐出一轮烟圈,"不过,我需要提醒的是,想要成名必须靠自己的能力,我能做的只是让他进来。"

平安点了点头。

两人一时无言,空气里萦绕着美妙的乐音,一曲终了。

"这是《相聚》中唯一一首只由木吉他弹奏的乐曲,它的名字也极富诗意——海中云。"安然说,"我最喜欢的就是这首……记得我跟你推荐的《Shinden》吗?创作这首曲子的时候我一直反复听久石让的《天空之城》,他创作了那么多配乐,我最喜欢的还是这首。爱尔兰民谣真的很有意境,所以这首曲子我也借用了这种风格,整张专辑的风格就是这种淡淡的怀旧氛围,其他曲子虽然都加入了鼓和电子乐器,这种怀旧空远的意味却不变……总之这张专辑我很喜欢,它是我想要的。"

平安说:"我喜欢旋律优美的音乐,最近一直在听宗次郎的《风笛》,每一首都会反复听好几遍。"

"怀着我们这种心态听歌的人真不多。"

"所以我们才能成为朋友……"平安淡淡一笑。

"朋友……"安然看着手中的专辑封面,轻声说,"你妈妈给我打过电话,问你的去向……我当时真不知道你去了哪里,以为你回家准备出国。"

"对不起,我没有跟你说实话。很多行动无法解释,始终不知道下一步要走向哪里。"平安接过安然手中的专辑,认真看起来。

"我明白,你不用跟我道歉。只是你应该给你妈妈回个电话,她很担心你……平安,不要做将来后悔的事。"

平安依言给母亲打电话,一直没有人接,心中出现不好的预感。她当即发短信过去:"妈,我是平安,收到给我回个电话。"

不久,秀云打过来,她的声音沉重疲惫:"安安,为什么这么久不跟妈妈联系?你知不知道我很担心你……你知不知道……"

秀云说着说着哽咽起来,显然经受了长久的压抑和痛苦。

"妈,对不起……"平安不知道该说什么,似乎每一次跟母亲通话心中都沉着一块石头,压得她喘不过气。

"你不要跟我说对不起,我没有什么可对不起的……"秀云断断续续地说,"我们唯一对不起的只有你陆叔叔……他……他过世了。"

平安听到这句话脚下一个趔趄,直直地跪坐在地板上。

"平安，你怎么了？"身边的安然伸手扶住她，她恍然不觉。

"妈，你别吓我……你骗我的是不是……你怪我这么长时间没回家……怪我一直不跟你联系对不对……你别吓我……"平安已经说不下去了，头疼得厉害，死死抓着手机，指甲陷进肉里。

秀云说："我怎么可能拿这个吓你？我也是昨天才知道……我一整天都在犹豫要不要接你回来，告诉你，可我不知道见面了如何对你说……我怕你……"说着说着她痛哭出声。

平安已经听不下去了，将手机掐断，整个人趴在地板上哭泣。

安然看着难过，给她拿来热毛巾，心疼地说："平安，先起来，地上凉。"

平安抬起头，看着她。

安然从未见平安有过这种表情，仿佛生命中最重要的一块缺失了："平安，你……"她刚想说话，手机响了。

安然搂过平安，将手机拿起来接听，另一头传来秀云的声音，她此刻的情绪也平复了许多："安安，听妈妈说好吗？"

"阿姨，"安然看了平安一眼，努力斟酌着措辞，"平安她……可能现在不方便接电话，您有什么事跟我说好吗？等她心情好些我会跟她说的。"

"是安然吗？"秀云深深叹了口气，"难为你了孩子，拜托你好好照顾她。她现在的心情一定很难过，我也是……她陆叔叔走了两年了，我到现在才知道。知道这个消息时我也是好长时间都不敢相信，不敢告诉平安……是我的错……是我对不起建航和她才对……"秀云越说越激动。

"阿姨您冷静点好吗？"安然搂紧平安，感觉她在怀中不断地战栗。她接听手机时将扬声器打开,秀云的话传进平安的耳里。

"阿姨,现在不是自责的时候,您要好好保重身体,平安我会照顾,请您放心。还有什么话等平安回去你们见面再讲吧……人死不能复生,请您节哀。"

"好,好,平安这段时间就烦你照顾了。"秀云顿了顿,"你一会儿把你的卡号发过来我打些钱过去,你们好好补身体。等平安精神好了我亲自去接她,到时候再好好谢你。"

"阿姨,不用这么麻烦。"

"不,请你接受。她不在我身边,我没有办法好好照顾她,我也只能这样……拜托你了孩子……"她的声音又哽咽起来。

"好的,阿姨。我会照顾好平安,请您放心。"

安然挂断电话低头看平安,她整个人瑟缩在怀中,双眼呆滞,此刻的她像一只真正失去依靠的幼鸟。安然于心不忍,抱紧她说:"平安,不要怕,天塌了还有我陪着你。"

平安开始哭泣,一直哭,一直哭。她没有其他任何表达和宣泄悲伤的方式,只是哭,哭累了就窝在安然的怀里睡觉。她梦见他的面容,还是那么平和儒雅。仿佛他从来都是涉水而居的男子,他们是在湖边柳堤相识。他陪她重游故乡山水,与她一同祭奠故人。她给他讲心事,分享喜悦和悲伤,还有花一般绽放的爱情……她只想他一人知道。这世上唯有一个人懂她,如父亲般关怀,如知己般倾听,亦如情人般包容……他是这般温柔慈悲的男子,时隔多年也无法忘记,不能忘记……建航。

他低头轻轻抚摸她的眉,亦如父亲般轻唤:"平安,平安……"

景象昼合夜开,一半在梦里沉沦,一半失落在梦外。

她睁开眼，黑暗中身边人戴着银镯的手递来一个水杯。

"平安，起来，喝点水。"

她以为是在做梦，闭上眼又睁开，仍是一片黑暗。

"你睡了很久，"安然坐在床边看着她，"流汗又流泪，我担心你脱水发烧。"

"我妈妈来电话了吗？"她坐起身，就着她的手喝了口热水。

"没有。"安然摇摇头，"我让她不要打，阿姨也很累了，她发短信给我，要我转告你，好好照顾自己，不要太悲伤。以后有时间，她会带你去美国看陆叔叔的家人。"

平安伤感地说："我从来没有叫过他陆叔叔，他也从不勉强我。我和他总是争吵，吵完又和好。我们都不想让对方走进内心，却又不知不觉想要更深地靠近……你说，这是不是很奇怪？"

安然放下水杯，良久，她问："平安，你爱他吗？"

"我不知道，我真的不知道……我从没将他幻想成爱恋的对象，我曾经还以为他爱的人是我的母亲，所以才对我这样好……可是我知道这个人一直藏在我的心底，孤独的时候想起他，想他在大洋彼岸过得好吗……想他的女儿、妻子，自欺欺人地骗自己他这么久不回信一定是想我先回一封……他这样骄傲的人，我永远地失去了……失去了……"

"你不该这么想，你没有失去他，他一直没有离开你。他只是住在离我们比较远的地方，你闭上眼，还是能感觉他在遥远的地方思念你……总有一天，你，我，我们都会去那个地方，那时候你还是能看见他，告诉他你有多么想念……"

耳畔回绕着优美怀旧的《海之云》，仿佛美丽女子细细诉说那久远带着忧愁的往事。安然抱着她,轻抚她的背。

　　建航去美国之前就知道自己得了绝症。彼时平安高考在即,他不欲扰乱她的心情,借出差名义到外地做了一次检查,得知患癌,只剩两年的时间。他坦然接受,没有悲哀,也没有害怕。只是放不下平安,却在回程途中得知平安的叔公过世的消息。

　　与平安争执,引发病痛,他知秀云不久回来,平安有人照顾,安心接受化疗。养病期间他接到女儿的电话,说自己即将结婚,希望他去美国观礼。彼时他的病情恶化,医生建议去国外接受更先进的治疗,兴许能延长生命。建航不为将来担忧,心知一旦去美国,此生再也见不到秀云母女。他敬重秀云,怜爱平安,这个地方留给他最美的回忆是与她们母女相识,能够在她们需要的时候伸出援手,看到她们母女团聚,以后也会解开心结……他想到这里,着实欣慰。他待她们如家人,然而真正的家人却远在大洋彼岸,他想见一见亲生女儿,见一见多年没有联系的前妻……这么多年,唯一对不起的便是她们。

　　人生诸多遗憾,不能一个个去追悔和补偿。人的生命何其短暂,要在这短暂的时光做到幸福又有多难。生来不完整,这算是一个遗憾。爱情早早被扼杀在了人性的软弱中,又是一个遗憾。这些都是无法免去的苦与罪,他介怀了一生。当死亡降临时,他只想双手握住最亲的人,没有遗憾地离开这个世界。别人的路依旧在前方,而他的路由这双手开始,也由它们结束。他可以微笑着离开人间,只是,他疼爱的那个少女,会不会想念他,会不会为他的不告而别、为这善意的欺骗做不到原谅。

　　他到美国不久后病重,小京的婚礼一再推延。女儿有这个心,妈妈二十年不结婚，还是念着父亲。她费心等到他来，却是他们一家人最后的团聚。建航重病期间，前妻一直照顾他，他们去夏威夷看海，度过一个美好的夏天。他始终不肯和前妻复婚，害她独身了二十年，不能再耽误一辈子。那个时候他看着前妻隐忍悲伤的面容，对这个人间又多了几分不舍。他积极配合治疗，期间病情几次好转，他答应这年六月，与女儿一道步入婚姻的殿堂。

他是两年前的秋天去世的，癌细胞扩散，引发其他器官病变，整整一个月住在重症室。他坚持参加女儿婚礼，眼看不能再拖，将婚期定在八月。他病重的这一年，给平安写了一封信，编造了一个善意的谎言。他与秀云通话，隐瞒了病情，得知母女俩如今关系尚可，心里安慰。秀云告诉他打算两年内安排平安出国，到时候见面，建航听了不觉悲伤，却没有说出拒绝的话。他对秀云说，平安是很有想法的女孩儿，凡事由她自己考虑，不要逼迫她。秀云觉得这是对平安最好的安排，彼时听了未上心。如今想来，建航竟比自己这个亲生母亲还要了解她。

婚礼在夏威夷的海滩举行，十分浪漫。建航看着自己的女儿出落为美丽的新娘，欢喜之余想着另一个女孩儿，将来也会拥有如斯动人的时候。患病期间前妻一直陪伴在身边，他说："我一生负了你，不能死后也连累你无依靠，请让我没有遗憾地离开……"他轻轻抚摸着前妻的脸，"能有你送我最后一程，已是生命的奢侈。"前妻闻言只是不停地流泪。

最后一个月，他每天早起去海边，日出日落一直待到黄昏。他耗尽生命的时光画出最后看到的世界——漫天绚丽的晚霞柔和成一片迷离的夕雾，海面幽蓝平静，波光粼粼。白色海鸟迁徙，由天空低俯掠过海面，悠悠地扑腾着翅膀。光与影交错的天空，新月与夕阳相望。远离夕阳的地方，飘浮着几朵绵如絮的白云。

争相忆，空相忆，朝还暮。

他闭上眼，遥远的记忆纷至沓来：清贫的童年、艰苦的少年、抑郁不得志的知青岁月、意气风发的中年……白驹过隙般匆匆掠过。悠悠时光便在这纷繁缭乱的记忆中终结，只留一个模糊的剪影，长发女子站在海边，裙摆微扬，金色海潮漫过脚面。

这一生，便结束在这片金色的潮水之中。

《海之云》的旋律反复回荡，一遍又一遍。

平安在大学收到的第二封信，那时候建航已经过世了。依旧如去年一样写着"生日快乐"，不同的是信件由洁白的信纸变为卡片。小京在与父亲单独相处的几天里，他给她讲了自己和一个叫平安的女孩儿的故事。那是他最后的一段时光，每天坚持去海边，身边只有一支画笔、一张洁白的纸。在他感觉快要离开人世的时候，画下留给这个世间最后的记忆。

小京生日这天，他将写有"生日快乐"的明信片给女儿。他去世后，小京自作主张将明信片连同最后那幅图画寄给了平安。她和母亲，恨了这个人二十年，直至最后，因为疾病与死亡彻底原谅。

爱别离，怨长久，求不得。

她说:"我永远无法原谅他,永远不会。他留给他的妻子、女儿,留给母亲,留给那个死去的初恋情人的全是伤痛与遗憾……他怎么忍心,怎么忍心一而再再而三地错过……"

她说:"你无法原谅的其实是你自己。你和他存在太多遗憾,而你从未发觉,你需要从这极致的痛中找到出口……"

她看着手中的画,想起他曾说过的少时的理想是当一名画家,想起那本爱与谦卑的速写本,那无疾而终的初恋……他的少年,她的少年。

濂、一维、子熙、思齐……

她说:"那时我所恋慕的皆是面容俊秀、神情草率的少年,他这样珍重持久的男子,并不适合我。直至如今,我仍笃定。"

她说:"你爱慕他,依赖他,是因为你的缺憾。你从他那里获得父亲给予的安全与温暖……平安,将来你若嫁给一个人,一定是因为从他身上寻到了父的气息。你一直在寻找。"

3

安然记事起,就跟外祖母一起生活。外祖母是一个孤僻古怪的老女人,她总是穿一袭深色的碎花旗袍,圆头高跟鞋,头发梳得一丝不苟。屋子里常年放着 20 世纪三十年代百乐门的老唱片,外祖母点一根烟,站在窗前轻声哼唱,高兴起来也会随着音乐摆动身体,那模样就像回到三十年代的夜上海，不堪寂寞的歌女怡然自乐，描画着翩翩风采。

她年轻时一定是极美的，岁月的风霜遮不住盛年的风华，遮不住天生的傲气。母亲和她有着相似的命运。幼年的安然是见过母亲的，嗷嗷待哺的婴儿被抱到外祖母家，恳求收养。母亲下了决心要外出闯荡，不能留一个不明不白的孩子在身边。她和母亲一样是遗腹子，生来不知父亲。

她早熟，且早慧。小小年纪的她从外祖母的日常生活和穿衣打扮猜得这位年过半百的老人年轻时是一位风华绝代的歌女。她看得出，外祖母当年做歌女一定是因为喜爱唱歌，而非生活所迫。她的歌声细腻婉约如芳华少女，却浸透着世事沧桑的沉郁的美，想来是岁月的磨砺。安然每次听得入神，忘了身在何方。这是她幼年最幸福的时候。

外祖母美丽、忧郁，却也暴戾、反复无常。她将对女儿的怨恨加诸在外孙女身上，全无慈爱可言。安然被关在房间内，常常一关就是一整天，起初还有一位年老的阿婆照顾她，几年后阿婆病逝，空荡荡的屋子只有外祖母和她两个人，她不得不学着做饭、擦洗家具、料理枯萎的植物。

外祖母的房间从不让人随便进入，自己整日关在房间里，不知在做什么。有一次，安然照例做好晚饭送到外祖母房前，那一天外祖母兴致很高，房间里的音乐声开得很大，她听见女子的歌声，合着拍子欢快地唱……外祖母唱了一首又一首，全然忘了时间，她蜷缩在房前听着听着睡着了。

醒来时她仍旧趴在地板上，屋子里点着一盏灯，外祖母不知何时站在面前。她连忙爬起来，慌乱中与外祖母四目相对。她从外祖母眼里看见凌乱恐惧的自己，外祖母的神情平静得像屋外混入黑暗的夜色。她们静静对视，她握紧双手不让自己发抖，良久，外祖母笑了，竟破天荒地摸了摸她的头。"想听吗？"外祖母轻声问道。她一眨不眨地看着外祖母，外祖母又耐着性子问了一遍，她在外祖母表现出的不可思议的温柔中点了点头。

外祖母转过身，走进屋子关上门，她站在门外，不一会儿屋内响起一阵轻柔欢快的乐音，夜莺般的歌声在静谧的深夜蓦然回转。这是她第一次清晰地听一个女伶的歌声，那种听觉十分美妙，因激动而流泪。但是并不因为这美妙如曼陀铃的歌声从此就能与她相处融洽，她知道现实的残酷，慌忙擦了泪背过身。那一夜，歌声回荡不息，外祖母一直没有出来。

年幼时遭外祖母毒打，见她的次数不多，印象里她总阴沉着一张美丽迟暮的脸，用冷漠怪异的眼神看着自己。安然从外祖母的影子中想象母亲，继而想象成年后的自己。阿婆在世时对安然说起身世，也得避讳外祖母在场。譬如，当年母亲抱着嗷嗷待哺的她坐了十多天的船回来求外祖母收留，母亲是个倨傲的人，与外祖母关系一直不睦，然而为了求外祖母收养女儿，母亲跪了一天一夜，愣是看着阿婆偷偷将孩子抱回家才离开。从始至终，外祖母都没有和母亲见面。阿婆说，你不要怪你婆婆，她恨命运，恨你母亲……

安然被母亲抱着走了很久的水路，因不适应南方炎热潮湿的天气，身上起了疱疹。阿婆告诉她，一开始差点养不活，是外祖母变卖了收藏几十年的首饰请来城里的西医才治好了病。幼年因着阿婆的照料生活尚可，她从来不是调皮贪玩的小孩儿，只是性格过于内向孤僻。那时候，外祖母偶尔也会打扮得光鲜体面出门赏花听戏。六岁之前，她与外祖母接触不多，心里自然而然将照顾自己的阿婆当亲外婆看，彼时听阿婆说起来，对这位美丽优雅的女子是自己的外婆感到不可思议，却从来不敢靠近。

　　六岁那年，阿婆过世，家里完全变了样。记得阿婆过世的那几日每天都在下雨，雨势惊人。夹竹桃开得十分旺盛，在雨中美得鲜亮夺目。她坐在门前的台阶上，只当阿婆像往常一样返家探亲，一连几天未归。她看着院子里红得耀眼的夹竹桃出神，外祖母幽幽一句："下这么大的雨，不会回来了。"那天，外祖母穿了一件花色艳丽的红旗袍，肩上披着白色的流苏披肩，站在雨幕中。她一向在装扮上十分用心，那天竟被雨淋得透湿，怔怔看着含苞待放的夹竹桃出神。从那时候开始，家里所有的活儿都由安然做。

　　与外祖母相处的几年，她真正体会到什么是人间炼狱。那几年外祖母生病，衰老得很快，也许是衰老使她不能再像从前那样唱歌跳舞，不能独坐窗前对着夕阳欣赏昔日的美……她比从前更加暴躁，将病中的怨气与怒气发泄到年幼的小女孩儿身上。她坚决不肯吃药，不让大夫看。有时候发起病来，疼痛难受，便冲出房间将熟睡的安然拉起来毒打，用细细的簪子一阵乱戳，在小女孩儿白皙细嫩的皮肤上留下一道道狰狞的血痕。

　　安然非逆来顺受，被打时却强忍着不做反抗。因自幼被灌输的思想，她是被父母抛弃的孤儿，只有这个冷漠残暴却有血缘关系的人收留了自己。那是她名义上的外祖母，她生命中唯一感恩的亲人已经离开人世了。

如此非人折磨的日子一过就是两年，两年里，安然受到的创伤不计其数，时常一处伤口刚愈合，另一处又添了新伤。外祖母将虐待当作对宿疾的一种治疗方式，每次对安然动手，因疼痛而扭曲的面孔便得到一丝舒展。痛到极致便是麻木到极致，她的头痛症越来越严重，剩下的一年是在煎熬……安然知道外祖母再也没有力气打她了，大着胆子进了外祖母的房间。

屋内弥漫着将死之人的腐朽气息，窗帘遮得严实，外祖母躺在床上，气若游丝。外祖母正熟睡，她小心翼翼地避开满地的玻璃碎片来到窗前，背着光打量这间屋子。如同洗劫一空的战场，满室狼藉，梳妆台倒地，妆台上的饰物洒落得遍地都是，一盏琉璃台灯被摔得粉碎，衣柜磕破了一角，一件件艳丽雅致的旗袍乱作一堆。窗前的高脚柜上放置一架留声机，圆盘唱片骨碌碌地转动着，却没有声音。她怔怔地看着，外祖母轻轻呻吟一声，她一不留神撞到柜子上，留声机摔在地上，连同落地的食盒发出沉闷的声响。

醒了的外祖母却很平静，半晌，她说："你把屋子收拾干净就出去。"她依言照做，外祖母一直盯着她看，她将所有东西收拾妥当，只剩下倒地的留声机和唱片。

她听外祖母说："我生病一直在听这张唱片，现在不需要了，你把它们全部收起来，不要让我看到。"

那一晚之后，外祖母开始向命运妥协。吃药，由八岁的外孙女擦洗身体，服侍吃饭，但是依旧不肯见外人。她病得下不了地，整天躺在床上对着窗户的方向出神。她的意志受到极大的摧毁，但无论病痛怎样折磨，都不会流泪屈服。她要安然服侍，每天清洗身体，换下衣服。

去世的那天清晨，外祖母的神志非常清明，唤来安然将她扶坐到窗前，收起厚重的窗帘，将窗户打开。那一天，天气非常好，熹微阳光穿透窗棂，绿影斑驳迷离，窗前的玉兰枝叶翠绿茂盛，稀疏白花点缀其间。

她颤抖着手对着晨光梳头。病痛时揪头发自虐，又因药物作用头发掉了大半，却依旧柔软美丽，像这春天。她梳妆时的神情亦是如此。长时间的相处，安然知道外祖母梳妆时不喜欢别人在旁边，所以当她开始拨弄首饰盒时，便识相地退出去。她跑到院子一角偷偷朝外祖母敞开的窗户观望，那一天的外祖母是她见过的最美丽的。外祖母穿一身白，鬓边别一朵新摘的白玉兰，金色晨光在她洁白的身影上平添一份神秘和伤感。

她早年听阿婆说外祖母姓许，这宅子就是许家的祖业。她在上海时曾经有过一段无比风光的岁月，上海沦陷，她回到家乡。途中遇见了阿婆，因着当时怀孕，诸多不便，与阿婆同路做伴，不想阿婆竟是同乡。这是她与阿婆的一段缘分，这缘分延续了几十年，所以答应死后唯一的祖宅留给阿婆。阿婆过世后，许家没有其他人，这处宅子便由安然来继承，可是安然却知道自己不会在这里待多久，少了外祖母的牵绊，就如一只断了线的风筝，势必飘摇一生。这是她与母亲的宿命。

她依旧如往常那样外出抓药，买甜甜的糯米糕。家里的积蓄用光，一些值钱的家具变卖得所剩无几。她买完药和糯米糕往回走，见平时不常来往的邻居三三两两聚起来往前走，不远处火光冲天，赫然就是自己家。她撒腿往前跑，屋前的夹竹桃烧得只剩一截枯黑的木桩，三间瓦砾厢房在熊熊大火中燃烧，断裂的屋梁像巨龙的火爪顷刻坍塌。她被邻居死死抱住,眼睁睁看着大火将一切吞没。

她记忆中的大火烧得铺天盖地,她在火光中耗尽最后一丝力气,这是她一生面对不了的噩梦……几个月后经政府安排,她和几个无家可归的孤儿一起被送入当地的孤儿院。安然,这是母亲留给襁褓中的她的名字,她回首看那片化为废墟的许宅,尘归尘,土归土,死去的人彻底安息,活着的人尚在人世挣扎。

她朝那片废墟跪下,磕了三个头,耳边是风的声音。

以后你只有你了,许安然。

4

那晚之后,"薇薇"被勒令停业整顿。此事在圈内引起剧烈反响,《相聚》尚未面世已红透半边天,有对手出言讽刺,这是"薇薇"惯用的炒作伎俩。但不管外界如何非议,木和许安然的人气已是扶摇直上,各大年度颁奖礼和广告代言邀约如冬季纷飞的雪花飘来。

这几天,安然一直闭门不出照顾生病的平安,她的情绪比前几天好了许多,身体也慢慢恢复过来。木来过几次电话,安然一直拒接,发来的短信也不看,最后索性将手机关机。因着前几天照顾平安没有睡好,见平安转好,安然便放心睡了过去。

北京一直下雪,外面积雪很深,两个人叫外卖。平安听见门铃声,以为是送外卖的来了,匆匆披了件衣服开门,来人竟是那一晚见着的木。他戴着宽大墨镜、深灰毛线帽,要不是一眼就忘不掉的独特气质,差点认不出来。

木站在门边,没有要进来的意思:"安然在里面吧?"

平安点了点头,有些不知所措:"她在睡觉,你进来坐一下,我去叫她。"

"不用了,我来是想确认她是不是在这里。"

两人一时无话可说,木看着平安,潮湿寒冷的空气涌入,平安不自觉打了个寒战,见对方没有要走的意思,只好说道:"你还是进来好了,外面挺冷的。"

"不用了,她不喜欢外人进入她的地方。"木看着女孩儿一时尴尬的神色,笑着说,"我说的是我……林平安,很高兴见到你,麻烦你帮我和安然说声,今晚去我那里一趟。"他说完不再停留转身离开,带起一阵清冷的风。

平安看着他离开的背影,一时回不过神,直到身后安然咳嗽一声:"关上门吧,小心着凉了。"

平安回过头,安然只穿一件T恤,头发蓬松,分明是刚睡醒的样子。

"吵到你了?不好意思,我让他进来,他……"

"我知道,你是这里的第一个客人。"安然扯了扯嘴角,"我不经常住这里,之前除了他,没有第二个人知道这里。"

"不好意思麻烦你了,这几天……"

"嗨,跟我还客气什么。你妈都把你托付给我了,你就安心住吧。"安然笑了笑,拿着浴巾进了卫生间,不一会儿传来水流的声音。

平安拉开窗帘,雪过天晴,阳光透过玻璃洒向室内,十分温暖。伸了个懒腰,随手按下开关,莹润的水柱传出空谷流水声,她席地而坐,望着"疑是银河落九天"的水流出神。不知坐了多久,直到响起一阵如溪水潺湲的音乐。

"你需要静心。"安然坐到身边,长发湿漉漉的,蒙着水雾。

"木要你晚上去他那里。"平安看着她。

"我正好也有事找他。"她漫不经心地擦着头发,岔开话题,"我担心照顾不周,你看我这里什么都没有,一会儿出去吃碗热腾腾的面吧。"

"好。"平安轻轻握住安然的手,"谢谢你费心照顾我。我们之间本不该言谢,可我也只有说这些毫无意义的话才令自己好过……你知道的,我……"

"我知道的,知道。"安然捂住她的嘴,"你什么都不用担心,你的事就是我的事。"

她们去一家日式料理店吃北海道拉面,香气漫溢。

对座的两个日本人小声交谈,其中一个不时打量她们。安然点起一根烟,随即一个侍应生走过来,小声抱歉道:"不好意思小姐,我们这里不让抽烟。"安然点了点头,将烟掐灭。

"烟真不是好东西,伤己又伤人,可我还是那么迷恋它……"安然看着落在指甲上的烟灰,轻轻说,"你看它多美,在身体上跳舞。"

平安说:"我不愿出国,但是想去一趟日本。你屋子里的摆设让我很向往,想去当地感受一番。"

"别说我是什么可笑的哈日族。"安然环顾四周,留意到廊檐悬挂的绘有浮世绘的白纸灯笼,"但是这个国家给予我的灵感和力量让我心存感激。"

"安然,你快乐吗?"

"你呢?"

两人静静对视,同时出声:"你快乐所以我快乐……"

"天晓得既然说,你快乐于是我快乐,玫瑰都开了我还想怎么呢。求之不得求不得,天造地设一样的难得。喜怒和哀乐,有我来重蹈你覆辙。"两个人忘情地唱着王菲的《你快乐所以我快乐》,同时大笑出声。周围的客人纷纷看向她们,对桌的日本人看着她们肆意高歌的样子,会心一笑。

她们喝了许多清酒,酒不醉人自醉。一路互相扶持着往回走,不知不觉已天黑,到了楼下,安然将钥匙交给平安:"你先上去吧,我去木那里一趟,晚点回来。"

"这么晚了,你一个人可以吗?"平安担心地问。

"这点酒还醉不倒我。放心,再晚我也会回来,绝不在那臭男人家里过夜。"

平安轻声笑着,不忘嘱咐:"那你快去快回,我可在家里等你呢。"

安然俯身拥抱她,玩笑道:"听你的,媳妇儿。"

安然来到木的公寓,按门铃,一会儿门打开,一个性感美艳的女郎冷漠地看了她一眼,与她擦身而过,馥郁的香水味萦绕鼻端。

"怎么不进来?"内室传来男子的声音。

安然走进来,随手关上门。

室内仅开着一盏壁灯,光线十分晦暗。木裸着上身,背对着她坐在地上抽烟,安然说:"我来把东西拿走。"

"你要搬走了？"

"是的，我想你也不需要我。"安然戏谑地看着他。

"你吃醋了？"木侧身看向她，"我跟她早断了，她不过来拿东西。"

"跟我没有关系。"安然径直越过他，走向最里面的房间。

"这次又是为了谁离开，林平安？"木看着她，淡淡地问道。

"我的事不用你过问。"一会儿的工夫，安然拎着袋子走出来。木依旧坐在地板上，身边全是烟头。

"你找我来是告诉我'薇薇'的事解决了？"安然走到他面前，居高临下地俯视他。

木缓缓躺到地板上，看着她说："安然，能不能把东西放下，陪我说会儿话？"

"你想说什么？"她坐到他身边。

"让我想一想。"木支起手肘，歪着头看她，"今晚能不能留下来？"

"今晚不行。"她低头避过他的视线，"来的时候正下雪，我不能待太久。"

"那明晚呢？"见对方没有反应，木坐起身，语气里透着焦急和无奈，"后天？大后天？哪天可以？"她依旧沉默不回应，木重重叹息一声，"我们重新合作后，我已经不再找别的女人了……安然，还要我怎么做，你才肯回到我身边？"

"你找我来是为了说这个的吗？"安然起身，冷声道，"如果没别的事我先走了，有事明天电话里说吧。"

"摩恩回来了。"木的话成功令安然止步，"这是个机会，摩恩除了是生意高手，还是顶级制作人。这几年他在日本，你不会不知道他去日本见了谁吧？当年的演出，别以为我不知道你中途失踪是怎么回事，你一直不愿意在'薇薇'登台是为了什么，为了谁。那个人我认识。"

"够了！"她烦躁地打断他，手中的袋子落地，零碎的衣服和唱片掉了出来。

木看着她的反应，缓缓说："当年给薇薇写歌的音乐人叫青田准一，他与薇薇、摩恩的交情都很深。薇薇死后，摩恩成为酒吧投资人，而真正打理酒吧的其实是这个日本人——青田……他为人低调，专注音乐，之所以一直留在'薇薇'是因为朋友。也许同为薇薇朋友的关系，他和摩恩的关系一直很好……后来，不知因为什么两个人闹僵了，青田消失了一段时间，那段时间摩恩萎靡不振，酒吧生意也大不如前。两个人的分歧就是在那个时候产生的，摩恩经常出国旅行，酒吧由青田打理，但是青田只想做音乐。不久青田回国，酒吧重新交给摩恩……我所知道的内幕就是这些，你再不喜欢'薇薇'，也应该对这些往事感兴趣吧？"

她不说话，浑身都在发抖，心中有个声音在反复叫嚣：青森就是青田准一！

"安然，摩恩要培养薇薇的接班人。"木继续说，"我现在也在接洽管理层，我知道你只想做音乐，我们可以一起打下我们的天下。"

"这就是你告诉我的理由？"她内心越愤怒越表现得镇定，"这么多年，你口口声声说爱我，不过是在利用我，你当我傻吗？每次当我有了利用价值你就叫我回来，一旦失去了价值，又摆出放我自由的姿态……木，我们认识这么多年，难道我还不了解你是什么样的人吗？我何必要听你说的这些，这不过是别人的故事，埋没于别人故事里的人你不觉得可悲吗?"

木被她激怒,起身直视着她,她亦不甘示弱。两人针锋相对,仿佛下一刻就要厮打起来。然而他们太了解彼此,年少意气的时候,因为几句话大动干戈,现在却不会了。固然年龄在增长,更重要的原因在于,他们谁都惹不起谁。这些尖厉的话狠狠刺痛了彼此的心,木不否认,那或许是曾经的他,然而过了这么多年,如果许安然还是这么想他,当真他们之间没有多少感情。

"你可以不相信,不过时间会证明你今天的言不由衷。"木看着她的眼睛,冷酷而清晰地说,"安然,你的眼睛出卖了你,你如果不在乎,为什么要流泪呢?你有知晓别人故事的权利,但是你的故事是靠你自己来写的,你应该不会让所有一直看着你的人失望吧。"

她突然失去了对视的勇气,闭上眼,有泪顺着脸颊缓缓滑落。她不知道是因为青森,还是木,抑或是自己。

5

安然失魂落魄地回到公寓。木的话像一根刺穿破心脉,胸口疼痛难受,整个人跌坐在门边,不想再动了。她将脸深深埋入掌心,已经不记得什么时候哭过了,原来这一刻才深知自己是多么脆弱。

不知过了多久,她起身准备敲门,门却意外地打开了。

"安然,你怎么了?"平安看着她满身的雪花惊道,"天,外面下雪了吗?回不来就不要回来了,不过一句玩笑话,出了事怎么办?"

安然自顾自低头换鞋,平安拧了热毛巾给她,她沉默地接过将毛巾敷在脸上。

"洗个热水澡吧,不然会感冒的。"平安担心道。

她摇了摇头:"今天很累,我想早点休息。"

"好,我煮了姜茶,喝完再睡。"

她点点头,突然倾身抱住平安,紧紧地抱住。平安感觉到安然此刻的脆弱与反常,伸手回抱她,两个人拥抱沉默着。

安然翻来覆去睡不着。平安说:"我不知该如何安慰你,你和我不一样,脆弱无助的时候我总是希望有个人陪在身边,听我倾吐那些不快。可你不同,你把什么都藏在心里,再大的痛苦都自己一个人扛。"

安然将手覆住额头,想了想说道:"我不知道该怎样讲那些往事,太长太复杂了,我到现在也没有理出头绪。我不说,是想把它们忘记,可是一旦闭上眼,那些人、那些事就如梦魇侵蚀大脑,想忘都忘不了。"

"那么就不要再想了,顺其自然,只要想着再难熬的困境都是教会我们成长,就不那么容易伤到自己了。"

两个人的手交握着,左手握着右手,仿佛回到从前。列衣相撞发出声响,彼此相视而笑。

平安生病的这几天手机关机,也不知顾思齐有没有来电话。

她将手机开机,见到顾思齐的短信:"平安,我坐上了来北京的火车,明早到。"

她一时惊愕不已,连忙打电话给顾思齐,对方关机,又匆忙给他发了条短信:"我去接你,大概几点到?"

凌晨一点多,安然还在外面,她困倦得想睡,又想等安然回来,便拿本小说打发时间。不知看了多久,手机屏幕亮了,是顾思齐的短信:"不好意思刚睡醒,车上人好多,外面下雪了,明早估计晚点……我快到的时候给你发短信。"

和顾思齐发完短信,听见外面的声响,平安急忙跑去开门,却见安然如雪人般立在门前,她有不好的预感。她轻轻拥抱安然,手指摩挲着手腕上的列衣,斟酌许久还是开口:"安然,我有件事要告诉你,我的男朋友来北京找我了……"

漆黑的房间一阵沉默,良久,安然说:"对不起我跟木吵了一架,没有顾上这件事。他什么时候到?"

"明天一早,我去火车站接他。"

"先找地方住下吧?"

"嗯……明天先住旅馆,等安顿下来再找房子。"

"找到了房子,你要搬过去和他一起住吗?"

"应该是吧……毕竟他一个人。"

很久很久之后,平安以为安然睡过去了,内心突然变得十分低落,她觉得不应该与安然谈论顾思齐。她不知该如何收回说出口的话,却听安然说:"明天我和你一起去,带他见木,然后一起去'薇薇'。正好明天我要跟'薇薇'签合约,带他见一下老板……"

平安无言,安然笑了笑:"你不用这么看着我,平安,我只希望你幸福。"

"其实,"平安忍不住说,"顾思齐喜欢你,你是他的偶像。"

"是吗?"安然愣了愣,抚摸手腕的列衣,"我从没想过当谁的偶像呢,我一直很糟糕。"

"我不知道这么做是帮他还是……"平安黯然道,"总觉得这条路不适合他。"

"路是他自己选的,既然决定了就一路走到底。"安然洒脱地说道。

阳光冲不破大雾,天气始终变幻莫测,印象中只有一次站在人头攒动的广场,人来人往的天桥、拥挤不堪的车道、举着牌子的亲友……不变的景象提醒着曾经真实发生过的事。安然收回视线,看向从人群中走出来的白色身影,身后跟着一个戴帽子背着包的年轻男孩儿。

"安然,这是顾思齐。"平安带着笑意向安然介绍。

安然微笑着点点头:"你好,许安然。"打完招呼便转身径直向前走。

顾思齐尚未从看到许安然并且和她打招呼的震惊中回过神,嘴张了半天却一个字也说不出。他看着许安然远去的背影兀自发呆,平安跟他说话也忘了回应,直到前面的人回过头,看了他一眼,对平安调侃道:"久别重逢也要挑个好地方啊。"

平安会意,冲对方一笑,拉着顾思齐往前走,边走边小声说:"许安然,如假包换,看傻了吧?"

顾思齐低头,脸红到耳根,嗫嚅着:"只是觉得太意外了,一路上已经做好见面的准备,见到了仍是不敢相信,是真的吗?"

"当然是真的。"平安握紧他的手，故作神秘，"一会儿还有惊喜呢。"

两个人跟着安然往前走。安然戴一顶黑色的棒球帽，披散着长发，出门永远不变的墨镜。穿一身黑色夹克、破洞牛仔裤和高帮皮靴，左耳从上至下一排耳钉，非常朋克的打扮。只有左手腕的银镯发出沉着的光亮，与这身打扮不太相称。

顾思齐回过头，看到身侧女孩儿右手腕戴着相同的银镯。

平安察觉到他的疑惑，问："怎么了？"

"没什么。"顾思齐迟疑地说，"你们两个人的手镯是一起买的吗？"

"你说列衣啊，"平安举起右手，看着阳光下泛着清亮光泽的银镯说，"我妈妈在我十八岁生日时送我的，保佑我平安。我留了一只，另一只给了安然。"

不知不觉走到一处偏僻停车的地方，一辆路虎摁响了喇叭。顾思齐抬头看，许安然已经上了车，黑色的窗玻璃挡住外面的视线。

平安推了推顾思齐："还愣着干什么？"说着走过去打开车门坐了进去。

等到思齐上车，方才的犹疑与忐忑被彻底的震惊取代。除了震惊还是震惊，戴着墨镜的木偏过头跟他打招呼："嘿，哥们儿，欢迎来北京。"

即便不如普通女粉丝见着偶像激动得当场尖叫哭泣，顾思齐也好不到哪里去。他尽力克制身体没来由的颤抖，感到一股热流流遍全身，然后涌向心脏……他感受到狂乱的心跳，一只手紧握成拳，另一只手不由自主抓住身边的女孩儿,直到平安低呼出声。

"啊,弄痛你了?"他紧张地捧起平安的手,却听见前方两人暧昧的笑声。

木调侃道:"我说分开不过一星期,至于吗?还是南方人都这样?"说着看了眼身旁默不作声的安然。

"好好开你的车吧。"安然冷冷道,但也不想放过这个恶作剧的机会,回头挑眉道,"果然分别的恋人看着让人唏嘘,我们是不是先把你们俩放下来单独叙旧啊?"

平安笑睨安然一眼,安然好笑地看向顾思齐:"还好你前面的人看不见,不然你这个样子误会可就大了。"说着瞥了眼开车的木,"你说呢?"

木摆出很正经的姿态摁了摁喇叭,回望安然一眼,揶揄道:"在你面前,我还是不敢对他怎么样。"

安然默然不语,与他深情对望,坚持不到三秒两个人忍不住同时笑场。

顾思齐的脸更红了,而一向淡定的平安也难得红了脸。安然见他们两个这样也不好再调侃下去,对木道:"先去'薇薇'还是?"

"去我那儿,天没亮就把我从床上挖起来,好歹人接到了让我先回去补个觉吧。"

"不是有正事儿吗?"

"正事可以晚点再说。"绿灯亮了,一个急转弯,车子向北三环的方向行驶。

先到比萨店买了四人份早餐,车子一路行驶到一片灰不溜秋的居民区前。

"怎么把车开到这儿了?"安然疑惑道。

"你不是让我给这小子解决住的问题吗？"木熄了火，解下安全带，几个人下了车，木边走边说，"这儿安静，离'薇薇'也近，他住合适。"

"房租怎么算？"

"这个重要吗？"木看了眼顾思齐，率先往里走。

房子很长时间没有人住，除了空气中的灰尘味，没有任何改变。木环顾四周，说："这房子算是我在北京的第一处房产。"他笑看了安然一眼，"'薇薇'给我在北京租了两套公寓，这里一直没人住，以前路过还会上来看看。"

木摸着灰尘，对顾思齐说："现在想想，买了没人住房子就失去了价值，我正打算转手卖了，你过来正好帮我解决了难题。"

被木看得有些不自然，顾思齐低下头，小声说："我是觉得太麻烦了……这样我……"

"你是觉得住在这里太麻烦？"安然见顾思齐憋着劲儿的样子歪着头笑道。

"不是不是……"顾思齐慌忙抬起头，不期然与安然的目光相对，见对方调侃的神情，一时尴尬无比。

平安见状连忙打圆场，对安然说："好了，你就饶了他吧，你明知道他不是这个意思……"她从未见到向来老沉的顾思齐这个样子，忍俊不禁，"你不会现在还觉得在做梦吧？"

"我是感觉在做梦……"思齐恍惚地看着安然，又看着木，"真不好意思，我一来就给你们添麻烦了，我本来准备了很多话，不知怎的一句也说不出来……可能是惊喜来得太突然，让我一下子无法接受……希望你们不要介意，我只是看到你们太开心太激动了……

我从高中就喜欢你们……喜欢很多年了……我……"

几个人看着顾思齐没有出声,木沉默地抽着烟,平安低头帮忙整理行李,顾思齐与许安然四目相对。

"阿木,"安然突然挑头问,"签约的事怎么说?不是今天要带我们见老板吗?"

木慵懒地靠在沙发上,边抽烟边说:"老板去香港了,签约的事得等他回来。"

"他怎么说?"安然指了指顾思齐。

"他的事我还没说。"木看着顾思齐,"不过在老板回来之前我会给你在'薇薇'创造登台的机会,你要好好表现。一个歌手要想获得成功并不只是靠脸和才华,只有观众认可你、喜欢你才行。现在你要做的就是多露脸先让观众熟悉,为正式出道打下基础。"

安然问顾思齐:"听平安说你以前组过乐队,也在酒吧唱过?"

顾思齐点点头:"我也会写歌。"

"那再好不过了。你先好好休息,晚上去排练室,唱几首给我听听,没问题吧?"

"当然没问题。"刚刚还矜持害羞的男孩儿此刻雀跃地看着安然,眼中有兴奋也有期待。他回头看了眼平安,觉得刚才的表现太过,又把头低下来。

木看着有趣的一幕,冲安然笑道:"我在他面前怎么感觉自己很老了,刚出道那会儿也没见兴奋成这样。不过,倒是挺有趣的。"

"那是你经验丰富。"安然淡淡一瞥,见平安一直沉默着给顾思齐收拾行李,有意问道:"平安,你要跟我回去吗?"

平安点点头,收拾完对顾思齐说:"你再看看还有什么需要买的，我晚点给你带过来。"

顾思齐看着她欲言又止，最后只是摇了摇头，说："不用了，我缺什么自己买，你回去好好休息吧，晚上见。"

"嗯，你也是。"

平安回身，安然已走到门边，突然回头对坐在沙发上的木说道："你不和我们一起走吗？"

"好歹是我的房子，客人来了就这么急着赶主人走了？"木边说边起身。

"那你再多待会儿吧。"安然说，"我们先走，晚上八点你带他到排练室。"她看到墙边靠着的吉他，提醒顾思齐，"别忘了带上你的吉他。"说完拉着平安走出去。

木意兴阑珊地坐回到沙发上，随手掏出一根七星点上。顾思齐把吉他抱过来，坐在一边。

"吉普森。"木挑眉，顾思齐笑笑，把吉他递给他。

"吉普森是 Hide 的第一把吉他，是他的祖母送给他的，那时候 Hide 还不会弹吉他。"木轻声说道，"我崇拜的吉他手只有一个，Hide，他是我永远想要超越的目标。"

室内没有预备的扩音装置，电吉他无法发声。木走到阁楼的储物间，从里面抱出一把陈旧的木吉他，他用软布擦拭上面的灰尘，说："这是我刚学吉他时用的第一把吉他，这么多年一直保存着。"他低头拨弄了一下琴弦，畅快的音符流泻飞舞，声音说不出的低沉动听。当年 Moon 的成名曲，《The Moon》。

此刻木弹吉他的样子，和在舞台上张扬华丽的风格全然不同。他低沉动听的嗓音具有穿透人心的力量，在 Moon 乐队，他不仅是队长、吉他手,也是主唱,是绝对的灵魂人物。

顾思齐一脸崇拜地望着他,一首《The Moon》被演绎得生动完美。木睁开眼睛,看着陷入痴迷状态的崇拜者,不禁勾起一丝笑容:"怎么样?第一次听现场的感觉如何?"

顾思齐不说话只是点头,眼睛清亮而兴奋,赞叹道:"我听过许多次,但这是我听过的最好听的一次。"

木将吉他递给他:"轮到你了,让我看看你的功底。"

顾思齐大方站起来,倒真有番向前辈讨教切磋的架势。

春天的时候
我慢慢回想你的脸
是否清晰如昨昔
是否有心潮澎湃的感觉
我挚爱的姑娘啊
你在天之涯海之角
还记得那年夏天
爱你的少年
你记得他雪白的衬衣为你飘摇
你记得他坚毅的棱角为你动容
你记得他忧郁的双眉为你舒展
还有纤长的手指为你弹吉他
他在恋恋风尘仰望天空
寻找你飞翔的翅膀
他在繁华夜市独来独往
看不见隐藏的脸庞

你有没有听说过

每一只蝴蝶都是一朵花的灵魂

回来寻找前世今生的爱人

你又是否听过

荆棘鸟与荆棘树的传说

唱遍苍穹沙漠

有一天 有一天

我会带着对你的眷恋

歌唱着死去

有一天 有一天

你会在茫茫人海想起那个少年

他心心念念他挚爱的姑娘

有一天 有一天

你是否能回来

再听我唱这首动人的歌

"你唱得很好。"一曲唱完,木轻声说,"当年我出道的时候也是怀抱一把吉他唱民谣。坐在酒吧里,下面人山人海,我根本不去看,只专注地弹着吉他唱歌……我唱出了我的心声,根本不管台下人什么反应。后来我渐渐明白,写出的歌不管别人如何评论,首先打动了自己,就是迈出成功的第一步。"

6

晚上八点，四个人如约在排练室碰头。除此之外，还有一个不速之客，Ben。

安然见到 Ben，不由分说地朝他肚子捶两下："又胖了。"

Ben 捂着肚子看一眼木，抱怨道："原来前阵子规规矩矩的样子都是装出来的啊。"

"哈哈……"看着他装可怜的样子，众人欢快地笑出声。

别看 Ben 看上去又酷又结实，光头刺青，狭长的眼戴一副黑超，性格却完全不是这回事。第一次看到 Moon 成员，别人都会认为 Ben 最不好说话，但他其实是乐队里脾气最好的。Ben 对待感情非常专一，有一个交往十年的女朋友，今年年底就要结婚了。

Ben 呵呵一笑："其实等不了那么长时间……是奉子成婚的。"他的神情透着尴尬，跟演出时的黑道大哥形象完全不符。众人看着他羞涩滑稽的模样，不自觉笑起来。

"连我都骗了！"木冲上去要揍他的光头。Ben 边往后退边求救地看向安然。

"好啦，你们两个别闹了……"木却不理，下手更重。Ben 惨叫一声，许安然没辙，从 Ben 后腰抽出鼓棒也加入进去。

顾思齐看着笑闹成一团的几个人，回头看平安，见她正饶有兴致地看着打闹的三人，这帮人哪里像摇滚天团的超级巨星啊，分明是率真玩闹的小孩儿……顾思齐眼里的林平安和许安然，一个热情如火，一个清淡如水，水火交融，注定了两人的牵绊。他看着看着不禁黯然，正欲开口对平安说点什么，安然却挥舞着鼓棒跑过来，挡在两人中间。平安替她拂开脸上的发丝，感慨道："没想到你这么疯。"

"我更疯的时候你还没见到呢。"她转身看到顾思齐，"你怎么没带吉他？"

"他用我的。"木突然凑过来。

"你什么时候变这么大方了？"安然匪夷所思，"你那把吉他不是宝贝得跟什么似的吗，怎么就拿出来了……"

木看着思齐神秘莫测地挥了挥手："就因为他今天的一句话。"

"是什么？"

"哎，我说你们……"Ben气喘吁吁地跑来，用鼓棒敲了下许安然，总算挽回点面子。"不就是Hide嘛，"他又鄙视地扫一眼木，"满世界乐迷都知道，Moon的吉他手木崇拜X-Japan的吉他手Hide！"木狠狠瞪他一眼，Ben不怕死地继续说，"可人家都死了好多年了，你还争个什么啊？"

"你小子活腻味了是不？信不信我让你老婆以后守活寡！"

"啊，这么狠心。老婆先不管，我没出世的儿子不能没有老爸啊……"Ben惨叫一声。

"有我这个帅气的干爹就可以了。"

安然看着他们一会儿工夫又折腾起来，淡淡一笑，对顾思齐说："别管他们了，我们开始吧。"说着开始插电，调音箱。另外两人也停下手中动作，正式开工。

Ben过来帮忙，安然问："阿信怎么样了？"

"还在国外吧。我跟他说了，结婚的时候再远也得给我回来，我儿子还等着美金红包呢。"

安然淡淡一笑:"我都好几年没和他联系了,也不知道他过得好不好。"

"这小子在国外过得挺逍遥的,从来都不主动联系人。倒是你跟木,怎么回事儿?阿信走了不就是表明退出了,如果以前你们两个不在一块儿是顾着他,现在没障碍了……难不成真因为外面乱七八糟的新闻,你跟阿木不是那种计较的人啊……"

"你小子在说什么呢?"木走过来,拍了拍对方光溜溜的后脑勺。

"没什么。"Ben 起身,"我去调一下鼓,好长时间没用了。"

"他说什么?"木见对方走远,问道。

"阿信。"安然淡淡吐出两个字,"你和他怎么样了?"

"能怎么样,"木试了试音,"这小子固执很,不是那么容易和好的。不然,Moon 早复出了。"

"你就笃定 Ben 和我愿意重组?"

"不是笃定,是必定。"木停下手中的动作,看着安然,神情少见的正经,"我对 Moon 投入的感情和精力不比你们任何一个人少,我不希望因为这件事给所有成员造成无法挽回的伤害……八年了,我无时无刻不想着大家重新走到一起,到头来却只有我一个人在努力。Ben 马上要成家,更不可能出来,我同样不想勉强你……我们两个现在一起做音乐,算很不容易了,我不想在正式进军日本之前惹来太多是非……"

"你要去日本发展?"

"是我和你。安然,我想你跟我一起去。前阵子的意外给我们造成的压力很大,销量并不乐观……这件事能够迅速平息是因为摩恩,他回来和我长谈了一次。我告诉他想去日本发展,摩恩表示认同,他刚从日本回来,给我讲了一些日本音乐界的情况,我很动心。更何况,摩恩也投资了日本的音乐公司,他打算通过捧红艺人的方式打开日本的市场,而我本身在日本也有名气。"

安然沉默片刻,问道:"如果我要签约,是不是也要附带签一份和日本公司的合约?"

"这件事情等摩恩回来再谈,在他回来之前,我们重点是做好这次专辑的宣传。这阵子酒吧会安排一场 Live,我们要提前做好准备,我想在 Live 上请顾思齐做演出嘉宾,再加上 Ben,又一个 Moon 诞生了。"

"阿信知道还不得气死!"安然挖苦道。

"他不会,他在美国有乐队。"木别有深意地看了安然一眼,"我跟他的关系恐怕要让你失望了,我虽然和他有矛盾,到底还是兄弟,音乐方面的交流还是挺多的。"

这时,一阵激荡的鼓声传来,两个人转头看,Ben 已经调完架子鼓,以标志性的动作示意他们可以开始了。顾思齐弹吉他兼主唱、木贝斯、Ben 架子鼓,安然和平安是观众。

木对顾思齐说:就你白天唱的那首吧。"又回头冲 Ben 道,"你先听他的旋律,什么时候可以就往里进。"

Ben 敲了两下鼓棒应声,木扫了台下一眼,转头对顾思齐点了点头。

白天两个人的切磋培养了一定的默契,顾思齐天分很高,木给他点拨了一下,又讲了演奏电吉他的技巧和注意事项。第一遍的时候,顾思齐没有唱歌,因着木的吉他,又有许安然在场,他扫弦时始终小心翼翼,难免有出错的时候。而 Ben 也是第一次跟他合音,鼓的处理同样会有不顺的地方。木除了弹得一手出色的吉他,贝斯也毫不逊色。Moon 还没解散时,他常常和阿信 PK 贝斯,有一段时间一直比不过,心中难免不服,后来每次排练时他不练吉反而主攻贝斯。

一首歌曲颇费周折地弹奏结束,木竖起两根手指,第二遍,依旧不进歌。这一遍比第一遍好了许多,Ben 已经能打出完整的鼓谱。卡壳重试的间隙越来越短,第三遍、第四遍……等到第五遍的时候,木要求进歌词。

一曲下来,顾思齐满手是汗,木看着他紧张的样子,笑道:"你从来没有在台上唱过这首吧?"

"是的。这首是以前上学的时候写的,用木吉他和钢琴弹唱过,但是没有在台上用这样的方式唱过。"顾思齐迫不及待地看着台下。两个女孩儿既没有鼓掌也没有叫好,一直表现得异乎寻常的安静。

"是不是……"他困惑地望向木,"我表现得不好?"

木摇摇头:"我看不是。"他转头看 Ben,那家伙在接电话,还没有到表态的时候。

"啪啪啪!"台下响起三声清脆的掌声,是许安然。木趁机说道:"许安然可不随便给谁鼓掌。"

顾思齐欣喜若狂地看向安然,片刻后又转头看另一个女孩儿。她却怔怔地注视着他,眼眶微红。他走下台,一直走到平安面前,轻声说:"很久以前我就写下了这首歌,等到有一天唱给爱的人听。虽然听起来很悲伤,但是希望你会喜欢……这首写给你的歌。"

平安再也忍不住扑到他的怀里,泪如雨下。身后是木和 Ben 的起哄。

"老子都感动了,我老婆听了还不定怎么着呢……"Ben 的大嗓门仍在喋喋不休。

这样一个混合着欢笑、泪水、惊喜和感动的夜晚，五个人聚在一起，欢笑之后，余热尚存。寒冷的冬天很快就要过去了，春天来临，今夜之后的每一天，是否都能像这个相聚的夜晚，充满了温馨与快乐。无论以后面对多少不可预测的背叛伤痛，今夜每个人的笑脸都是珍贵的。

"春天的时候，我慢慢回想起你的脸，是否清晰如昨昔，是否还有心潮澎湃的感觉。我挚爱的姑娘啊，你在天之涯海之角，是否还记得那年夏天，爱你的少年……"

歌声哀婉动人，如刺穿胸膛的荆棘鸟最后的绝唱。有人说，世间的每个人都是荆棘鸟，从出生的那一刻起，注定寻找只属于自己的荆棘树。无论寻找的旅途多么艰难，多么令人心痛，依然执着地寻找，直至生命的终结。

这一夜，平安一直翻来覆去睡不着。分别之前，顾思齐问她"可不可以搬过来一起住"，她沉默了。如果没有那首歌，她会如何反应，会当场拒绝他吗？还是心里也有相同的渴望。

一首《动人的歌》，唱出了每个人内心隐秘的脆弱。这是一个钢筋水泥造就的时代，生活在里面的人有着秉承外在的冷硬与倔强。身边的女孩儿回来后倒头便睡，一夜的狂欢，她唱着"爱我的人与我爱的人"，通俗歌曲被唱得摇滚劲十足。台上的人疯狂，台下的人沉醉，宣泄到极致的声音恰是青春无悔的标榜。

曾经的挚友说，音乐可以救赎生命，电影可以探索生命，文字可以塑造生命，血缘可以延续生命，友谊可以温暖生命，恋爱可以缤纷生命，一切的存在都是运动着的，请珍惜相对静止的现在。

她闭上眼，轻轻地呼吸……是的，现在。

7

排练室那晚过后，安然变得格外忙碌。隔天参加"薇薇"会议，着手 Live 的筹备工作，当中还有一个"相聚"签唱会的安排，地点设在可容纳三千人的体育馆。签唱会那天，平安没有去，为了弥补上次冲突事件给歌迷造成的伤害，这次木和安然专门现场演唱，这是两人相识近十年来第一次同台合唱，算是为即将到来的首场复出 Live 造势。

签唱会上请来一些知名媒体助阵，有记者提出：这一次两人重新合作是考虑以组合的方式还是 Moon 复出的前奏？

木回应道："这次完全是两个人想法相投，想在音乐创作上尝试一些新的突破，不存在乐队复出这一说。"

木的话无疑给期待乐队复出的歌迷们沉重的打击，台下躁动不安，有人忍不住冲上前问道："那 Moon 什么时候复出啊？我们希望看到 Moon 再次站在舞台上，这是一个完整的团体，缺了谁都不行……"

有人附和有人唏嘘，许安然突然发话："我想在你们每个人心中或多或少都为 Moon 留了位置，这是我们过去一起经历的美好回忆。我们不能保证 Moon 一直陪大家走下去，但是，好的音乐是所有人坚持与热爱的真理。对我来说，就算没有乐队，依然怀着对音乐的热爱坚持下去，一切的付出与等待都是值得的。"

一席话讲完，现场安静了不少。因着整场签唱会的焦点是两个人同台表演，大家的注意力很快转移。更有人说，只要木和许安然在，能不能复合又有何关系。那么多年都等下来了，两个最大牌的都能重新走到一起，还有什么是不可能的……

很快，众人的议论声湮没在美妙激荡的洪流中。两个人的舞台，为这一刻"相聚"。除了专辑主打曲目《相聚》，更令众人期待和惊喜的无非是两个人的合唱，翻唱一曲声音与玩具乐队的《艾玲》。正如在 L 的第一次牵手，木怀抱吉他，安然打架子鼓，待到高潮部分，两个人一起合唱："他不是一个多情的诗人，更不是一个富有的男人，但他能令你永不生厌地爱着他。我们会幸福地拥有一个宝贝，给他名字并且祝福他，听他叫着你妈妈叫着我爸爸。我会做他最好的朋友，和他一起在泥地里玩耍，亲爱的你在一旁看着吧，你会赞赏他……"

台下此起彼伏的掌声与欢呼，叫着安然和木的名字。仿佛那一年的圣诞晚会，他们也是如此默契地演绎。时过境迁，一些珍贵的美好终究逝去了，再也找不回来。

平安没有去是因为顾思齐生病了。这段时间不仅是许安然，顾思齐也异乎寻常的忙碌，白天在"薇薇"见习，跟着几个音乐老师练发声，晚上在排练室排练。安然的要求很高，不仅要顾思齐会弹会唱,还要在最短的时间跟上 Moon 成员的节奏。超负荷的工作和巨大的压力终于将这个心理不算强大的男孩儿击垮了,眼看 Live 在即,他要作为表演嘉宾和 Moon 的几个成员同台演出,紧张激烈的心情可想而知。

平安在公寓里照顾他,两个人也有一段时间没见。排练吃紧,几个人白天黑夜忙碌不堪,如果酒吧没什么事,索性待在排练室闭门不出。Ben 算是友情助阵,偶尔过来转一下,木因着在"薇薇"的地位,免不了各处应酬,尤其是 Live 的宣传,他一个人在奔波忙碌。平安是闲不下来的人,白天在服装店站店,晚上到快餐店打工。母亲寄来的钱供一个人生活没问题,但是两个人……平安从不问安然的经济状况,她和安然一起生活之后,反而是她用钱比较多。如今又加了顾思齐,无论如何都要想办法多赚钱,如果思齐真在北京安定下来,除了音乐他没有任何谋生的途径,生活起居这方面她需要替他承担。安然和他,如同最亲近的家人,照顾他们生活的事情便落在她身上。

最近她没有和秀云联系,之所以没有主动和母亲联系还是因为心里最隐秘的痛。这阵子若非几个人陪在身边,她不知该如何挨过。拖一天是一天,她想等 Live 结束、思齐定下来就回家一趟。母女俩的心结,还是需要当面和解。斯人已逝,活在世上的人需要彼此珍惜。这大概是建航教给她的最重要的道理,可悲的是,竟然要以死者的长离换来生者的重逢。

"你怎么样?好点了吗?"见顾思齐醒来,平安上前探他的额头。烧退了,她轻轻呼出口气,将他扶坐起来。

顾思齐接过她递来的水杯喝了一口:"好多了,你没跟着一块儿去签唱会？"

"嗯。"平安点点头说，"你烧得这么厉害，我不放心。"

"我现在没事了。"顾思齐温暖一笑，握住她的手诧异道，"怎么这么凉？不会是我把感冒传染给你了吧？"

平安摇摇头抽出手："赶紧把衣服穿上吧，我给你端粥来。"

平安走出门外，顾思齐又重新躺回床上，闭上眼，莫名地想起做的梦。梦境中，全是一个女孩儿的脸，冷漠的眼神、桀骜的姿态、张扬的笑容……她望进眼底深处的冷漠和孤独生生地困扰着他，迷惑地伸出手，她轻轻一笑，转过身，流泻的长发划出美丽的弧度。

"放弃她，跟我走。"

披着长发的女孩儿在给他擦拭新添的伤口，他的身体因着多年的任性和冲动留下深深浅浅的痕迹，总有个女孩儿，用一双微凉的手轻轻抚摸、疼惜。望眼欲穿始终不见真实的面容，她用一种哀凉近乎怜悯的声音对他说："你从不知如何爱惜自己，你其实有多脆弱，我知道。"

"在想什么？"一只温暖的手擦去他额角的汗。

"想你。"他睁开眼睛，静静地说。

平安笑了，捶了他一下："好了就起来吧，赶紧趁热把粥喝了，你一天没吃东西了。"

"你喂我吧。"顾思齐抬起头，嘴微张，样子像一个向大人撒娇的男孩儿。

平安拗不过，在他的背后塞一个软枕，坐到床边，一口一口地喂他喝粥。顾思齐边喝粥边感慨："谁娶你做老婆真幸福啊，又温柔又贤惠。"

眼看一碗粥即将见底,平安停下手中的动作看着他说:"你有没有想过将来会娶什么样的人?"

温柔的笑容慢慢褪去,顾思齐别过头说:"我也不知道,我还没有想过这个问题。"

"在你的心里,恋人和妻子有分别吗?"平安却不想放过这个机会,涩然开口。

顾思齐诧异地转过头,女孩儿的脸在柔和的光线里忽明忽暗,心中微动,他说:"为什么要这么问,我现在只是不想过早地考虑婚姻,将来的事谁也说不好。"

"那你写的那首歌呢?"平安幽幽地看着他,"你说那首歌是写给爱人的,有那样的爱人不应该和她共度一生吗?"她越说越低落,不知道为什么这段时间特别容易情绪化。难道是因为这些天身边的人一个个忽略了自己,让自己有时间一个人胡思乱想。

微热的手摩挲,一滴泪轻轻滑过脸庞,思齐俯身抱紧她。

"平安,"他的嗓子因发烧沙哑着,"原谅我好吗?我暂时无法给你承诺。我是羞于表达的人,只有音乐……你是明白我的。"

她的脸贴着他的肩膀,对他说:"为什么我总是感觉你离我很远?以前在学校看见你和别人手牵手从身边经过,我回头看你,你越走越远。别的女孩儿可以大方地说喜欢你,你的音乐会上她们毫无顾忌与你拥抱亲吻,而我站在习惯的角落远远看着你。现在你和我在一起了,你抱着我对我说这些让我感动的话,我还是觉得你离我好远……为什么总是出现这种感觉,思齐,我真怕有一天,我忽然没有信心再坚持下去……这本就是我一个人的坚持。"

她抬起头,眼里依稀有泪光。因着对年少感情的执着去找他,他的眉、他的眼,不知何时着迷,不知何时上瘾,亦不知何时爱恋……她是容易动情的女子,她知道,她知道有什么要来了,有什么再也等不了。

顾思齐将她压在身下,因着生病呼吸剧烈急促。他急切地在她的耳垂、脖颈落下一个又一个深吻。她恍惚地问自己,这个男人究竟爱她吗?爱她吗?他们明明做着相爱的事,说出的话也是海誓山盟的感动,可是无论两具身体如何靠近,某个部位依旧非常空虚。

梦中浮浮沉沉,她是一朵踏浪之花,寻找可栖息的温暖岛屿。孤独、黑暗、死亡都无法阻挡,这留有手中幸福的余光给予信念,无悔是因为一段可以奢侈的青春。

她两天没有回去,安然也没有过来。顾思齐病好后去了"薇薇",她中途回去收拾行李,给安然发短信,说在顾思齐那里住几天。安然没有回复。她向餐厅请了假,晚上提前带夜宵去排练室,思齐说晚上会在排练室,她担心他刚病愈的身体,迫不及待请了假过去。

排练室隐隐约约传来吉他声,平安敲门,隔了好一会儿门才打开,一股浓烈的酒气扑鼻而来。平安定睛一看,竟然是许久未见的木。屋内没有开灯,平安不由得疑惑,她抬起头,猝不及防撞进他的眼睛,浓密的刘海遮住了视线。木微微一笑,说:"进来吧。"

关门的声音在寂静的走廊发出沉闷的回响,她慢慢摸索墙壁的开关,一只手抓住她,带着酒气的身体旋即覆了过来。平安的一只手拎着食盒,她忽然意识到什么,空出的另一只手竭力抗拒,然而事与愿违,身后的木转个身,雄健有力的手臂紧紧箍住她的身体。

"安然……"

喝醉了的木显然将她错看成安然。越是得不到就越想要,晦暗不明的光线里，平安的确有几分像安然。她什么也说不出口，剧烈的恐惧笼罩全身，双腿颤抖。安然曾对她说，人的话，无论在怎样的年纪都是一种战争，所以才要更多地相信看不见的力量。这不过是一场与黑暗的战争……她的力量无法和木抗衡，只得铤而走险同归于尽。她用力撞墙，头磕破了，与此同时，小腹一阵剧痛，有热流顺着大腿内侧缓缓流下来。

木惊呆了，一下子清醒过来："怎么会是你……"他伸手想去搀扶她，她却决绝地咬着牙扶着墙壁爬起来，也不管身下的狼狈和身体的剧痛，拼尽全力跑了出去。

四周是风的声音，一路奔跑，漆黑的夜晚看不到一个人、一辆车，只有两边高大的梧桐树发出沙沙沙的声响，好似夜的悲鸣。她中学时下晚自习回家，梧桐树的沙沙声一路陪伴，那时她以为是一种默契的欢声。她习惯隐藏心思，得志或不得志，老师、同学……身边最近的人无法窥破一分。此时只有这夜的树声，亦如夏的欢语，在每晚与顾思齐相遇的一条没有路灯的小路上，生出隐秘的甜蜜。

这仍在沉睡的城市，像一只蛰伏在冰下的貂，有着洞悉一切的森冷与乖戾。寒风刮在脸上远抵不过腹部的撕裂痛楚，她终于因体力不支摔倒在地，再也爬不起来。相距几米的拐角处忽然出现一辆车，因着天黑夜凉，车速飞快，若非前灯剧烈的光线和副驾驶客人的及时提醒，一场车祸在所难免。

车子在林平安的身旁戛然停止。司机惊骇地下了车，看到一个长发女孩儿俯卧在地，身体微微抽搐。平安已经疼得直不起身，这一摔让她五脏六腑剧烈翻搅，想吐却吐不出来，两只腿不停地抽搐，湿热的液体正从下体缓缓流出。

"平安，放松，放松……"来人轻轻握住她的手，试图令她平息紧张。裙子被血浸湿，寒风争先恐后往里钻，她一阵痉挛，勉强翻过身体对着想抱她起身的人。她勉强睁开眼，那个从副驾驶上下来的人，此刻正焦急惊痛地看着她。他认出了她。

呵，人生何处不相逢。

她闭上眼，泪水长滑而下。方以怀将她抱起来，用手护着她的头。她瑟缩着埋进他的怀中，听见他说："放心，一切有我。"

柒 蝴蝶

/

给我一双手对你倚赖,给我一双眼看你离开。
就像蝴蝶飞不过沧海,没有谁忍心责怪。

1

我的生活和希望总是相违背,我和你是河两岸,永隔一江水。

平安住院一个星期,浑浑噩噩,感觉生命逐渐流失。流产、失血过多、子宫受创……这些都是对一个未婚女孩儿最沉重的打击。很多事情经历之后慢慢看淡,却不得不强撑着面对。人总要学着长大,成长的领悟是,翻过成长这一篇章,你还是你。

以怀在她住院期间每天都来看望,对发生在她身上的事只字不提。他与平安讲两个人分别之后的事,他出过一段短差,没有来得及赴约,不知道她的联系方式,只得托初次见面也在场的陈老师把信和礼物转交,却得知她已离职。不久他回美国参加弟弟的婚礼,一个月后从美国来北京办事,不想却在这种情形下见到了她。

一个月未见,对以怀而言,竟有恍如隔世之感,感慨之余,对平安只有无尽的怜惜。

这一个星期,以怀对平安无微不至的关怀和照顾只令她感激,她将他当朋友,对以怀说:"多谢你这一个星期的照顾,如果不是遇见你,我真不知道该如何度过这段艰难的日子。"

以怀沉默片刻,说:"平安,永远不要对我说感谢的话,我们是朋友。"

平安无言地点点头。流产之后的她瘦了很多,变得更加沉默。她在他面前,依旧保持着一份心如止水的平淡,并不因一个男子看到自己的落魄而生出窘迫与疏远之心,这一点让以怀十分激赏。

她说:"你如果有事,不要顾虑我,我打算这两天就出院。"未等以怀回应,她又说,"请你将卡号告诉我,等我回去将钱打给你。"

以怀皱了皱眉,却也知她是要强的性子,不肯欠人情。他想了想说:"出院的事不急,你先把身体养好再说。"

"但不知道我们什么时候再见面,所以……你还是把卡号告诉我。"平安固执道。

以怀好笑地摇摇头:"银行卡我没有带在身上。这样吧,你方便的话将联系方式告诉我,我过后将卡号发到你的手机上,可以吗?"

看着他一脸的笑意,平安不再多说,点了点头。

如此顺利地拿到她的号码,以怀眼角眉梢的笑意更深。

这是一个让人见之如沐春风的男子,不知为什么,与他相处,平安总感觉无限暖意。而这种温暖也如曼陀罗的毒，会上瘾。

　　她出院时没有告诉方以怀，住院的一个星期一直盘算着要不要去见他们，还是直接打包行李走人。不管是许安然还是顾思齐，或者是木，她都拿不出绝对的勇气去面对。而如果相见，总免不了碰在一起，失踪的原委她又如何对他们说出口。那个才一个月大的孩子，应该就是她决定回北京的那晚有的。她这一个月近乎神经质的多愁善感、偏执、情绪失控、胡思乱想……失眠和流泪全是因为这个孩子。建航去世的刺激已大大加重了初期怀孕的困难，之后的忙碌、劳累都是杀死孩子的凶手。流产是必然，而那晚的噩梦更是使她子宫受创、失去肚子里生命的刽子手。

　　离他们的首场 Live 只剩不到两周的时间，平安大概没有心情等到演出结束之后再走。为了避免与木相见的可能，她打车到许安然的公寓，打算先收拾完这边的行李，再等安然回来编个理由让她帮忙去顾思齐那里将随身物品取回。

　　手机不在身边，无法与安然联系。平安走到公寓前，按了按门铃，希望她在家里。她一路上在想，失踪一个星期他们会有什么反应，是不是在外面疯狂地找她。那一晚，木看着她狼狈地跑出去，他是不是将两个人的事告诉了他们……他们会不会因为彻底失望而放弃……

　　她独自倚坐在门边，埋着头越想越苦恼。不知过了多久，听见里面传出的细微声响，她惊动之余连忙站起身敲门："安然，你在里面吗？我是平安。"

　　过了好一会儿，门打开，是一个陌生男子。身量中等，身上有好闻的香水味,闻一次就能让人记住。男子表情沉静,皮肤非常苍白,平安沉默地移开视线,见许安然从里面走出来,四目相对。

等回过头,那陌生男子已经走了。安然走过来轻轻抱着她,良久,放开她转而拉着她的手走入客厅,两个人坐在并排的坐垫上。时间如灌了水般沉重而迟缓。许久,平安问道:"刚刚那个人是谁?"

"摩恩。"安然点起一根茶花,轻轻吐出。

"'薇薇'的老板?"

安然点点头,掸了掸烟灰,说:"他是青森的朋友。"她嘲弄一笑,"我早该想到的,他来将房产证给我,这套房子送我了。"

"这套房子不会就是……"平安隐隐猜出什么。

"是青森以前住的,应该说是青田准一——"安然低着头,给平安倒了杯茶,然后说,"我有了钱就高价把它租来,没想到房子早被摩恩买下。他今天来说物归原主,可笑房子是一早就给我买下的……他还告诉了我一个消息,"她伸出手抚摸平安的长发,"今天晚上他要跟顾思齐签约,你的愿望实现了。"

平安苦涩一笑,这愿望实现的代价未免太过沉重。只是事情过去了就不想再提了,她沉默了会儿,转移话题:"顾思齐一定很高兴吧?"

"高不高兴应该由你问他呀。"明明口气是调侃的,但是她看着平安的神情却是截然相反,她慢慢收起笑,"平安,这一个星期我不在你过得好吗?"

平安听到她的话,不由得诧异,她似乎不知道自己这一个星期的不告而别,没有人告诉她吗……平安不答话,反问:"这一个星期你去哪里了?"

安然没有在意，抽完一根又掏出一根。平安却握住她的手，说："抽烟伤身体。"

"你怎么了？"安然隐隐察觉不对，打开两人身后的一盏壁灯，见平安的脸惨白如凋谢的梨花，"病了吗？"

"只是身体有点不舒服。"平安给她一个安慰的笑，"你还没有告诉我你去了哪里。"

"我去了香港。"安然牵起嘴角，"任性吧？这件事我没有告诉任何人。青田准一在香港开国内首场个人音乐会，受到音乐界的追捧。我想去见识一下他正式进军国际乐坛的首场音乐会究竟如何……"

继成名作《睡神》之后，青田准一的第二张专辑《青森》正式发行。这张专辑的主题是"故乡与自然"。安然默默地注视着手腕上新添的樱花刺青，樱花被日本奉为国花，不仅是因为外表的妩媚娇艳，更重要的是它经历短暂的绚烂之后随即凋谢的壮烈，死在了最美的时刻。

她说："巧合吗？我称故人'青森'，故人以《青森》回报……这一切值了。"她闭上眼睛，表情似悲似喜，"他的音乐会我没有进去看，我听到这个消息，直接飞到香港……等到香港才明白，原来我此生再也不想见到他。如果见到了，也许会失望，而我没有做好见面的准备……"她从袋子里拿出《青森》专辑，递给平安，"这是香港版的，内地还没有发行。"

平安从她手中接过专辑，封面是青森著名的白神山地，一望无垠的雪，冷锋隐在苍茫的山雾中，有几分人间仙境的感觉。

"我在香港碰到摩恩，这就是他去香港的目的。他后来自我介绍时，我就知道他是谁了。他应该一早就认出我，特意陪我在外面吹冷风。我们后来找了间酒吧坐下来聊天，他和我说起青森的音乐，我们谁也没有提认识青森。他约我第二天和他一起游香港，第二天青森离港，他没有去送行。我们在香港兜兜转转几天，之后一起回来。你给我发短信时我在去香港的飞机上，没有及时回复。后来看到了，也感觉没有回复的必要，我不知如何跟你说起这段旅行。

"我们在香港玩得很开心，抛开所有烦恼，一味地花钱享乐。在摩恩面前，我像个小女孩儿，他对我十分绅士也很照顾，我们就像两个久违的朋友聊着音乐和旅行，他说这是他生活的全部。他和我谈起青森，他们是朋友，他称青森为青田君。"她低下头，莫名一笑，"他在东京成立了个人工作室，前几年结婚，生了一个女儿。"

"这个人与我的缘分八年前就结束了，至此天各一方。他，也许忘了我吧……"她轻轻抚摸手中的封面，像对待爱人般，"平安，我有时候很羡慕你，你追求你的所爱，与他厮守。而我却什么也做不到，我亦不是轻易言爱的人。"

"也许爱情到后来只剩假象，并没有预想的美好。"平安忍着心中的酸涩低声说，"你曾说过，恋爱不过是一场又一场绚烂空洞的幻觉，我们最爱的人只是自己。"

"你和我不一样，"她轻轻抱着平安，"你至少是愿意付出感情的人。你需要的只是一个真心爱你的人，而我，就像扑火的飞蛾，只有一次燃烧的机会，过后不过是一具包裹着烟灰的华丽躯壳，不会再动心了……说白了，我是一个无心的人。"

摩恩约晚上一起吃饭，算是为顾思齐加入"薇薇"庆贺。平安推说身体不舒服，不方便出席，又拜托安然将落在顾思齐那里的物品取回来。这次回来，安然见平安精神不济，举止时有失常，担忧之余却也不想过多干涉她和顾思齐的私事。她昨晚和摩恩一起回来，双方谈了签约的事宜，她提到顾思齐，不想第二天摩恩就告知当晚签约。因为牵涉日本发展的计划，摩恩隐约透露出一些想法，他不是很赞成安然去日本，而这次公司主推木，也是打算从流行天王方面包装，毕竟当年的 Moon 早已解散。

平安翻来覆去一直到深夜都没睡着，安然还没有回来。手机、钱包这些重要的随身物品还在顾思齐那里，安然看来并不知道她和木的事，而这一个星期的无故消失又如何对顾思齐解释……该不会他觉得自己和许安然一起失踪了吧，还是……她越想越揪心。

屋子里没有电话，她始终不放心，索性穿上衣服，带着安然留下的钱出门。她打车到顾思齐的公寓，凌晨两点，空旷的楼道幽静森冷，她裹着安然的外套一步步往里走。黑暗幽深的走廊如一条隧道，忐忑前行却不能往后看。她不过希望以一个借口给自己与顾思齐留一段相处的时间，适当的情形下与他告别。在与他相恋时犯下不可挽回的错，她明白不论事情真相如何，任何一个男人都背不起。她只希望在美好的假象中与这个少女时的爱人告别，以后的日子不再涉足恋爱和婚姻。她再也不能为爱情一意孤行，也许将来也不会有孩子。

门铃摁响后，没有回应，再摁一下，回应的是黑暗中的过堂风。她失望之余不免感到庆幸。她慢慢转身，"吱呀"一声门打开，身后陡然出现的亮光令她僵硬在原地，无法回身。隔了很久，后面的影子动了，从身后抱住她，浓重的酒味使她想吐。平安忍住抽身的冲动，静立在原地，任由身后那个人眷恋无比地轻吻着耳垂、脖颈、头发……她闭上眼,这个温暖带着酒气的怀抱是她最后一次的贪恋。

黑暗中,她感受到灼热的呼吸,越来越炽烈。那个压抑的声音在耳边一遍遍重复着:"对不起,对不起,请你不要再对我这样若即若离……"

她尚未来得及思考这句话的意图,下一句话将她打入万劫不复的炼狱——

"安然,我爱你……我很久很久以前就爱上你了……"

她听得很清楚,这个埋入她肩窝深处的人,声音带着无比眷恋与痛楚,他深醉中唤的人是安然,不是平安。不是现在被他抱着亲吻的人,他的女朋友……这天大的讽刺比被木差点侵犯还要令她欲哭无泪,她只觉得天旋地转,一下子挣脱他的怀抱,反手一个耳光。

"顾思齐,你看清楚我是谁?"她愤怒地低吼,眼泪却不争气地流了下来。

顾思齐不可思议地瞪着眼睛,一只手捂住被打的侧脸。这记耳光使他清醒了不少,他眯着眼看向平安,仍然不敢置信。

"平安?"他的嘴唇因震惊而颤抖,被光照耀的脸色一片苍白。他似乎想到什么痛苦的事,在看到她的一瞬间竟扭过头不敢正视,"你怎么……怎么会在这里?"他嗫嚅着唇间道。

"我来拿我的东西。"她此刻看着他的模样,再大的愤怒也无处发泄。错的不是两人,而是可悲的命运的捉弄。她与木,安然与思齐,这其中纠结复杂的关系又如何说得清。

顾思齐平静地转过身,走进门内,片刻的工夫从屋里提出一个袋子递给她:"你的东西都在里面。"

她沉默地接过来,张了张嘴,却无话可说。于是,她转过身,顾思齐却突然伸手拽住她。

"平安,你听我解释好吗?"他的声音带着恳求。

"解释什么?"她回头嘲弄地看着他,"解释为什么抱着一个人却喊另一个人的名字?解释口口声声说要和这个人在一起,心里想的却是别人?顾思齐,我还没这么大度。"

耳边净是风声,顾思齐的手慢慢松开。平安感到前所未有的心灰意冷,再次转过身欲走,却听顾思齐说:"平安,其实从一开始我和你的相逢就是错误。你说你爱我,我却总是患得患失,小心翼翼揣摩你的心思。我起初并不相信你说的话,你是骄傲而敏感的,我始终想不明白你为什么一个人来找我……但是你的爱打动了我,我从没见过像你这样的女孩子。你为我付出这么多,我想也许你真的爱我,而我却从未经历过爱的深刻,我们又曾经在一个学校,这很难得。我被你感动了,也不想你失望……我选择成全我们,那时候我其实是有女朋友的。"

他闭上眼,说着她从不曾深究的爱情背后的真相:"我和女朋友迅速分手,她找人来闹,我甘愿被人打。你去北京前的那晚说的话我无力辩驳,毕竟所有的事都是我一个人做的,不管如何选择,总要伤到一个。你为我做这么多,我除了一心一意对你没有别的办法回报。可是,我还是没能控制住自己……对不起……"

她听他断断续续地说完,隔了好一会儿,才找回自己的声音:"你说这些是在为自己辩白,还是在委婉地向我提出分手?"

"我只是不知道该如何与你跟安然相处。时间越长,就越难以抉择,而我不想伤害和欺骗你们中的任何一个。"

"她知道吗?呵,"思齐不说话,平安冷笑,"真看不出来你还是大情圣啊顾思齐,你是不是每次在跟一个女孩儿提出分手前都会摆出这样一副为难却又不得不做出选择的神情,然后编出一大堆理由?可是你错了,也许换个女孩儿我会不计较,只有许安然不行。"

"你又凭什么这么说?"思齐羞恼地看向她。

"就凭你编出这么一大堆谎话连篇的理由让我一而再再而三地同情你……"她怒极反笑,失去孩子的痛楚令她此刻再也无法保持冷静,"就凭你当初抢了好朋友的女朋友现在又沾染女朋友最好的朋友……顾思齐,你干的都是人事吗?"

"平安,我不想和你吵架。"他此刻的表情十分扭曲,"如果非要说背叛的话,我也仅仅只是在精神上爱恋一个人,何况那人从来没有给过回应。可是你呢……"他豁然抬头直视她的双眼,"你敢说你没有背叛?那一晚,我就站在门外,你又知道我站在外面听到里面的声音不能进去有多痛苦……是你说的,要为理想奋斗,难道爱情不是我的理想吗?"

两个人相对站立,她的眼泪如决堤的潮水。这个人是她的爱人,却毫不留情撕裂她尚在淌血的伤口,告诉她原来那晚他就站在门外,没有冲进去救她,如今反而是满腔的怨悔与控诉。这就是他移情别恋真正的缘由吗?

末了,她闭上眼,觉得从未有过的失望和无力:"思齐,我只问你一句,那首歌是写给安然的对不对?你从来没有爱过我。"

她在他眼中看到犹疑和退缩,他不直面她的问题,却也不坦诚对安然的爱。是这样自私而优柔寡断的男人,没有担当,没有勇气。她与他只是一场错爱,一场空欢喜,但是她不后悔。她放弃学业义无反顾找到他,与之欢爱,为他与安然重逢,陪着他一步步踏上梦想的旅程，怀上他的孩子……这是她一个人的信念。只是这信念未免过于脆弱，当存留的印记消失，代表一场有始无终的旅行，独自上路，始终孑然一身。她该庆幸，那个流掉的孩子没有成为这场爱情背负的罪。

她再也不愿看他一眼，转身疾步而去。

人若一直不心存对善美的追寻，在谎言与假象中周旋，当作游戏，久而久之麻痹心志不再抱有真实的人生态度，一生得过且过。一些看似不对社会抱有感恩和希望的人，他们对人对物大多冷然戒备，却有一颗封闭的赤子之心，做到欺人实难自欺。

小时候叔公讲的道理，听起来艰深难懂，长大后一步步经历的人生，正是最好的验证。

平安从出租车上下来，见安然站在小区门口，一眼看见她，连忙掐了烟走过来。平安又闻到那股熟悉的味道，就在刚刚不久之前，她从另一个人身上也闻到这股浓烈的酒味。她不自觉倒退两步，拉开彼此的距离，说："你怎么站在这里？"

"喝多了难受，出来吹吹风。"安然轻声道，"顺便等你回来。"

"我去顾思齐那里取东西了。"平安深吸口气，将手放入对方伸出来的手中。

"对不起，我……"安然握着她的手不知道要说什么。

"再有几天就要演出了吧？"平安将脸对着乌黑的虚空，想让风吹去眼角滑落的泪痕。

"是。"安然故意轻松地说，"演出那天你在第一排正中间，和我们在一起。"

平安低着头,两个人各有心事。虽入了春,北京却尚未褪去冬日的干冷。月初连续数日的大雪,空气中的污浊尘土被洗涤一空,天空是深邃的幽蓝,小区通道两边的广玉兰零星抽出嫩芽,昭显着姗姗来迟的春意。

甫一进门,听见手机铃声在幽静的空间反复回响,安然翻开手机,疑惑地看了眼平安,将手机递给她。

"江苏的号码?是不是找你的?"

平安接过手机接听,是一个中年男子的声音:"请问是许安然小姐吗?"

"我不是许安然,这就给你转听。"

"等等,你是林平安吗?"对方突然变了口气。

"是,"平安问道,"你找我吗?"

"平安,"只听男人在另一头长舒口气,"终于联系到你了……"他语速飞快地说,"我是你妈妈的朋友,你手机一直打不通才打给许小姐的。平安,你听我说,你妈妈现在昏迷住院,情况很不乐观,你可不可以暂时放下手上的事回来一趟?"

平安一下子不能接受听到的事实,颤抖着唇说:"你说我妈妈……她怎么了……"

"具体情况还不是很清楚,得等化验结果出来才知道。"男人支支吾吾地说,"她这次突然昏迷毫无预兆,现在还在急救室抢救……我因为担心不好的情况发生才打电话给你,你妈妈有你在身边,病症会减轻不少,所以平安,你能不能尽快赶回来?"

"好的,我知道了。"平安很快镇定心神,"我明天一早就收拾东西回去,叔叔,拜托您费心照顾我妈妈。"

她匆匆挂断手机,一句话不说便回房收拾行李。

安然见她一脸凝重,跟着进来问道:"平安,你妈妈怎么了?"

"我妈妈病了,我要赶回去。"她不停地翻找着东西,逼自己迅速收拾妥当。

安然酒精发作,加之吹了冷风,此刻头疼得厉害。可是她又不能让平安这时候走,一把夺过对方手中的行李说:"要收拾也等天亮了再说。"

平安见她这样子,不知哪来的怒气,劈手夺回来,厉声道:"我妈妈生病,还不知道什么情况!我现在一刻也等不了!"

"可是你也要看清楚现在几点,你这个失魂落魄的样子让我怎么放心让你走?"安然看着她沉郁的表情,头痛欲裂,不禁软了口气,"平安,等天亮了,我陪你一起回去。"

她摇了摇头,想抽出被握着的手,却被对方握得更紧。

"我现在就要走,一刻都不愿待下去,你放手好吗?"

"平安,这已经是第二次了。"安然固执地握着她的手,内心仿佛有一把火在燃烧,"如果这一次再放手,也许就是一辈子了……我这么说,你难道还要坚持吗?"

"是,这一走我不会再回来。"她咬牙道,"我无法做到欺人又自欺,安然,顾思齐爱的是你。"

"但是平安,你是否觉得我爱他,你又是否认定自己爱他……"安然的语气低迷而迟缓,"平安,你若想知道一切,我可以慢慢告诉你。他对我或许只是一时的迷恋,就如看到一轮盛大耀目的光环,每天在眼前旋转,可是现实告诉他得不到,这是他的兴趣和追求。这样的男人,随时随地都会因兴趣和追求生变,今天可以爱上你,明天可以爱上别人……你还觉得那是你能够义无反顾决断一切的爱吗……平安,你的内心真正需要什么,你自己能明确吗?"

她的内心空洞酸楚,声音亦如断了线的雨珠苍茫:"安然,我暂时不想讨论这些。我现在只想回去,也许有一天我想通了,就会平静地接受这一切,但不是现在……太多事情突然发生,让我措手不及。你问我内心真正需要什么,我想大概这一辈子都无法明确地说出来,因为我总是在遗憾里追溯往昔,永远活在过去。对于生活,我总是盲目行动,以为爱能救赎。"

"我看妮可·克劳斯《爱的历史》。她说,很长一段时间里,你的内心一片空洞,也许过了很多年,它再度被填充。你会知道,你对另一个女人产生的新的爱情,远远无法填补没有艾尔玛的空洞。因为如果不是她,根本就不会出现这片空洞和填补它的需要。你尝过那种空洞的滋味吗……很可惜我不爱女人。安然,事已至此,精神的慰藉大不过现实的考验。"

就像一首歌唱的——我的生活和希望总是相违背,我和你是河两岸,永隔一江水。

2

她童年快乐而落寞的一段时光,是坐在叔公院子的秋千上,等母亲来看她。

叔公的院子一年四季种着各种花草，芦荟、吊兰、波斯菊、月季、杜鹃、萱草……叔公耐心细致地侍弄它们，待到夏日百花盛放，不畏酷暑为它们驱虫浇水。一些被雨水打落到地上不成形的花瓣，叔公捡起来放到窗台上晾干，留作泡茶之用。他时常手握一卷书，坐在窗台下的藤椅上，品一杯花茶，对着满院花色轻声念："焉得谖草，言树之背。愿言思伯，便我心痗。"

平安印象中第一次见母亲是在一个黄昏，那是她最快乐的一天。母亲来看她，带了她喜欢的礼物。彼时她对母亲尚且陌生，却忍不住被漂亮的礼物和温暖的笑颜吸引，轻轻唤这个带给她礼物的美丽温柔的女子一声"妈妈"……那一天，她们说了很多话，离别之际，她拉着母亲的衣角，哀求"妈妈别走"，母亲还是走了，没有为她的眼泪和哭喊留下来。

如果不曾有过希望，即便永远活在无望中，也比在一次次希望与失望的煎熬中度日如年的好。她便在度日如年的光阴中一天天长大……两年了，母亲再也没有来看过她，从清晨等到黄昏，她不要母亲带什么礼物了，只要来看看她就好。叔公看出她的心思，总是用哄小女孩儿的口气对她说："安安，妈妈太忙，过阵子就来看你了。"

她随着一段遥远的回忆回到故地，分别一年多，再回首，竟要用十多年的记忆长廊联结彼此。呼吸着潮湿清冷的空气，一簇簇枝繁叶茂的树权在夜雾中如一双双召唤自己的手，她方才明了，这是与北方截然不同的南方——她的家。

凌晨时分抵达车站，平安看见一个穿西装的中年男子向自己走来："平安吗？"她点点头，对方拉过她手里的行李箱，"我姓王，是你妈妈的朋友。"

她一路沉默着跟随王叔叔走出车站,直奔医院,王叔叔在车上隐晦告知秀云患晚期癌症。她虽已做好心理准备,但得知母亲时日不多的刹那,还是愣了好一会儿。

"平安,你妈妈一早就知道自己得癌症了……她隐瞒病情辛苦工作到处奔波,错过了最佳治疗时间。她这是拿自己的命在赌……"王叔叔叹了口气,"她太要强了,如今公司不景气,几个项目都在赔钱,她唯恐你出国费用不够,生活无保障,硬闯鬼门关为你铺后路,怕是她也知道自己时间不多了吧……"

"她大概还有多久时间?"

王叔叔诧异地看了她一眼,惊讶于她得知母亲病情的冷静和理智,摇摇头说:"这个不好说,能拖一天是一天……这次化疗效果并不是很理想。"

到医院时是早晨七点左右,整个住院区被升起的一缕微光笼罩,白色的墙壁上有青色的枝蔓缠绕,她不禁打了个寒战。走在前面的王叔叔回头对她说:"你妈妈住301病房,我去买早饭,你先进去吧。"

"我妈妈知道我回来了吗?"

"还没来得及跟她说。那天加班到半夜她突然昏倒,幸好当时我在场。到医院得知发高烧到四十度,第二天检查结果出来,是肝癌晚期,她表现得很镇定。她恐怕不想让你知道……"王叔叔说到这里突然不吭声。她能感觉到这男子内心的挣扎与痛苦,于是不再多说什么,朝住院部大楼走去。

走到病房门口,见房门虚掩,她轻轻推开,屋里的光线很暗,秀云背对着自己睡在病床上。她只看见一个被白色被子包裹的背影,黑发松散地落于枕头上。她尽量不发出声音,坐到另一张空置的床上静静地看着母亲,感觉有千万只蚂蚁在咬噬心脏。

秀云被病痛折磨得一早醒来,感觉有人走近,以为是老王,闭上眼不作声。隔了好一会儿,身后的人还是没有动静,她睁开眼吃力地转过身,不期然对上一双与自己相似的眼睛。

"安安。"秀云似是不相信见到的人影,恍惚了片刻,挣扎着坐起来。平安连忙上前扶住她,让她半靠着自己。

"你都知道了……"半响,秀云轻声说。

平安点点头,见母亲昔日神采不再,一双灰暗的眸子无力地望着自己,似乎有泪要流。她忍痛道:"妈,你好好养病,会好起来的。"

秀云再也忍不住,泪水从眼眶中流了下来:"妈妈对不起你……先是你陆叔叔,接着是我……你还这么小,我要是走了你可怎么办……"素日人前谈笑风生的女强人再也维持不住表面的镇定和坚强,在女儿面前痛哭出声。

平安止住泪,紧紧搂住她:"妈,你别难过,这样对病情不好……一切都会好起来的,你会好起来的……为了我和我们的家,你也要每天快快乐乐的,我会一直陪着你……"

秀云经历两次失败的婚姻,组建的家庭伤痕累累,使她不再信任爱情和婚姻。在商场挣扎打拼,周旋众多男人之间,一次次较量与算计将她磨炼得心肠冷硬。她童年残缺寂寞,少年父母离异,中学时代独自寄租在陌生人家……是没有安全感与归属感的冷僻少女,有着惊人的才华,却如浮萍般一直漂泊,在寻找光明与沉溺黑暗的矛盾中压抑地生活。

两个世间关系最亲密的女人,隔了数年的疏远芥蒂,血缘至亲使她们重新走到一起。拥抱在一起才知道彼此是对方的唯一,即使被所有人伤害欺骗，母亲与女儿的身份让她们毫无理由地相信，她们是彼此的软肋和依靠。

秀云的病自平安回来后有了好转。在平安的陪伴和劝说下，秀云开始积极配合做各种治疗。她关心平安的感情状况，在得知女儿与酒吧男孩儿分手后，一直悬着的心总算落了地。

秀云握着平安的手说："妈妈知道你在个人感情问题上一向有主见，你喜欢谁我无权过问……可是我还是劝你从现实考虑，找一个事业稳定、疼惜自己的人……妈妈当年就是吃了爱情的亏。"

她想将多年的经历和心里话告诉平安："女儿，就比如那个王叔叔，妈妈不妨告诉你，他对我也是有想法的……否则，哪个男人可以无偿做到天天风里来雨里去嘘寒问暖送汤送药的？女人在适当的时候将自己嫁出去，免得日后过孤苦伶仃无人疼无人爱的日子，那真的是受罪。"

两个人在庭中散步，秀云缓缓抚摸着平安的头发，说："如果再早个十年，我也许会答应他，可现在我老了，又有了这个病，怎么能拖累人家呢……何况他自己又有家庭。他待我很好，可我却不能做对不起别人的事。平安，你明白妈妈说这番话的用意吗？爱情不过是年轻不懂事时候的新鲜事物，等步入婚姻，会发现坚守多么难……正如我和你爸爸，我当初以为爱他，不惜与家人翻脸硬要与他私奔，没有结婚就怀上了你。家里坚决要我打掉，我不同意，因为这是我和他的孩子，我打掉了不就是对爱情的背叛吗？呵，多么可笑。为了他，我不惜和父母翻脸、断绝关系，可笑的是他根本就不想我把这个孩子生下来，那时候他对我其实已经厌倦了……对这一切我都蒙在鼓里，我一个姑娘家挺着肚子无处可去，是你叔公收留了我。他照顾我的生活，把我当女儿看。他一生在学术上不得志，做老师的时候屡遭排挤，我因他和你父亲相识，我尊重他仰慕他，却被人说和老师相爱，还怀上了老师的孩子……就因为他终生未娶，为人沉默清高，才为背后那些小人所伤。我和你父亲谈恋爱，你叔公看在眼里，从未质疑反对。我为你父亲生下你，你叔公关照我、怜悯我，其余什么也不说，而你父亲呢……平安，不要怪妈妈当年心狠，我只是恨。他造的孽为什么要我来背负？他叔叔含辛茹苦将他带大，养育成人，他却怕风言风语波及自己，再也不踏进你叔公的家门。如果不是为了你，给你一个完整的家，我又为什么要隐忍这么多年还要找你叔公去求他……在我将你接回家的时候，我多想告诉你，你父亲其实早就死了……"

秀云边说边流泪，握着平安的手越攥越紧。尘封往事如烟散去，到底意难平。平安轻轻抽出手，反过来无声安慰她。

秀云断断续续地说道："所以平安，一定要擦亮眼睛找个好人。那个在酒吧唱歌的孩子，工作不稳定，又生活在鱼龙混杂的地方，难免沾染恶习。单纯的爱只是童话中一个美好的憧憬，并不能给生活多少可靠的支撑。你父亲，正是因为俊美有才华才让我奋不顾身投入进去，到头来飞蛾扑火。其实越是长相出色哗众取宠的男人越是软弱没有担当，他们习惯了大众的赞美和追求，养成自私冷漠的性格，只适合单相思，不适合托付终身。而平安，我们母女在看人方面何其相似，我怕你走我的老路，才不得不提醒你，选择伴侣一定要理智，不能被爱情冲昏了头脑。妈妈宁可你找一个平凡朴实的人，只愿他爱护你一生……所以我希望你，在我有生之年能够找到自己的幸福，我就是死也瞑目了。"

少年时代听人说，爱情需要经历大风大浪才能成熟坚固。她与顾思齐的爱，走到末路又怎能用一句"爱之脆弱，历经不深"来了结。她就像当年的秀云，一意孤行，固执地为理想的爱情奋不顾身，怀上爱人的孩子。可是她没有秀云当年的勇气和决心，或者说，她没有秀云为爱付出得深刻。爱情毁了她，却也造就了她。她在爱情失败后果断转身，成就一个女人另有的人生价值……但自己毕竟不同，她继承了母亲的高傲和独立，却也继承了父亲的软弱。无论如何，她是不可能再成为一个像秀云那样在经历爱之深之痛的大彻大悟后，还要违心地利用爱情在男人的战场上争锋的女子。

"妈，"她再也控制不住，眼泪悉数落到母女交握的手背上，泣不成声，"请你不要这么说，你会好起来，会长命百岁……一直以来都是我任性，不理解你的苦衷，我以后会听你的话……求你不要这么说……求你振作起来……你还有我……"

秀云的病情没有预见的乐观，因为之前一再耽搁，她被送进医院时高烧昏迷，造成肺部感染。平安每日寸步不离地守在身边，因为秀云的日渐衰弱而精神低迷。流产后，她的身体一直没有得到很好的恢复，加之照顾秀云心力交瘁，她似乎一夜间感觉到身体内部的变化，又恢复成当年那个孤独受伤的小女孩儿，封闭自我，没日没夜只专注一件事。

阒静的夜晚，她靠在床上手捧一本书，床头的壁灯发出微弱的光，她的视线一直停在母亲的背影上。母亲细长的脖颈微露，连着蜷缩的背像一只孱弱的鹤，不知不觉她的视线模糊了。

为了让平安安心，秀云每晚强迫自己早睡，病痛的折磨让她经常夜不能寐。好几次平安即将睡着，却听见秀云疼得呻吟出声，又极力克制着怕吵到自己。深夜在卫生间一待就是很久,过了很长时间听见冲水的声音,人却没有出来。平安知道母亲瞒着自己独自承受巨大的病痛,白天却要装作无事人一起散步谈心。她知道母亲一直在用一种心照不宣的方式补偿自己。

主治医生告诉平安一个噩耗,秀云很可能活不过夏天。她将这个消息告诉王叔叔,这个与母亲年纪相仿的男人竟当着她的面失声痛哭。平安回来后,他依旧每天来看秀云,带着昂贵的补品。有时候实在很晚,他不便打扰病人休息,只好在病房外逗留一阵,将中药、补品、夜宵等交给平安。这个男人除了第一次见面时表现出刻意的熟络,每次过来只是坐一会儿,询问秀云的身体状况,其他的从来不多问。秀云放心地将公司交给他打理,他来了也不多说,两个人见面总是保持着默契的沉默。

直到听闻秀云病重无治,王叔叔才向平安说出公司亏损严重、员工工资发不出、银行贷款到期等一系列负面信息。秀云住院的消息除了王叔叔没有别人知道,对外只宣称出差筹措资金。眼看纸包不住火,而秀云又必须赶紧转移到大医院救治,王叔叔向平安征询,能否申请公司破产。他说:"你妈妈是整个公司的支柱,一旦她倒下了,公司也没有继续的意义。"

平安对商业一概不知,也没有做女强人的意愿,这一点在母亲当初要将她送出国时已明确表示。她对王叔叔说:"你还是告诉我妈妈吧,我无法替她做任何决定。"

她闭目靠在墙上,说实话,她不会违心地接过话当个孝顺女儿,在最短的时间接下秀云的担子,无论如何不能让公司倒闭。秀云身边只有她了,她明白此时母亲最需要她做什么,她亦不可能瞒住母亲替母亲做任何决定。单秀云，商界闻名遐迩的"红罂粟"，历经多年沉浮，傲然带刺让对手不可小觑。她是女强人的楷模，一再打破这个行业男人主导的规则。平安知道，宣布破产对秀云意味着什么，她当初不顾病痛冒着生命危险挣扎又意味着什么。

两天后，秀云要求出院。

平安随母亲回到久别的家中，一切如旧。打开住了两年的房间，扑面的味道熟悉也陌生。她十八岁高考结束搬进新家，没住多久去了北方上大学，而后的两年只寒暑假回来。这宁静的空间，是她的一方天地，因时间的分割在记忆中只剩夜晚的床……此刻面对黑漆漆的屋子却只剩怆然。她明白母亲出院的用意，生命留给她的最后时光用来处理未尽的事务，与最亲的人告别。

她放下手中的行李，走进另一个房间。秀云端坐在梳妆台前的椅子上，怔怔看着镜子出神。病中人憔悴的容颜不堪直视，皮肤失去光泽，眉峰如退了墨迹的一笔勾勒，一双眼睛无神地注视着自己。许久，秀云轻轻地唤："安安，来，帮妈妈化妆。"

脸上涂抹均匀的粉底液，扑上粉饼，打上胭脂……母亲闭着眼，任由她为自己上妆。空气中流动着紫罗兰清雅的香味，时间一分一秒地流逝。这是她第一次与母亲长久而近距离的相对，几近相似的面容被岁月刻出不一样的深度，不一样的美。光阴穿梭，母亲打了光的脸如静夜下一片月照的湖水，哀婉动人。母亲始终未睁开眼，光影停留在她的侧脸，耸起的颧骨像一只灰色的蝴蝶。

秀云去了公司，平安留在家里，独自一人躺在床上，看着手腕的银镯出神。镯子有一对，十八岁生日母亲送给她，保佑一生平安。母亲大概忘记了这对旧镯，这么长时间从未听她提起。母亲的神志日渐混沌,有时候看着自己,好似不认识般,一遍遍抚摸自己的脸,轻声喊:"平安,平安。"

不知不觉睡去,平安不知睡了多久醒来,外面依旧没有动静。卧室的光线逐渐淡灭,母亲没有回来,她又闭上眼。身体似一条忽上忽下的船,摇摇摆摆却非常柔软。她睡在黑暗的湖泊中,如同初生的婴儿,被一双温暖的手抱着,轻轻爱抚。时间仿佛就停留在这里,她真切地感受到母亲的手抚摸着她的额头,无限的留恋。平安睁开眼睛,看见秀云坐在身边,温暖的手放在她的额头上,如同记忆中的温度。

"睡得好吗?"秀云轻声问。

她定定地看着母亲的脸,心里怀着柔软的酸楚:"妈妈,以后每晚你都陪我睡,好不好?"

"好,以后妈妈每天都陪着你,一直陪着你。"

南方进入多雨天气,她睡在母亲的怀里听窗外的雨声,闭上眼,见到家乡的墓地,那里埋葬着爷爷、奶奶、叔公……以后也会有她。她记忆中只回过故乡两次,一次给去世的叔公送葬,一次随母亲给叔公扫墓,一泻千里的山水云雨掀起浮世沧桑幻梦。那仅有的两次经历,足以追忆一生。

秀云不再被每夜的疼痛纠缠得夜不能寐,母女相依,睡前一段对话,之后安然睡去。一夜间平安数次醒来,触摸母亲的脸,确认脸颊的温度才放心地睡去。她问秀云印象里的寿元,秀云说:"有山,有水,风光秀丽。我们坐着小船在山水间徜徉。"

"我小时候去过寿元吗?"

"对呀,还住过一阵子呢。我抱着你,将你的小手放进水里,你咯咯地笑。你叔公坐在船头钓鱼,钓到一只抛向身后的水桶,你看到飞来的鱼笑得更欢,闹着要摸鱼鳞……小时候,你可是吃了好多叔公钓的鱼呢。"

她抿着嘴不说话,闭上眼睛,仿佛真的被母亲抱着坐在摇摆的渔船上。那时候几岁还是几个月,她忘记了,感觉母亲悲伤留恋的目光,却要依旧维持安静的睡颜,成全彼此的心情。她不忍道出伤别,唯愿时光静美悠长,一辈子在母亲的目光中沉沉安睡。

这一夜睡得十分安宁。

她自记事起从未在母亲的怀抱中睡过一次安宁的觉。即便如今母亲真实地睡在身边,却因为过度的紧张和害怕迟迟睡不着。母亲无声地注视了她很久,她少时记忆深刻的一段文字,因了从前渴望母亲的温存和爱而强迫症地背下来安慰自己。

"如果能够再次拥有母亲的目光,我该怎么做?是用笑的甜美来抚慰她的疲惫和劳累?是用泪的晶莹来诠释自己的呼应和感怀?还是始终维持着单纯的睡颜,成全她欣赏孩子和享受孩子的心情。如果,你浅眠时的双睑偶然被母亲温暖的目光包裹,请你安然假寐,一定不要打扰母亲……"

黎明时分醒来,依稀是暗沉的天色。屋外雨声依旧,下了一夜的雨,淅沥有力的雨声和屋内的沉寂形成鲜明的对比。她在黑暗中摸索母亲的手、胳膊和脸……母亲的皮肤尚带着残留的余温,骨骼分明。她摸到凸起的血管,沿着肌肤的里层蜿蜒如一条细长的沟,母亲柔软犹带体温的手握着手腕的银镯，不肯放下。

"列衣会伴你一生。成年之时右手戴一只，成婚之日左手戴一只。保佑平安。"

母亲的话言犹在耳，她闭上眼，将列衣连同母亲的手紧紧贴着脸颊。
"妈，今天又不能出去散步了。"
"妈，过几天等天晴了我们回一趟寿元好不好？"
"我想叔公了，你想他吗？"
她一个人轻轻地说着，许久都没有听到身边人的回应。她知道，很多天之前她就知道，这一天，终于来了。隔了很久，她颤抖着将手伸到母亲的鼻端。雨声渐熄，不知道过了多久，她保持着同一个姿势，僵硬犹如静止的雕塑。

海子说，公元前我们太小，公元后我们太老。没有谁见过，那一次真正美丽的微笑。

黑暗是沉睡，梦是感怀，微笑是留恋。

世界不美了，我们却要懂得留恋。

3

生命中的光,在头顶熄灭。幻想,是风起的浪,扑灭一瞬苍颜。

这是许安然和木分别十年后的第一场正式演出,一场没有主唱的演出。没有 Moon 乐队,主角只是两个人,木弹奏标志的 Yellow Heart,许安然当键盘手,兼整场演出的合音。Ben 作为特邀嘉宾只在中场高潮时助兴,一如既往的低调神秘。

后摇流行于欧洲和日本,在国内尚属冷门。他们几乎开创了国内后摇的先河,一曲接一曲,中间没有间断。比之 Moon 时代的尖叫热浪,歌迷的反应异常平静。与其说平静,不如说是对音乐和两个神话人物的敬慕与震撼。

没有任何眼神和语言的交流,双方配合的默契程度却令人震惊。他们的背后,巨幅海报当背景,昼夜更替,暗沉的黑、深郁的蓝、苍茫的白渐次变化,营造神秘梦幻的氛围。两只手,如同佛的纤纤玉手,五指微拢,手掌相合,如烟如雾不似凡间。中间一朵天堂鸟,远望像一株初绽的红莲,隐秘地被双手包容。

《相聚》,持续两个小时的演出,意犹未尽。

"献给爱的人。"

许安然在最后一首《相聚》结束时对台下说的话,被不少人奉为演出经典,寓意她和木的爱情,更是 Moon 乐队的完美谢幕。她受到歌迷、同伴、媒体的祝贺,甚至千里之外的阿信也打来电话。唯独一个人,留给她的位置空着,看不见她的笑脸,听不见她的祝福。视线偏移,位置左边,相识男孩儿微笑的脸,与她对望,眼神包含无限欣喜与爱慕。

"我知道我和你只有这短暂时刻的相聚,你是不会属于我的。"演出结束,喧哗散场,两个人一起走的时候,木说道。

"阿木,谢谢你。"她知道,所有人中只有他看出她的隐晦心思。《相聚》最初是她一个人的创作,怀念两个女孩儿的相遇,期待相聚。主题构思是她,但是在编曲和硬件设备上能力有限,那时她向木提出合作,一起完成专辑。她当艺术监制,编曲合成和商务由木负责。原本是不设预期的创作,却因了木的加入完成十首曲目,同时发行专辑,并成功举办演出。

专辑封面由她亲手设计,两只相聚的手来自两个女孩儿,天堂鸟是她们共同拥有的刺青。

"不把她追回来吗?"木看着前面忙碌的人流,似笑非笑。

"你管得太宽了吧。"许安然笑嗔。

"我要走了。"木转头看她,调侃道,"开始新生活,找个日本女优过日子。"

"又不是不回来。"安然轻笑,"我劝你别玩过头了,还是找个正经女孩儿早点结婚吧。"

两个人说笑着,Ben和顾思齐迎面走来。Ben拍了拍安然的肩膀,夸赞道:"真够强,这么下去都成全能艺人了,今晚过后名声一定大过阿木。"Ben扭过头,"阿木你就等着自卑吧。"

"自卑也轮不到我啊。"木看了眼默不作声的思齐,对Ben道,"庆功宴一起去?"

"太晚了,我要回去陪老婆,你们去吧。"

"怎么,怕见到老东家?"不等Ben有所反应,木拽着他快速往外走,边走边说,"我过几天就走了,够哥们儿的今晚一定要陪我喝到天亮……"

安然和顾思齐跟在后面。平安走了之后,顾思齐没有再去排练室,和"薇薇"签约后搬到公司安排的公寓,大家都很忙,即使在"薇薇"也很少碰面。这是半个月来两个人第一次单独接触。

"一切都还适应吗?"

"嗯,适应得挺快的。"

"听说你现在有很多粉丝,每晚演出人气爆满啊……"安然顿了顿,说,"木走后,你就是'薇薇'新一代的偶像了。"

"这句话木也说过。"顾思齐看着她,双眼隐隐流动着光华。

这人现在说话、看人的神情和当初那个低着头将心事藏起来的男孩儿不一样了。时间过得真快,不过半个月的光景。

许安然收回视线,继续往前走,沉默地走了一会儿,顾思齐问:"你呢?演出结束后做什么?"

"很多事情,要忙着各地宣传,筹备下一轮演出。"

"他不是没多久要去日本吗?那你……"

"我不去。"她说,"我还有很多事要做。阿木的目标是顶尖音乐人,他懂创作,又会唱,是否和别人合作或者组乐队对他来说都不重要,他一个人什么都可以。我和他不同,我有自己的音乐理念。我要的是自由的创作,不需要跟谁都合作。"

"你的意思是,木是唯一能够和你合作的人?"

"某种意义上说,是。这么多年,除了他,我也没有真正跟谁合作过。"

"那么我呢？"顾思齐沉声道，"我也会唱歌会创作不是吗？在排练室的那段日子我们不是合作得挺默契的，为什么约你出来你总避着我？"

"我没有避着你的意思，这段时间太忙了。况且，你的愿望正一步步实现，不需要我再帮你什么了……"

"安然，"他伸手拉住她疾步的身影，"你敢说对我没有一点感觉，那晚你又为什么……"

"对不起，那晚喝多了不记得了。"她抽出手没有回头，"我经常跟一些男人女人喝酒到深夜，酒品也不好，醉了什么都不记得。"

"薇薇"的庆功宴上，"薇薇"的高层和签约歌手、乐队悉数到场。木和几个高管做东，摩恩依旧没有出现。低调神秘的"薇薇"老板，是内部人员和外界共同揣摩的对象，看似超然度外，却对一切内外事务运筹帷幄。

此时的摩恩，正坐在许安然家中，随意玩弄水中的金鱼。安然在宴会尚未散场时先行离开，这是她一贯作风。上次的庆功宴，主角是顾思齐，实则是她，众人心知肚明，看排场与捧场的人便知。她也不买账，照样几杯先干为敬，一声不响走人。谁知她却一个人跑到僻静的小酒吧喝酒，估摸着散场了，跑到顾思齐的寓所取平安的东西。

今天亦是如此，喝不到一半离场。她跑到外面等车时，木跟了出来："去哪里，我送你。"

"不用了。"许安然摆摆手，"你把阿Ben留下来，还是回去陪他喝酒吧。"

"那家伙被我放倒了，你知道，他就那么点儿酒量。"木伸出手,拈起风中飞扬的发丝,"无聊吗……不如去我那里?"

"我要回去休息。"她甩了甩长发拦下一辆出租车,临上车时抛下一句,"场子你收拾,明天联系。"

在楼下的超市买了两包中南海、两瓶威士忌,安然还未掏出钥匙,门自动开了,室内飘出熟悉的音乐——《青森》。

"你回来得倒挺早。"摩恩接过她手里的东西。

"无聊就回来了。"安然看见桌子上有一盒蓝莓芝士蛋糕,诧异地望向他。

摩恩笑笑:"第一次做,也不知道好不好吃。"他用叉子挑起一块,递到安然嘴边,"尝尝,手艺怎么样?"

"好……好吃。"安然边吃边说,"真想不到你还有这个手艺,可以开个甜品店。"

摩恩放下叉子,给她倒了杯香槟,不紧不慢地说:"师傅口传,我当场做,也就是个手艺活儿。你喜欢就好。"

"跟着你的人真享福啊,还能吃到这么好吃的甜品。我本来对你来没抱什么希望,"她指了指袋子,拿出一包烟,"就买了这些打发时间。"

摩恩接过她手中的烟说:"女孩子不要抽这么多烟,以后还要做妈妈……"他说话的声音很轻柔,完全不像是北方人。

他是她遇到的第二个不喜欢抽烟的男人。在香港的那段时间,她因为心不在焉,完全依赖他的生活方式和节奏。他说:"安然,把头发扎起来。"她便乖乖将头发盘起来,用两只发卡固定住。

他像有礼却固执的长者,要求她改掉一切坏习惯。从认识的第一天起,他微微皱着眉要求她这样或那样,有时候却对她放纵得过头。这种微妙而奇特的感觉,她从来没有在另一个人那里得到过。

安然脱掉鞋子,光脚盘坐在沙发上。他上次来过之后不久,派人去宜家购置一批家具,包括这张沙发,坐着十分柔软舒适,躺下来就能睡觉。

她索性躺下来,枕在他的膝盖上。有一瞬间,她察觉到他的不耐烦。

"我以为你不来了呢,你上次就放我鸽子,害得我一个人在酒吧里喝醉。"

摩恩微微一笑,不置可否。安然闭上眼睛,神情惬意:"你就这么笃定我不跟着木那家伙去日本?"

摩恩轻轻摩挲她的脸,在她苍白的嘴唇上点了点:"我走了你再睡。"

"为什么不是我睡了你再走?"安然睁开眼睛,翻过身,像孩子般将脸埋进他的怀里,"我到如今都不明白为何会对你亲近……当我第一次在人群中看到你,你定定地看着我,我不知不觉向你走近……就好像,在很久很久之前我就认识了你。"

她深深吸气,闻着他身上的味道。大概就是这个味道,让她瞬间想要靠近。

她醒来时已经艳阳高照。暮春时节,街道两旁绿树成荫,阳光普照大地,红色的琉璃瓦熠熠生辉,巍峨庞大的建筑在高耸入云的绿意中若隐若现。视野里的天空,蓝得出奇。醒来时身上盖着薄薄的羊毛毯,桌子收拾干净,浅底青瓷盘中的金色蝶尾栩栩如生。没有只言片语留下,正如他的不请自来。打开手机,上午十点,没有一个电话和短信,正如这清冷的内室,与白日阳光明媚、夜间繁华喧嚣没有丝毫关联。

她的目光瞥过那朵白山茶,花娇不好养,到底失了兴致。

从上午一直枯坐到下午,抽光两包中南海,手机静音一直没有关掉。从听黄耀明的第一首歌起,提示灯一直亮个不停,差不多每唱完两首,再亮一次。

"戴琉璃冠冕,衬毛毛披肩。到浮华市面,兜一个圈,巡视半天。你流连商店,我环游花园,总有奇逢两段,花开两边,闲话两端。愿奇异恩典像碎片,天天发现,幸福体验,从未破损。你年龄不变,我灵魂幼嫩,靠情怀判断,不计年月。年月太短,以纯情的脸,与霓虹竞艳。"

黄耀明的歌词可当作记忆来读。不识得美好记忆,只贪恋流光溢彩的人间。

她们一起看《阿飞正传》,然后互对台词。

她说:"我忘不了张国荣说的那句:十六号,四月十六号。一九六〇年四月十六号下午三点之前的一分钟你和我在一起,因为你我会记住这一分钟。从现在开始我们就是一分钟的朋友,这是事实,你改变不了,因为已经过去了。我明天会再来。"

她接下去,苏丽珍的独白是:"我不知道他有没有因为我而记住那一分钟,但我一直都记住这个人。之后他真的每天都来,我们就从一分钟的朋友变成两分钟的朋友……"她说,"我还是独钟情于张国荣的那句。"

"是什么?"

"你猜。"

"是不是那句,我听别人说这世界上有一种鸟是没有脚的,它只能够一直飞,飞累了就在风里面睡觉。这种鸟一辈子只能下地一次,那一次就是它死亡的时候。"

"不是。是最初的那句,我知道你的名字,你应该叫作苏丽珍。"

"为什么喜欢这句?"

"因为,爱了那么多的人,只有一个苏丽珍。"

她不知道为什么当时对这句台词印象深刻,找理由说给她听。"这世界唯有一个苏丽珍,活在王家卫的电影梦里。"

她不知是第几次看这部电影,似乎每看一次,都会产生一个新的想法。苏丽珍说,我的家一直很热,你的家一直在下雨。如果真的想出去玩就打伞吧,而我只会留在家里躲避炎热。

她将这句话在手机中打出,又一个字一个字删除,换成四个字——演出成功,然后发送出去。她不期许平安的回应,第一次离开,她说,心若只得一间房,狭小得早晚被自己逼迫至绝境。彼时不确定,那一瞬间的放手是对自己的重新审判,她并没有重新爱人的勇气和决心。

我们爱上的注定是幻觉。爱的人只是自己。爱上她,就是爱上自己。

她永远忘不了平安离开时的仓促和决绝,说着"我和你是河两岸,永隔一江水"。她很早就说过,若是个男子,就把自己送给他;若是个女子,就让自己要了她……可若是爱,就没有简单。这是她说的,爱从来都不简单。

CD 机里始终流转着旋律，这一次换作门铃声。她打开门，木的脸近在眼前。

"我给你打电话一直不接，便过来找你。"

"找我？"

"是，我等不了了。"他低头看着她，眼里有什么呼之欲出。她看着他，许久，笑了，双手环过脖颈吻上他的唇。

4

她的第一个刺青是木做的，后颈的红莲花，Moon 的标志。她叛逃，与青森切断联系，和木同居。她起初是以木女朋友的身份出现在乐队，改名 Vivian。她性格孤僻冷漠，除了偶尔跟木说几句，不与其他成员交流，与整个乐队格格不入。Moon 在"薇薇"驻场，她排斥进去看演出，加之桀骜不驯的姿态，引起其他人不满。只有木坚持把她带在身边，无论排练还是演出，她像不会发声的乐器，安静地坐在角落。

乐队正式进军主流摇滚圈，Moon 的目标是日本的 X-Japan。在此之前 Moon 一直算地下乐队，辗转多地演出赚名气，和知名乐队拼技艺，中间不断有成员退出、加入，再退出……好不容易成员稳定了，却面临风格、主唱、队标等一系列问题。木不愿再担任乐队主唱，倘若要迅速走红，必须有一个很棒的女主唱。木提议许安然担任主唱。许安然在意料的目光中上台，没有人质疑她的能力。

站在舞台中央，台下没有一个观众，她的身后是不熟悉的队友，却在第一次登台中轻松地唱着他们的旋律，仿佛演练了很多次。如果不是天生的歌手，只能说藏技过头了。

她从来不说加入，却用独特的腔调唱出每一首歌，甚至一些创作中的曲子，也能跟着调子即兴唱出来。木说："我不会看错一个天生的歌手。"

许安然凭借出众的唱功、完美的台风征服了所有人。她向木提出的第一个条件是文身。木问她："你要文什么？"

"莲花。"她说。

这是他们爱情的开始。

"我亲手为你文上，是不是代表这一生就是我的了？"

他细细描绘，从未如此认真。他为她刻下人生第一个印记，成为 Moon 最耀眼的标志。

"安然，你有没有想过圆一个梦？"

"我没有梦。梦都是不真实的，不能当饭吃，当歌唱。"

他轻轻描摹那朵莲花，如同无数次亲热的姿势，从后面环抱住她，由最初的亲吻开始，一朵一朵花在他的吻中绽放。

"阿木，你是最完美的情人，可是我不爱你。"

"嘘，我知道，别说……"

他一遍遍描摹和亲吻，逐渐深入。当再一次抵达巅峰的时候，天亮了。光线透入微茫，正如高潮落幕的寂静，一点一点渗入，漫无边际。灵魂脱离身体遨游，寻找她想抵达的世界，彼岸，天涯，如此盛大，并且清醒。

这是你要的世界,你却得不到它。

"平安,如果我放手,与你相忘途中,你结婚、生子,有疼你爱你的丈夫一生陪伴,是否就代表着幸福……"

木走了,留给安然一个迷雾重重的故事,故事的主人公叫薇薇。

她打电话给摩恩,对方一直关机。她不知道摩恩的住处,只好去"薇薇"。如同一场烟花的表演,它的开始、升起、落幕都是演给别人的一出戏,戏梦人生。她只关心烟花背后,留给她的清醒时间,她必须在最短的时间知道真相。因为木告诉她,薇薇曾和男人私奔,生下一个孩子。她不确定自己是不是那个被遗弃的孩子,多年摸爬滚打,始终和酒吧与音乐沾边,也没有人告诉许安然,她和薇薇的声音与容貌多么相似。她执着地想要知道一个真相,薇薇生前最亲近的两个人都与她有着千丝万缕的联系。

她又看到顾思齐,这个平安口中眉间有着深郁折痕的男孩儿,已能在转首间笑容明朗神色飞扬,举手投足有着偶像明星的风采。他抱着吉他的样子越来越像木。

顾思齐隔着或坐或站的人群与许安然相视,现场暗下来,顾思齐说:"最后一首歌,送给最后排的长发姑娘,希望你能感知我的心意。"

人群一阵起哄,众人纷纷转过头,探照灯般的目光搜寻最后一排的长发姑娘,安然停住了脚。她定定地站在原地,低着头看不清神情。悠缓的音乐像丝弦伏贴水面,是安静纯情的声音。他刚起了个头,内场一片喧哗,有人按捺不住挥舞着手臂站起来。就在不久之前,她和另一个人站在台下听他唱完这首歌,她还清楚地记得平安眼中的动容。不知谁牵引了谁,仿佛在这时光般幽静的歌声中走过了千年万年。

　　她在他的歌声中想起了他们第一次见面,他小鹿般害羞惊觉的目光始终围绕着自己。继而想起他们每一次见面,他若有似无的眼神,每次与她对视便仓皇逃离。她始终不明白为什么平安喜欢的人是他,就为了一首歌,还是女孩儿们崇拜的外表和才华?

　　顾思齐固然有讨人喜欢的长处,却不足以打动她。她和他一起,越发感觉对方对自己浓烈的好感。排练室休息的间隙,他会和她站在一起抽烟,有意无意聊起平安的事,却巧妙地将自己放在一个旁观者的位置。比如平安睡前习惯喝酸奶,不挑食但是对海鲜过敏,做得一手好菜,对植物有情。他从未说过一件自己和平安的事,她好奇地问他:"当初平安去找你,你心里怎么想的?"

　　他回答:"我只觉得珍重,于是和她在一起。"

　　"你爱她吗?"

　　"我珍惜和她在一起的每一天。"

　　不是珍重就是珍惜。安然默然叹息,与他的交流渐渐多起来。他们的话题从音乐聊到平安,安然甚至给他讲起 Moon 的过往,他也给她讲自己的酒吧生涯,以及年少轻狂的一段岁月。在排练室共度的一个个夜晚,谁也没有往那一方面想。正式签约的那晚,她答应平安到他那里取回衣物,却醉倒在门边。不知道是谁先主动,跨入门拥抱、亲吻……当进行到最后一刻的时候,安然突然推开他清醒过来,匆匆穿上衣服跑出门。

　　回忆戛然而止,音乐结束了,台下一片掌声和欢呼。灯光重新打开，前方的通道站满了人，如果再不离开，以她现在站的位置和装扮很难不让人认出来。情急之下，她转身走进一间包厢。

"对不起，我一会儿就走。"她背对包间的客人，丢下一句话。

许久，后面那个人轻轻笑了，仿佛早已习惯了她的态度："没关系，不介意的话坐下来喝一杯再走好吗？"

她蓦地回头，许家树好整以暇地坐在位置上，偌大的包间只有他一个人。多年不见，他举起一杯酒，微笑着向她致意："安然，好久不见。"

安然从未想过会与许家树再次见面，甚至在他走后迅速忘记关于他们的一切。他是第一个表明离开她回归旧生活的男人，就仿佛她是他出轨的证据。此刻他真实地出现在面前，她需要花时间从记忆中搜索，连想起他都是一件难事。

家树被她盯得有些尴尬，不得不放下酒杯招呼道："安然，这些年过得好吗？"

"很好。"她大大咧咧地坐到他的身边，举起一杯酒，一饮而尽。她的动作称不上轻浮也谈不上庄重，就好比他是她生活中接触的某个人，招呼一声，可以坐下来喝一杯，仅此而已。

家树神情复杂地看着她，良久握住她的手，说："安然，这些年我在国外生活得并不顺心，虽然事业上一帆风顺，却总觉得少了什么……常常忍不住想起从前，想起你。"他停了停，看着对方面无表情的脸，缓缓说，"我下了飞机第一个想到的地方就是这儿，我想快点见到你……刚才你站在门外，所有人的视线对着台上，而我的眼里只有你。"

安然扑哧一笑，缓缓抽出手："你说了这么多，想表达的已经表达了,现在可以让我走了吗?"她对着他的神情甚至比从前还要暖上几分,但脸上的表情却与此刻说出的话完全不符,"先生,我不是你养的阿猫阿狗,高兴的时候摸两下,不高兴了扔到一边。许安然自认没有这个本事得到你的青睐,何况,喜欢我的男人多得去了,我犯不着一个一个牵扯不清。"

"安然,我丝毫没有纠缠你的意思。"家树神情黯然,"我与妻子不过名分关系,这么多年,我唯一爱的人是你。"

"那你想怎么样,要我以同等的爱回报吗?"安然抽出一根烟,漫不经心地看着他,"我的爱很自私的,我不愿意和别人分享丈夫。"

"我可以离婚。"家树沉默半晌,"我这次回来会待一段时间,处理完手头的事情便和她离婚。这也是我和你见面要告诉你的,安然,你一直漂泊不定,需要一个安定的家。你需要每天清晨醒来闻到他为你煮的面香,晚上牵着他的手看一场电影,然后回家……你可以做你喜欢的事,只要你想。"

"你讲的这些都很好。"过了很久,她冷静地说,"这是一个妻子需要的,但不是我。"她起身不再看他,"我感谢你曾经给我缔造一个美丽的少女梦,只是这梦现在对我来说,太过虚假。抱歉,我还有事就不陪了。"

她走出门,迎面见到摩恩。与包间里西装革履的许家树相比,摩恩的打扮过于休闲随意。明明差不多的年纪,给人的感觉却完全不同,安然十分庆幸他的到来,闻着喜欢的味道整个人精神了不少。摩恩伸出手,她不顾周围惊异的目光走上去握住,四周即刻响起一阵轻呼。许家树走出来,西装上身,解开的衬衣领扣也已扣好,他见到安然与摩恩一起微露诧异,视线越过安然看向摩恩。

摩恩微笑道:"既然是安然的朋友那今晚的酒我请了。"随即示意服务生将刚收的钱还给家树。

家树摆摆手,摆出商人的客套:"我是'薇薇'的老顾客了,常年待在国外。来了多少次都没见到老板,想不到刚回国就碰见,真是非常荣幸。"

摩恩笑道:"我不过一个做音乐的,老板谈不上。"他忽然转向安然,姿态暧昧地说,"这里一向都是你说了算,朋友回国捧场好歹给人家一个面子吧。"

周围很适宜地响起惊呼,然后是窃窃私语的交谈,无数双眼睛盯着他们。今晚真是高潮迭起,先是许安然到场,之后摩恩意外现身,两个人手牵手亲密如同热恋中的情侣,摩恩更当着众人的面将"薇薇"送给安然……这些劲爆的资料够八卦媒体写上好几个月了。

安然没有出声,她不再看许家树,转头对摩恩道:"我想回家休息。"

"好。"摩恩搂着她与家树道别。错身而过的瞬间,她分明感觉到对方手指的颤抖,那一刻,他还是抓住了她。

她和摩恩的好正如那晚在众人面前表演,似真似假,好得没有任何理由。一定是哪个环节出了错,他与之前结识的任何一个男人都不同。

"你觉得这样好不好?"摩恩的话打断她的走神。安然回过头,他微皱着眉望着自己,这细微的动作正是情绪不好的表示。

她已经能从一些看似不经意的动作中知道他的情绪变化,这在过去是不可能有的。这个男人正一步步将她引入他的世界。她举起手,说:"可以再往右边来一点。"

这是摩恩的摄影作品,他去过青森,看过那里的山脉和白雪,却没有拍下它们。白神山地的河川有大川、暗门川、赤石川、追良濑川、竹内川,河川流域群山成形,大川流域的青鹿山、赤石川流域的魔须贺山、追良濑河流域的天狗山……他说:"你现在看到的是十二湖当中的青池湖,我只拍了湖水和当时的天空。"

在浅水湾,他穿着宽松的米色开衫、运动短裤和夹指拖鞋,戴一顶棒球帽,光脚踩在柔软的细沙上,因海鸥的迁徙、孩童的奔跑抿嘴微笑。那一刻,他表现出来的害羞和温存让她留恋,她与他,仿佛两只涉水而上的白鹭,行走世间,只为相伴。

她想起日本的摄影师荒木经惟,这位装扮怪异言语不多的天才摄影师被他的模特儿形容为羞涩温存的人。他和妻子阳子的爱情闻名于世,并有了后来的《东京日和》。他在回忆录中写道:"我以摄影为生,家里有个宽敞的阳台。黄昏时分,斜晖映地,外头风景如水彩画般鲜艳夺目。那一年,阳子还在世。阳子是我的妻子,我很爱她。因为内分泌失调,阳子会经常歇斯底里地发疯,终日处于精神崩溃的边缘。朋友们都有意疏远她,我很难过,但能做的也只是极力避免触怒阳子,全心全力地保护她,不受外界伤害。"

什么是至死不渝的爱?

至今摩恩都没有正面回应过两人的关系,她是骄傲的人,更不会将爱挂在嘴边。她与木,与家树,与朝晖一起都是发生关系之后自然而然。在男人面前言爱是羞耻,始终处于对峙的状态,亲热时也保持清醒。正如那句经典的爱情言论:谁先爱上谁,谁先认输。

摩恩和她始终存在距离感,从未带她去他的住处。夜晚独处时,不过是坐在沙发上看片子,连身体上的接触都很少。他表现出来的洁净和淡定令她惊讶,也许换一个女人,会怀疑他举动的背后,而不去想性格使然。安然直觉地认为他流露出的是真实的本身。

  演出后她有很长一段空闲的时间,不做任何事。对于外界传的她和摩恩甚嚣尘上的传闻不予理会,白天睡很长时间的觉,晚上出门。恢复从前夜跑的习惯,跑累了去二十四小时便利店买一包中南海,坐在对面的栏杆上慢慢抽。

  摩恩不喜欢动物,不然她会养一只猫打发寂寞。她数次在夜晚跑步的时候碰见流浪猫,买烟的同时买一盒鱼罐头,放在流浪猫经常出入的地方。便利店有一个高个子男人,二十五六岁的年纪,下巴留一小撮胡子,他看人的目光非常直接,富有侵略性。

  摩恩有时候一连数日不来,安然也不会主动联系他。她白天睡觉,晚上叫一份寿司外卖,有时候是海鲜饭。独自吃饭看完一部片子,约莫晚上十点出门跑步。耳朵里塞着耳机,椎名林檎或比约克。王菲每出一张专辑都会买,这位被外界公认自己和她风格唱腔最为相似的女歌手唱着:"看见的熄灭了,消失的记住了。"

  前奏非常美,盛世繁华之下的寂灭,一如海面的静。追溯光线寻找,转瞬直面苍凉哀无。她坐在栏杆上听这首歌,天空在下雨。黑夜的雨,真实来自雨点撞击身体的沉着,心中的幻觉是它落进深沉的海。

  摩恩来看她,给她带来青岛的海产,还有紫贝壳。她说:"你出去旅行为什么不告诉我?为什么我不能和你一起去?"

  摩恩说:"我去青岛看一个朋友,带你不方便。"

"你有没有想过我们什么时候一起去旅行。我想去东京。"

他看着她,问:"为什么是东京?"

"我很早就想出去旅行,到目前为止只坐过一次长途火车。我对其他地方不留恋,只想去东京。"

"青森呢?你不想去吗?"

她缓缓摇头,与他对视。须臾,他移开目光,坐到沙发上一言不发。

她说:"你如果不愿意带我去,我可以自己去。"

摩恩皱着眉:"安然,现在不是任性的时候。你要趁风头正盛时出击,出单曲,拿下金曲奖,并且筹备新专辑。你以为我这么长时间不出现都是出去玩了吗?别忘了,现在我是你的经纪人,你需要为冲击流行乐坛做准备。"

"你今天来就是和我说这些的?"

"是,我还要告诉你,单曲已经写好,晚上要去录音棚。"他将乐谱丢给她,直接下命令,"先看完它。"

她看也不看,随手扔到桌子上说:"你所谓的风头正盛是不是指我和你闹绯闻?你那天是不是故意做给别人看,趁机炒作'薇薇'?"

"是。"他不否认,"这对你不是也有利吗?"

"这也是你这么长时间不碰我的原因?一切不过是作秀,将我和'薇薇'绑在一起?"

"也可以这么说。"摩恩的脸色冷了几分,"安然,你是聪明人,那份合约写得明明白白,你今后的演艺事业必须听从公司的安排,包括适当的炒作。"

"那为什么不找别人,非要你亲自出马?"她反唇相讥,"你可以事先告诉我，让我配合你演这一出戏成全你的野心我又有什么不甘心！"

"闭嘴。"他扬手一个耳光。

她的身体撞到桌子，瓷盘掉在地上发出清脆的声响，水泼洒一地，鱼在地板上翻滚挣扎。那张连看都没看的乐谱被水打湿，狼狈地掉在地上。

"安然，这是第二次，不要试图激怒我。"他俯身揪住她的头发，表情像另一个人，而令人痛心的是这个人才是真实的他。"你看到的我是这样一个有着暴力倾向的男人，这样还要和我在一起吗？"

"为什么不？"她倔强地昂起头，"你变态不正说明我的无知，可你以为我在乎吗……"她挑衅地与他对视，声音尖锐，"给我盛名、荣誉、金钱……甚至爱情，多大的恩宠，反过来想打就打想甩就甩，你们男人果真不是一般的虚伪。"她被他掐得上气不接下气，却冷硬道，"反正我违约不是一次两次了，我爱怎么样就怎么样，大不了一无所有，可是你这么做又能得到什么，金钱还是地位，抑或可笑的男人的尊严？忘了告诉你，我从来都不稀罕！"

"住口。"他怒不可遏用力揪住她的头发。

她从未看破这个外表温雅沉默的男人藏着惊人的残忍和暴力，让她每一处神经都感到深刻的痛。她侧卧着仍由他发泄，他说："为什么你总是不听话，非要逼我动手……"他的面容苍白阴郁，胸膛起伏，一双眼被愤怒和不甘充斥得异常陌生。那一刻，他好似不认识她，手捂着胸口剧烈地喘气。

平安，若你看到这一刻的我，大概也无法认出我来。人与人关系的轻重缓急，不是由时间和亲缘界定，它是一瞬间的认定。从小到大，我并非不曾受过虐待，却始终不当回事。身体的痛不能唤醒盲，只有这个人，他的每一个动作带来的冲击让我产生报复的快感。我亦明了他其实是在报复……平安，我大概不用再向他提及那个故事，那是他的盲区。

5

她看过一部电影，《爱比死更冷》。导演来自德国，这是他的处女作，死时他只有三十七岁，死于吸毒过量。

夜晚去便利店买烟、大包绿茶，还有创可贴。她戴着墨镜，帽檐压得很低，饶是这样也被人认出来。那个便利店男子从进店起就一直盯着她，结账时视线也没有收回。她被看得不自在，付了钱不等找零便快速转身出门。谁知男子追上来一把拉住她，摘下她的墨镜。

"谁打你的？"他的口气听不出善恶。

店里除了他们没有别人，但摄像头会记录下来。她欲抽出手，对方却越握越紧。

"你放手，"她怒道，"当好你的店员，别多管闲事。"

对方盯了她半晌，忽然伸手拿下她的帽子揉了揉长发，神情专注道："看来你是真不记得我了，安然。"

人的一生，会有多少次相对而错过，聚首再离别。从你开始与人发生关联起，也许仅仅只是一个眼神，他便会记得你。因为记得，在多年后的人群中一眼就认出你。少年时，他们只是不相关的男女，最初的情潮来自身体本能。她经历过很多恋爱，被人抛弃、利用，甚至无情地玩弄。她是火热纯真的孩子，不相信爱情，但还是会需索和迷失。在沉堕欢场落得凄泞狼狈时遇见他，他说，我带你走。

"告诉我，你叫什么名字？"

少年有一双明亮的眼睛，看人的眼光如锋利的刀。她无视他，抬头向着天空，仿佛那里有一个神秘的旋涡引诱着她。

"安然，安然……你愿意跟我走吗？"一声一声，清晰如昨日。

她偏过头，微微一笑："你喜欢看童话吗？"他愕然，不解地看着她，"这不是童话世界，不可能有突然降临的好运，我更不可能接受一个陌生人随随便便相认……你找错人了。"

她一路往回跑，感受到一直强压在身体里的暴戾，需要迅速释放。在奔跑中释放力量，同时获得力量的再次提升。奔跑，是她唯一坚持下来的事。

她与人相撞，跌倒在地。那个壮实的醉鬼不由分说地扑上来用拳头砸，等发现下手的对象是一个女人时，愣在原地。她迅速起身做出反击，用拳头砸回去，一下一下重击对方的脸。

"你这样会把他打死。"一只手抓住她，被打的男人早已血流满面，躺倒在地。

"你还是这样睚眦必报。"他轻哼出声，揉着她的手腕。

她僵硬地抽出手："你怎么会跟来？"

"交接班,我正好顺路。"

"你跟踪我的吧?"她看着他手中的袋子说。

"是。"他不再多言,一把抱起她扛在肩上大步往前走。

她的双脚悬在半空,头朝下,长发快要垂到地面。一直保持僵硬的姿势走到家,他将她放下来,低着头意味不明地看着她。

她扶着墙,等气顺了才想到抬头骂他,却在看到他的眼神时愣住了。他定定地看着她,突然抱着她的头亲吻起来,毫无预兆,他的吻如夏夜的暴雨,迅猛而激烈。没有技巧与经验的亲吻,直接用牙齿撞击,发出厮磨的声音。

她在他的吻里融化,近乎掠夺的粗暴,这样紧密,仿佛她是他失散多年的恋人。他需要用激吻来平息失而复得的焦灼,以此证明没别的女子得到过如此专注窒息的爱。

许久,他放开她,剧烈喘息。额头抵着额头,他一只手轻轻摩挲她的嘴唇,另一只手搂住她的腰。

"安然,"他的声音残留着未褪的激情,"你还说你不记得我吗?"

"安然。"她刚想说话,另一个声音响起。

两个人同时转过头,摩恩站在门边,微笑的眼睛里看不出情绪。他缓缓走来,对安然伸出手,她不说话,他固执地唤她:"安然。"他的声音依旧温和,站在离她一米的地方,伸出的手昭示着等待和坚持。

她在他温柔专注的目光中找到那个迷路的女孩儿,在暗流涌动的夜色中漫无目的地行走,找不到家。他是一个没有归宿的旅人,向她伸出手,问她愿不愿意跟他走。他轻柔地抚摸她的发:"愿意吗，跟着我，我带你回家……"

"回家了。"他瞬间抓住她的手，将她带入怀里。

被她拥抱的那一瞬间，闻着熟悉的味道，她又感觉到自己的盲。他是她的水，渡她到岸，去看那传说中的彼岸花。

"江曦晨，"摩恩缓缓念出对方的名字，"谢谢你送安然回来。"

曦晨眉头一挑："你怎么知道我的名字？"

摩恩没有回应，低头对安然说："你先进去，我有话要和他说。"

安然回头看曦晨，对方亦看过来，从彼此的眼中看到某种隐晦的情绪，片刻之后，她转身进屋。

曦晨移开视线，问："你想说什么？"

"你原本没有姓，"摩恩看着掌心的纹路缓缓说，"因为害死同伴心中有愧，随他姓江。你为了报复，将收容你的孤儿院烧毁，烧死了当时被降职的监管，因纵火伤人罪被判刑。但是你恶性不改，在监狱不断制造事端，是云和当地监狱有名的少年犯。没过几年，你越狱潜逃，流落外地……你看，我说得对吗？"他在这一刻抬起头，露出温和的笑容。

曦晨冷笑："你调查得这么仔细，还用得着问我吗？但是你说出来，就不怕我杀人灭口吗？"

摩恩摇摇头："我既然敢说出来，就有把握不会让你伤害到我……当然，也包括安然。"他说到这里顿了顿，似笑非笑，"你放心，我不是在威胁你，我说出来不过是好奇。作为一个逃犯，在北京这样高危的地方一待就是五年，你猜猜为什么到现在警察没有来抓你，真是因为你的运气太好了吗？"

"不是有句话这样说，最危险的地方就是最安全的吗？"曦晨的目光充满讽刺与不屑,"被你摸到底细算我认栽,可是我不明白,你一个名人干吗费心思调查我这个逃犯?我被不被抓也不是你说了算。"

"那倒不一定,如果我有办法让警察抓不到你,你该怎么谢我……我只有一个条件,离开安然。"不等对方答话,摩恩说道,"你的死活我不管,但是请你不要介入她的生活。你答应的话我给你一笔钱,安排你出国,从此再也不用活在被通缉的恐慌里。"

曦晨低着头,沉默不语。摩恩继续说:"我这个人耐性有限,你最好现在就答复我。我再告诉你一个帮助你做决定的消息,你现在打工的便利店和住的地方都被监控了,之所以迟迟不动手,不过是在等上级的通知。你是想永远这样藏着窝着任人摆布,还是带着一笔钱到国外逍遥自在……你是聪明人,不会让我失望吧。"

"我承认你开出的条件很诱人,我现在这个样子,根本没有商量的余地。"曦晨缓缓抬起头,看着他露出一个意味深长的笑容,"可是你也说了,我是江曦晨,江曦晨不会用女人换取自由,所以你的好意还是留给别人吧。"

"因为你爱她?"摩恩见对方断然拒绝,唇边的笑意渐渐隐去。

"跟爱情无关,这是我作为男人的尊严。"

他近十年的逃亡生涯,隐姓埋名远走他乡。没有亲人没有朋友,活在阴暗与防备中,有时候深夜的一声惊雷都会令他魂不守舍好久。是不甘被践踏蹂躏的命运,还是江浩惨死的阴影让他永远无法忘记……在那个女孩儿莫名失踪后,滔天的愤怒迫使他报复。他将那个明撤职暗中调回来的训导主任骗出去,趁着夜黑无人将对方勒死,为了毁灭证据,索性一把火烧了。大火烧了一夜,不曾料想的惨烈一幕幕在脑海中回放,他恨这个给他留下恶魔记忆的地方。他恐东窗事发从后山逃出,东躲西藏了一年多,因为偷窃被抓,连带查出云和孤儿院的纵火案,被押送当地。等待他的,是二十年的牢狱之灾。

他在监狱里肆意闹事,和一帮十来岁的少年犯打架,弱肉强食,很快成为这群孩子的头。他的心中充满恨、不甘和绝望,从未想过善终。生存的意念迫使他想逃离,鼓动几个胆大的少年犯一起越狱,那几个孩子都被抓回去了,只有他一个人成功逃出……没有钱,他混迹过最肮脏的贫民窟;做过乞丐,被比他小的孩子扔砖头;在赌场谋生,别人赌钱,他却赌命。后来,跟着的老大死了,他毅然离开,从最西南的边境一路潜逃到北方,扎根在北京。

他在酒吧见到安然的那一刻起,再也没有了离开的打算。她有时候在,有时候不在,他只要有钱,就会到酒吧喝两杯,大概是那个时候,被人查出了身份。她后来很长时间不来酒吧,但他习惯了,有钱就来买醉,很想再听听她的歌声。多年不见,她蜕变成万众瞩目的明星,他是个浪迹天涯的逃犯,他们之间,云与泥的差别。

室外响起关门声,过了好一会儿,摩恩走进来。

"他走了吗?"房间的光线十分晦暗,安然躺在床上,看他在床边站定,看不见表情。

"走了。"摩恩淡淡的语气传来,"这种人,朝不保夕,少跟他接触。"

"你们说了什么?"安然坐起来,"他是我过去认识的一个朋友,没想到在这儿能碰上。"

"朋友?他有着你最不稀罕的男人的尊严,安然,你这样的朋友真让人寒心哪。"

安然低着头,仿佛在想什么心事。摩恩坐下来,近距离地看着她刻意掩饰的伤痕,过了好一会儿,他低声问:"如果我死了,你会记得我吗?"

"不会。你死了,我何必再去想。"她说,"我对一个死人没兴趣。"

"如果是青森呢……"他的声音低微难辨,"他死了,你会伤心吗?"

她抬起头,眼里的错乱一闪即逝。摩恩抓住她的手说:"人在意志脆弱的时候会特别敏感,不能说的秘密因为害怕被知道反而表现出明显的在意……我研究过心理学,现在想要证明,安然,"他伸出手抚摸她的脸,轻声说,"你害怕他死对不对,你很在乎他。"

她开不了口,身体好像不受控制般出现迷惘的错觉。他在她身边躺下,说:"知道我为什么不碰你吗?因为我生了病……"他握住她的手,贴着她的耳朵轻声蛊惑,"害怕吗……跟一个病人睡在一张床上。不过你也不用害怕,我对你或者说对任何女人都没有兴趣,我不过是觉得有趣,想研究你。"

他轻轻摩挲她颤抖的手,平静温和地说:"安然,现在你该明白,我根本不会对你做任何举动。我也曾爱过一个女人,她叫薇薇……她很美,唱歌很动人,我每天来酒吧听她唱歌,看她坐在台上对着麦克风轻轻摇摆着身体,那时候有一个人坐在她的身后,抱一把吉他为她弹奏……你猜他是谁?"他轻轻笑出声,"他叫青田准一,也叫青森……"

他陷入回忆里:"我疯狂地嫉妒他,他们彼此相爱,薇薇的眼里只有他。那时候我以为,薇薇是因为青森的音乐才华爱上他的,所以我刻意接近她，给她写歌，想通过音乐证明自己不比青森逊色……事实是她对我很冷淡，我为她写的歌她连看都不看，万般无奈下我只好求助青森。我们私下合写曲子，我告诉薇薇曲子是青森写的，薇薇很高兴，没有怀疑这根本不是青森一个人写出来的，她称赞现在的歌比之前好听。我看着她的笑容只是想，只要她喜欢，不知道我背后做的这一切又有什么关系呢。而我们的关系也慢慢变得亲近，她不再疏远我。可是这样的日子没有持续多久，薇薇当时交了一个男朋友，我不知道她和青森怎么了，总之他们没有在一起。薇薇的男人为了讨好有权有势的客人拿她做交易，她被客人带走，很长时间都没有回来。我和青森到处寻找她的下落，一直没有找到，这时候青森的家人来信，告诉他父亲过世了，要立刻回国，而我也只好暂时回家……

"我对青森的感觉在合作的过程中发生了变化，是一种很复杂的感觉。一开始我嫉妒他的才华，甚至憎恶他得到薇薇的爱，可是后来发现事实不是这样的，我被他的才华与魅力折服……等到发现他并没有和薇薇在一起的时候，我竟然同情他。青森回到日本之后，我暂时放弃了寻找薇薇，那个男人得到一大笔钱将酒吧关闭，我很愤怒，为了买下酒吧第一次开口向家里要钱。那时候我没有结婚，家里拿婚姻要挟我，但我不喜欢他们给我安排的女人。应该说，除了薇薇，我对别的女人没有兴趣……那时候我还很年轻，我以为，我这一辈子只爱薇薇……

"后来有一天，薇薇回来了，那时候我和青森正筹划出合辑。与青森一起的日子，我竟然没有再想起她，我以为是音乐带给了我慰藉。当一个蓬头垢面、身材臃肿的女人出现在面前时，我不确定她还是不是记忆中的薇薇……可是我知道，青森一直没有放弃寻找。

他第一眼看到她时，那种欣喜若狂与彻骨的相思爱意显露在脸上，我看了很不是滋味。我知道，我的感情偏移了，我爱上了一个不该爱的人……

"我至今不知道是否深爱过薇薇，还是只是得不到的不甘心。她的邋遢与沉堕是我不能容忍的，我瞒着青森去找薇薇的男人，酒吧的那场大火是我放的……我烧了酒吧，失手伤了薇薇，我眼睁睁地看着她葬身火海，我知道，青森这辈子都不会原谅我……有好几年我们没有联系，他去找薇薇流落在外面的孩子，我回家继承家业。我遵照父亲的意愿娶了一个不爱的女人，我们做了一对有名无实的夫妻。父亲将偌大的家产留给我，我买下了那家被我烧毁的酒吧，改名'薇薇'，纪念一个我爱过后来又不爱的女人。

"我以为我是绝情的人，但是他改变了我。我想尽一切办法联系到他，以薇薇和孩子为借口说服他回来替我打理酒吧……其实我只是不想离开他。我很不喜欢他带回来的孩子，她让我想起许多不堪的过去。薇薇回来之后，我莫名地讨厌她，几次失控对她动手。我甚至给她下药，她服了之后精神失常，忘了很多人……多么可怜的女人，和我在一起的时候不哭不闹，任由我打骂发泄，可一旦和他在一起，她就像个心智不成熟的小女孩儿，痛哭尖叫，抗拒和他的接触。这种情况我十分乐意见到。时间长了，青森和她逐渐疏远，但我知道他仍爱着她，他不过是不想看到她发疯让自己难过。但是我怎么也没有想到她其实是在装疯，一路跟踪我到'薇薇'，当我和她男人发生争执时冲过来，我失手将她推倒……"

"现在你总算知道了，你的母亲叫薇薇，是被我害死的。"

他一口气说完，开始剧烈喘息，一氧化碳气体争先恐后地涌入口腔、鼻腔、双耳。

"安然，你的意志真有这么脆弱吗……"他艰难地抬起手替她擦去眼角的泪，手指留恋地摩挲她的眼睛，"你跟你的母亲一样，都是很要强的女人，最后连离开这个世界的方式都一样。我每天给她用药，她渐渐失去神志，我恨她……我也恨你……我也要用同样的方法惩罚你……"

他怪异地笑起来，看着弥留之际的女子喃喃自语道："我的一生就这么过去了，我做的所有事都是为了你，我不后悔……你一直没有忘记她对不对，就连她女儿你也不放过……你的心愿实现了，她女儿代替她爱上你，你又不稀罕……逃，逃到哪里都不能解脱……"

"日本著名音乐家青田准一先生在返回东京接受采访的高速公路上死于车祸。"

这是明天震惊整个娱乐界的头条，这就是结局。

他浑身抽搐，张口剧烈喘息，用尽余生的力气瞪着虚空。这是他对生命表现出的最后的不甘与挣扎，良久之后，激烈的喘息声彻底寂灭，未阖的眼角缓缓流出一滴泪。

当我想要逃离你的身边，却看见林间道路被溪水冲毁，夹杂着泥流淹没我的双脚。

只得再回到你身边，留有我们相爱的真相。

你消瘦的脸庞带着隐约的伤痕，亲爱的，请不要哭泣，就算死亡也不能把我们分离。

我会携着完整的灵魂寻找你,告诉你,我一直爱你,爱你,爱你。

"我爱你。"

6

秀云去世后,平安按照她生前的意愿将骨灰葬在寿元。这是她第三次踏上故土。秀水婀娜,群山侍立,最美的风光呈现在眼前。她抱着骨灰盒沿着从前的水路走,撑船人依旧是老赵。

老赵问她:"好久没见到陆先生了,他还好吗?"

"好。"平安点点头,"他在美国,和家人在一起,一切都好。"

江面的风吹起阵阵湿意,天空白云片片如鱼鳞,山川连绵起伏,远望如一座座缥缈的岛屿。她拒绝王叔叔相送,只身一人送母亲渡江。

"山水青青天空蓝哟,娃娃戏水赛金鱼哟,姑娘你从何方来哟,哥哥为你把船撑哟……"

老赵的歌声嘹亮高亢,远处隐约传来歌声相和。如此风和日丽的一天,应是乘兴而来,兴尽而归。她却无法被歌声打动,欢欣雀跃流连这天地融于一色的江河山川。

老赵将绳子系到木桩上坐在原地等待,她捧着骨灰盒沿着陡峭的青石砖拾级而上,那里已有人在等她。她能想到的亲人,只有濂。

拜托王叔叔打点一切对外事宜,联系到濂。母亲两年前已在寿元择好墓地,只与林家相隔一条溪涧。她始终不承认自己是林家儿媳,但是对林家却有一份血缘至亲的不舍和牵挂。她的墓地与叔公相对,葱郁的松柏环绕其间,鲜花果树寄托相思。

濂在墓地等待,另有两位工作人员协助安葬。入土为安,逝者留给世间的最终一幕被黄土掩埋,她将长眠于地下,这世界所有关于她的记录被封存,她留在回忆里,直到有一天不再被人记起。

平安对于从未联络过的父亲没有记忆,一点都没有。他的生与死,与她无关。其实死亡,远没有人间生离可悲。安葬时,她跪在墓前,对着墓碑上的字。

母,单秀云之墓。生于1962年,卒于2007年。女,林平安立

濂的手平放在肩头,这男子给予宽忍与恩慈,是她的初恋。她曾为他写下——少年人总以为爱太缺乏,最后越过思念这一层,爱是苦难……如今只有无言的感怀,他依旧是她心中一个特别的存在。

母亲的安葬仪式结束后,她和濂祭拜了叔公,还有从未见过的爷爷奶奶。点上蜡烛,三杯酒入土,进贡山上现采的鲜花蔬果。

她在墓前持久站立,日落西山,背景是一片黄昏暮色。有温暖的阳光和微风,雁声阵阵。因为有濂的陪伴,她只觉心安,悲伤的情绪也淡了不少。

下山时,濂问她:"打算去哪儿,要不要我送你?"

"我知道要去哪里,不用了,谢谢你。"

她只觉与濂彼此相隔一个既定的距离,这温和沉静的男子永远以最生动的面容刻在记忆的深处,再多言语与接近都是多余。她知

道，若她再次开口，他亦会毫无保留地相助。

她从寿元坐车回南京，去当时任教的培训学校。学校着手扩建，准备建立全日制双语中学，校领导盛情挽留她。她说明来意，是想打听方以怀的下落，她要把钱还给他，当面向他道谢。她当初留给他联系方式，但原来的手机号已经不用了。

接待中心的老师为难地说："方老师有一阵子没来了。"

平安悬着的心放下，她从寿元匆忙赶来正是怕和以怀错过，她欠他的，已经不止几千元医药费那么简单。她决定留下来，等以怀回来，只要他没有辞职，总有一天会再见面。

她说："如果方老师回来，请帮忙替我转达我在找他。"

对方说："你可以去找陈老师，他和方老师很熟，应该有方老师的号码。"她将陈老师的办公室地址告诉她，正是她以前任教时的办公室，而那位陈老师，她也见过。

平安从陈老师那里得知以怀去了海南，他回国三年，每年都会抽时间去旅行，今年是海南。

"一个人吗？"

"一个人。"陈老师递给她一张字条，开玩笑道，"你们两个大人还学小孩子玩捉迷藏，这是他留给你的字条，似乎一早就知道你要来。"

她打开字条，上面写着"平安，你若看到留言，速回电给我"，下面是他的手机号码。

陈老师见她一脸呆滞的表情，促狭地说："我可没偷看他写给你的情书，什么时候事成了，别忘了请我这个牵线人喝一杯。"

她给以怀打电话,心中忐忑不安,不知该如何面对他。在这之前,她已经做过多次思想工作,做事也心不在焉。陈老师给她讲了不少以怀的事,他是美籍华人,家人均在美国,毕业后一直留校做科研,一路拿到三个博士。与活泼外向善于经商的弟弟不同,以怀是相当沉稳的人。他本来要在美国留校任教,但弟弟在美国的公司出了问题,国内缺人手,他只好接替弟弟回国接管公司。这所学校就是他投资建立的,偶尔兼职做外教。原本年初弟弟要回国,他也可以卸下重担回去,却传来弟媳怀孕的消息,只好延迟在国内的时间。

手机"嘟"了两声之后传来男人低沉的声音。

"我是林平安。"她艰难地说出几个字,再也说不出一句话。

"平安……你看到留言了是吗……太好了。"以怀的声音透出惊喜,"你现在在南京吗?"

"我在南京,就住在学校。"她说,"你什么时候回来?"

"就快到了,"以怀高兴地说,"我在机场高速上。"

"这么快?你不是在海南吗?"她猜想,一定是陈老师告诉了他。

他不答话,只反复呢喃:"平安,你等等,再有二十分钟就到了……你再等等,再等等好吗……平安。"

初秋的季节,天空幽蓝晴朗,朵朵白云点缀,道路两旁的香樟树茂密葱郁,风中送来独有的清香。这是一段幽静的路,偶尔有几声清脆的鸟叫,阳光柔美,微风和煦。脚下踩着柔软的叶子,闻见围栏里青草泥土的味道,修剪得一簇簇的花枝迎风招展。

她站在去年分手的地方,目睹一辆出租车向这边快速驶来。车子在距离一百米远的地方停下来,以怀拎着行李下车,他的头发有点凌乱,显然是一路风尘仆仆赶来。

"平安,终于又见到你了,你还好吗?"以怀放下行李,见她一步步向自己走来。

"你怎么知道我会来这里?"她站定,与他相距咫尺,她微笑着问。

"我知道……我就知道……"他的情绪显然尚未平复,见到她竟欢喜得说不出话来。

她看着他,渐渐收回笑容,像初次见面时语气淡然道:"我来还钱给你。"

"不,平安,我不需要你的钱。"他一时忘了冷静,急促道,"我一直打不通你的手机,却固执地每晚睡前拨一次,盼望有一天能再次听到你的声音。"他定了定说,"你走后我在北京待了很长时间,每天傍晚在我们相遇的那条路上徘徊,两旁的树被我来回数了很多遍,一共一百二十八棵……我不知道你会去哪里,完全凭感觉判断,如果有缘再次相见,由我来决定,我把地点选在这里,就在这里……这可以看作是我们的初次约会吗?"他像个孩子般迫切地看着她,期待她的答复。

人生若只如初见。良久,她看着他,轻轻笑了。

安然醒来,发现自己躺在医院,浑身插满管子。身边的人把脸埋入掌心,一动不动,好像睡着了。她一动,顾思齐警觉地醒来。

"你怎么样?有没有哪里不舒服?"

她摇摇头,想说话,发现嗓子堵得难受。顾思齐说:"还要再观察两天,先别使力,你想说什么,在我手心里写,或者我将自己知道的都告诉你。"

她无言地点点头,看着顾思齐,等他继续说。

"摩恩死了,"顾思齐神色黯然,"是心脏病猝发死亡。我赶到的时候,屋子里全是煤气味,他将门从内反锁,窗户关得密不透风……他那几天神色反常,和他在一起总感觉压抑着剧烈的情绪。"他尴尬地看了眼安然,继续说,"前不久他去了趟日本,回来脸色就一直不好。他有心脏病,不宜动怒,当天从你那里回来后就发过一次病,他把自己反锁在房里不让我进去……我自从搬出木的房子,便住到他那里。"他说到这里,停了下来。

安然在他手心写道:"跳过这里,继续。"

顾思齐沉默了会儿,说:"我总感觉要出事,便打电话给木,他告诉我摩恩的朋友青田准一先生出车祸死了。摩恩恐怕提前知道了这个消息,于是去找你,我打你手机一直关机,只好去你家……你屋子里的灯关着,摩恩电话也打不通,我担心你出事一直站在楼下。等了很久见一直没有动静我便决定上楼看看,但门铃摁响后却不见你们谁来开门,我就慌了,只好叫门,叫了半天仍没有反应。我想过也许屋里没有人,但是我想不出以你和摩恩的性格你们能去哪里……外面全是你和他的报道。这时正好见一哥们儿回来,我对他谎称里面的主人有心脏病,请他帮忙和我一起撞门,我们发现门被死死地反锁,根本打不开,无奈之下只得报警。警察把门打开,闻见里面的煤气味,当打开房门发现你们的时候,摩恩已经死了,你吸入大量煤气昏迷不醒……"说到这里,他红了眼眶,"木正赶回来,摩恩死亡的消息暂时对外封锁……"

她在他掌心写:"我还有多久能说话?"

顾思齐摇摇头:"现在还不清楚,要等医生做进一步检查。"

他的声音不自觉低了几分,"这次事故对你的身体造成很大的伤害,神经受损,很有可能……我是说很有可能你的余生要在轮椅上度过……"她的手指就这样僵硬地停在他的掌心,顾思齐一把握住,艰涩道,"安然,你别这样,身体总要有一个恢复的过程,你的嗓子也会渐渐好起来的。"

过了许久,她又在掌心写:"能不能帮我打听附近一家7-11便利店的高个子男店员。"

顾思齐沉默半晌,说:"我尽力。"

见到木时,安然已经坐在轮椅上呼吸夏威夷清新潮湿的海风了。木办完摩恩的事才飞来美国见她,摩恩的死讯对外公布,与青田准一相隔一天,媒体报道的是心脏病突发死亡。在所有媒体将镁光灯对准摩恩与"薇薇"之前,许安然被秘密送到美国治疗,远离一切纷扰。

阿信与 Ben 相继来看她,给她带来好听的音乐。Ben 将儿子的照片和录像带来,阿信也打算明年在德国完婚,他娶了一位美丽的德国新娘。她答应阿信明年去德国参加婚礼,并在婚礼上献唱。Ben 听了,不服气道:"我结婚你别说唱了,连影子都没见着。"安然失笑,承诺等他儿子结婚,一定在婚礼上献唱。

她每天推着轮椅漫步在金色柔软的海滩上,看着身材妖娆的姑娘甩着长发戏水跳舞。英俊的小伙子送她玫瑰花,她含笑接过,却温和疏离地说:"我有爱人了,我在等我的爱人。"

身体的感知在渐渐恢复,嗓子已经能从一些简单的发音到唱几首声调柔和的歌。除了两条腿尚未恢复知觉,也许过不了多久,就能拄着拐杖慢慢试着走路。木来时,她正眯着眼享受海风的吹拂,穿一件长及脚踝的百褶裙,头发在风中飘。手腕的银镯在阳光下反射出湛蓝的光亮,她将它举至高处观望。镯子的质地、纹路,繁复古老的花纹与咒符,都能让她凝视许久。它的颜色因长久佩戴趋近于皮肤的色泽,如灵一般吸附在身体上面。

"列衣会伴你一生。"

"你在说什么?"木站在身后,静静地看了她许久。

她转过头,看到他,相视一笑。

"他轻轻抓住我的手,微微一笑,又优雅地放开。他叫作木,是这世间最性感妖娆的摇滚男子……"

她忽然想到一个人对他的描述,此刻他站在身边,闭着眼惬意地享受海风,白色衬衣翩飞,整个人被金色光芒包裹。这是一种难言的感觉,她从未看过他如此安静的一面。

木的身上少了落拓,他回国接下"薇薇"一切事宜,确保摩恩的死对"薇薇"的影响力降到最低。所有的流言蜚语由他来挡,摩恩的葬礼安排得低调慎重,让那些想挖边角的八卦媒体无漏洞可钻。可以说,现在国内的情形是能预想的最好的局面。

她在美国一待就是两年,与外界失去联系。木每个月和她通一次电话,告诉她"薇薇"的发展趋势,她从未问过自己在那件事中扮演的角色,别人会怎么写她……她要顾思齐帮忙查探曦晨的情况,消息是木带来的。曦晨在她昏迷的第二天被当地警察在公寓门口逮住,被遣送回原籍后再也没有消息传出来。木请了当地最好的律师帮他打官司,承诺至少能保住命。

安然回头看他,这男人现在是个不折不扣的商人。她调侃道:

"你真打算放弃当迈克尔·杰克逊的理想转行做商人啊?"

"我什么时候说过要当流行天王了?"木悠然笑道,"我一直想超越的目标是Hide,可惜连他都不在了,人生就没有较劲的意思了。"

"那Moon呢,你不打算让它复出?"

"阿信要结婚,Ben要带着老婆儿子周游世界,他们都没空。至于我吗……"他故意拖长音调,"同样有重要的事要先完成。"

她看着大海陷入沉默。木说:"虽然不当明星了,但身为音乐人的职责还是要延续。我在飞机上写了首歌,两年不见,将它当作礼物送给你。"

"什么时候变得这么客套了,一点都不像你。"安然收回视线,再次打量他,好像重新认识一般。

"那就当重新认识好了。"他缓缓勾起嘴角,推着她的轮椅在海滩上漫步,"人没有无缘无故地改变,但是再怎么变,有一样不会变。"

"越来越会绕弯子了……"她看着手腕上的列衣,突然问,"那首歌的名字叫什么?"

"刚创作出来还没有想好名字,但是现在我想到一个不错的歌名,非常适合。"他停住脚步,与她一起面朝大海,海面波澜壮阔,海鸥乘风行云般飞翔,此起彼伏的浪声夹杂着海滩上的欢笑与嬉闹。年轻的男女在浅水滩边嬉戏,深情拥抱接吻。

她听到他在耳边轻声说:"Let's Start From Here."

7

他们匆匆办完结婚手续,没有告诉任何人,定居海南。

以怀在当地一所学校教书,继续从前的工作。结婚初期平安一直避孕,她对以怀说不想过早要孩子,以怀表示理解。她一直没有走出过去的阴影,上次流产后,医生告诉她想再怀孩子很难,就算怀上生产时也会有很大的风险。

他们常常在晚饭后一起出去散步,三亚气候温润,景色秀美,被称为"天涯海角"。平安说:"我果真追随心爱的人来到天之涯海之角。"

以怀微笑,牵着她的手沿着公园的小路慢慢走,所见之处绿树成荫,花团锦簇。人们平和友善,见着这对新婚夫妇,热情地打招呼:"方老师又和太太出来散步啦……"

平安倚在以怀身边,觉得二十四年的生命因为嫁给这个男人真正充盈喜乐起来。她看着丈夫柔和的侧脸,正如年少时期许的那样,将来会有一个温柔慈悲的男子迎娶自己,爱护一生。她不禁举起手腕上的镯子,迎着夕阳观望——成年之时右手戴一只,成婚之日左手戴一只,保佑平安。

"平安,你可觉得幸福?"

她仿佛越过它,看见叔公、母亲、建航、濂、思齐和安然……生命的年轮中渐次浮现又渐次消逝的一张张容颜,如同峰峦之上的雾气般湿润了眼睫,觉得有泪在即。

平安很久不说话，直到以怀牵着她的手回去，中途遇见以怀的学生。美丽朝气的女孩儿看着他们相依相偎，神情中充满对她的羡慕。她知道以怀不乏很多思慕者，尤其是在这样一个富有文艺浪漫气息的学校，美丽大胆的女孩儿比比皆是。明显地，女孩儿十分贪恋和以怀相处的时间，她幽幽地看着以怀，仿佛只是这样看着便觉得幸福。

以怀向她介绍："小沈，这是我妻子。"

女孩儿含蓄地笑了笑，说："师母真年轻真漂亮。方老师，没想到你这么年轻就结婚了。"

"不小咯。"以怀开心地看着平安，揶揄道，"不过我现在感觉越活越年轻了。"

"那方老师什么时候带着师母一起参加班级聚会呀，向大家正式介绍下。免得呀，我们这些单身的女同学……"

以怀轻轻地咳了咳，微笑不语。很显然，他跟这些学生相处得非常愉快，也很随意。平安看了以怀一眼，对小沈说："有时间会去的，也欢迎你们随时到家里来做客。"

"好呀。"女孩儿爽朗地答应，又看了以怀一眼，"方老师，你今天有时间吗？你给我布置的报告已经写出来了……我想，你能不能当面给我指点一下，我也好及时修改。"

以怀沉默片刻，说："抱歉小沈，今天不行，等下星期回学校你再给我，也不急于一时。你可以自己先修改，找出问题罗列出来，星期一把报告和问题都交给我，我给你做批复。"

女孩儿尴尬地笑笑："既然这样，方老师、师母我就不打扰了。"

以怀点点头。等女孩儿走远，平安忍不住揶揄道："人家明摆着是找机会和你独处,你倒好,伤了小姑娘的心。"

以怀微笑着不说话。平安看着身边男子温柔的笑颜,不知怎的,突然想为他生个孩子。

她说:"以怀,你为我做了那么多,我应该给你生个孩子。"

以怀闻言,笑道:"没关系,孩子不要也不要紧。"

平安见他神色如常,视线仍停留在刚才女孩儿离去的方向,不免有些生气:"你怎么能这么说呢,你不知道我是多么渴望有个健康可爱的女儿,我要看着她长大,她会得到最美满的爱,她的爸爸妈妈一直在身边,始终陪伴她、呵护她。"

此时以怀看着浮现心痛神色的平安,一时愣住不知说什么好。他知道平安身体虚弱,每次做那件事都十分吃力,他不知道平安曾经遭遇过什么,心疼怜惜之余尽量不去触痛那颗敏感脆弱的心。

他揽住妻子说:"平安,你想好了吗?你的身体是最要紧的,孩子可以晚些要。"

"不行,"平安故意噘着嘴,"你年纪也不小了,又是长子,你弟弟的孩子都会走路了,现在弟妹又怀了第二胎,我们再不抓紧都快赶不上他们了。"

以怀看着平安,她很少露出这种孩子气的表情。

"好。"他温言道,"这段时间太忙,再等等吧,我们要一个女儿就好。"

平安不再说话,孩子的事尚且搁一边,最令她介怀的是以怀的家人。他有着出色的家庭背景,又是长子,在一个家庭占据着十分重要的位置。以怀擅作主张与她结婚,没有通知家人,他虽不说,平安也知道这需要承担多少压力而做出的决定。

以他的条件，足以在美国找一个门当户对的千金。身份背景的悬殊，得不到家人的祝福使她感到难过和不安。她时常夜不能寐，看着以怀的身影默默流泪，觉得自己亏欠他太多。有时候以怀回来晚了，她将饭菜保温，等他回来一起吃。次数多了，以怀便对她讲不要等他吃饭，她含糊答应，还是照做，将牛奶温在保温杯里，削好水果，努力适应一个妻子的身份。

结婚一段时间后，她突然变得敏感、脆弱，对花粉过敏，不能接受太阳的曝晒，成日闷在家里看书。以怀越来越忙，陪她的次数渐渐变少，有时候周末也要去学校。她忍不住想，过了婚姻的甜蜜期，接下来进入平淡期，然后呢……越发多疑和消沉。

她没有告知以怀身体的不适，开始嗜睡，睡眠的时间越来越长。时常以怀回来她已经睡着，她醒来时以怀去上班了。日子如行云流水，匆匆而过，平淡得几乎要忘却本身的滋味。是谁说过生活的本质是平淡实在，她觉得平淡，平淡之余好像少了什么。

她擦洗家具时不慎摔下，疼得直不起腰，无端发脾气，砸碎了东西。以怀回来，见她坐在地上，满室狼藉，欲抱她起身，她一边推开他，一边喃喃自语："我不够好吗，不够好吗……我已经很努力很努力地爱你了……"

以怀想要安抚她，她却倔脾气上来，将他推得远远的，冷冷地说："你还记得这个家啊，果然外面的世界太精彩了，你厌倦这里就不要回来了……我也知道我不够青春不够貌美，比不上你的那些学生……"

以怀皱眉，不想这些尖厉刻薄的话从平安嘴里说出。

"平安,冷静下来好吗?你现在需要休息。"

"我不想看见你,"她说,"你在这里让我怎么休息?"

以怀沉默片刻,俯身搂住妻子的肩,柔声说:"平安,起来好吗?地上凉,你身体吃不消。"

"又是身体!"平安忽而感到厌烦无比,"你总是以身体做借口,从不知道我想要什么。"

"你想要什么呢?学校有一项棘手的项目让我负责,这段时间确实很忙,没有照顾到你。等过了这一阵,我陪你出去散心好不好?"

"不好。"她负气抽出他握着的手,"你要是实在太忙干脆搬到学校住算了。"

以怀不再说话,起身去书房收拾东西。她听着窸窣的声响,感到一股热流自小腹涌出来,疼得再也没有力气说话。

她将脸埋入双臂,以怀收拾完东西试图拉她起身,她依旧一动不动。以怀无奈:"平安,"他疲惫地开口,"一会儿我走了你就起来,不要任性……无论如何你的身体是最重要的。"他默默地看了她一会儿,见她没有缓和的迹象,转身提着行李离开。

她内心企盼他回来,却为他的一走了之阻梗在心。他明明知道她说的是气话,却生生刺痛他的心。以怀在楼下徘徊,看着未熄的灯火一时怅惘,他觉得夫妻间有些事不需要解释,应该相互理解。他经历的人生比她长,却不见得比她深刻,也许他将一切想得过于简单。

他匆匆打开屋门,见平安伏在地板上十分难受,慌忙抱起她奔向医院。

平安接受妇科检查,大夫神情严肃地对以怀说:"她子宫受过重创,一直没有好好调理,你怎么还让她这么冒险……"大夫轻声叹息,不再多言。

经过这次事故,平安怀孕的概率更加渺茫。以怀为自己的疏忽和鲁莽深深自责,工作之余尽可能抽出更多的时间陪平安,两人关系逐渐好转。以怀说:"以前是我不对,没有体会你的感受,现在我们一起努力,一定会有孩子的……一定会。"

大夫告诉以怀平安有轻微的妄想症,生理亦随着心理的变化而变化。经过这件事,以怀将孩子看得更淡,他知道平安的愿望,只得违心哄她。看着平安越发消瘦的脸,以怀更加愧疚和辛酸,趁妻子睡着的时候将脸埋进她的掌心轻声忏悔。

"以怀,我们会有孩子吗?"她醒来,看见以怀,带着隐隐的期盼轻声问道。

"会的。"他总是这样不厌其烦地重复,亲吻她的手背。

"我梦见宝宝踢我了,似乎迫不及待想要离开我的身体,来到这个世界。"

"男孩儿还是女孩儿?"以怀忍着泪意。

"女孩儿。说好的,先生个女孩儿。"她羞涩地笑。

以怀打算等平安身体好些带她回美国散心,探望家人。他和平安结婚后,还未带她回去见家人。平安体贴地问:"你的工作和学生怎么办?"

以怀摇摇头:"对我来说,你才是最重要的。"

"以怀,"平安将他的手贴上自己的脸,"我在我们的小家待得很安心,我已经暗暗向宝宝许诺,要做个坚强的妈妈,不可以再让爸爸操心……所以，请你安心去忙你的事，不用牵挂我。而我呢，从现在开始打起十二分精神，为宝宝的出生努力。等我生下孩子，我们一家人再去探望爸妈，好吗……我还想去夏威夷看海，带着我们的孩子拜访故人。"

"好，你说什么都好。"

三亚几乎辨别不出四季的分明，这里永远都是明媚的春与夏。融碧水蓝天于一色，三面环山相抱，绵延起伏，形成绿色屏障。树林绿影婆娑，水鸟迁徙飞翔，美不胜收。被称为"东方夏威夷"，又有"天涯海角"的美誉。

这是他们的蜜月之地，也是新婚之居。以怀轻拥着平安，看海鸟飞弋，白帆远影。远望海与天相接，脚下是此起彼伏的浪涛，亦有皎洁的山茶花被爱人轻轻别于发髻。

"高山青青流水长，喜欢这个地方吗？"

"喜欢。就从我们开始，世代绵延流芳。"

年末三亚罕见地大范围降温，当地居民纷纷穿起了羊毛衫、呢子外套。平安明显感觉到季节的变化，她拉着以怀的手，两个人漫步在雨后的黄昏。知秋、知秋，仿佛面对故乡的暮秋晚景，她能想象的那个埋葬叔公、母亲和族人的地方，一片连绵雾霭的山脉，在某个溪涧分割的山头，一路向上延伸，青灰色的石板筑成脚踏的地面。一路拾阶而上，两边生出的树杈和野草令向上的山路越发不好走，山涧溪水静静地穿过庄肃的墓地。落日斜照，周围的树木山石染上淡淡的金色，大片覆盖的绿叶晶莹发亮。山间鸟鸣雀啾，溪水缓缓流淌，发出清明的呜咽。

这凉人的秋意，丝丝缕缕渗入心肺。

"以怀，人的一生有多少肆意的时候，越长大，越感到无形的束缚。我有一双被掩盖的翅膀，飞累了，就想有个家。你是我的归巢，我只希望这一生，快快乐乐，做你手中的小小雀鸟，被你宠着、呵护着。如果再来一次，你还是会等我，不会娶别人。因为这一生，我的命运早已与你连在一起……你就是我的南方。"

以怀去外地讲学，一个月后回来。没有他陪伴的日子，平安在家看书，读一个女子的自白，谈童年、记忆、生活、婚姻和孩子，陷入长久的缅怀。读书使人明智，生命因为阅读更加平实和绵长。在生活的哲学上，孤独这种东西是自己制造出来的，无时无刻不能离去的实感，因着过于实际，走向了幻觉。她不期然地想起从前的话，渐渐生出一种孤独的疏离感，近乎产生不适应这个世界的幻觉。也许是以怀不在身边……她恍惚地想。

开始出现妊娠反应，她虽万分高兴但也不敢像上次那样天真，如果依然没有，又是一次致命的打击，况且以怀不在身边。可是，一天天过去了，妊娠的反应越来越大，与上次有着明显的不同。她买来书籍，查看孕妇怀孕的反应，窃喜之余又有不安。她觉得应该打电话告诉以怀，又怕如果不是会害他空欢喜一场。

她推算例假，又到网上查看资料，越发不安，最后决定去医院检查。她对医院始终怀着恐惧，第一次流产的阴影仍在心头盘踞。她没有到上次去的那家医院，害怕如果不是会惹得一干医生耻笑。她坚定地告诉自己这绝对不是假孕，在网上和书中查相关知识，得知正常的怀孕征兆就是现在的反应。

她得知自己怀孕，胎儿健康，激动得当场落泪。大夫说："一看你就是个恋家的人，该让先生陪你来呀。"

她打电话给以怀，对方关机，想必正在飞机上。他告诉她今天回来，但她迫切地想听听他的声音，她想给以怀一个惊喜。

以怀不久打来电话，说飞机刚刚降落，她鼻腔只来得及发出一个"嗯"字。以怀说："我要先回学校开会，会议结束就赶回来，你乖乖在家等我好吗？我给你买了礼物。"

她突然想哭，忍着泪意说："以怀，只要你回来就好，我什么都不需要。"

她等不及以怀到家，匆匆穿上衣服去学校见他。学校离家不远，步行不过十几分钟，她却觉得这段路十分漫长。她一路上唱着《南海姑娘》以平息内心的焦躁，心情不禁随着歌声愉悦起来。身边的路人擦身而过，听到歌声纷纷回头打量这位美丽的姑娘，感受到她的好心情，不觉笑起来。

平安到达学校门口，正是放学时间，校门内外来来往往的行人和车辆穿梭。因为穿了件红毛衣，又是生面孔，使她在暗淡的人群中非常醒目。她正打算向门卫打听一位姓方的老师有没有出校门，却见以怀跟一个年轻女孩迎面走过来，那个女孩正是上次见过的小沈。平安只觉一颗激动不安的心被陨石砸中，烧得疼痛起来。门卫见她苍白着一张脸，好心上来问询，这时，女孩的视线恰好投过来，看见了她。平安急忙转过身往回走，身后的门卫不放心地喊道："小姐，小姐你没事吧？"

她在一棵大树前停下来,靠着树干微微喘息,不知不觉眼泪流了下来。良久,估摸着他们走远了,平安抬起头,却见以怀站在身前,正喜悦揪心地看着她,那双温柔明净的眸子像是眷注了一辈子的深情与不舍,让她不由自主地相信。

"傻丫头。"以怀将她揽进怀里,轻声叹息。

平安觉得,就算是最寒冷的冬天,也因为他的拥抱温暖起来,就像初次见面的感觉。

她说:"以怀,以后我们就是三个人了。"

她说:"以怀,老天垂爱,我们的心愿得偿。"

她说:"以怀,我都开心得不知道怎么办才好,又害怕只是一场梦。我不想让自己失望,更不想你难过。"

她说:"以怀,孩子是上天赐给我们的宝贝。我现在觉得何其幸福,孩子和你,缺一个都不可以。如果没有孩子,我们的家永远都不完美,但是如果没有你在身边,与我一起迎接孩子的到来,我会没有生下她的勇气……你知道的,我一直爱你,一直爱你。"

她说:"以怀,我们有了第一个,还会有第二个,是不是……我希望我们能有两个孩子,女儿像你,儿子也像你。女儿有你的外貌,儿子有你的智慧。"

她说:"以怀,女人为男人生孩子,并不仅仅只是承诺和责任。因为她爱他,愿意为他辛苦,为他疼痛。她即使不美了,也因为爱着的丈夫和孩子,成为最美的人。"

她说:"以怀,我希望第一个是女儿。我要将列衣传给我们的女儿,承载着祖祖辈辈的福祉,保佑她一生平安。"

她说:"以怀,以怀,以怀……"

她这样激动和喜悦,少年时代家庭破碎的孤独与伤痛在这一刻得到完整的治愈。她一直渴望有个家,得到温暖,得到爱。

他怜惜得不知说什么好,今后的路还很长,他唯有感恩,和她一起守候他们的新生命。她会是最美的母亲,他会是最好的父亲。

人生譬如朝露。阳光之下,每一天都代表希望,每一天都是新生。

平安生产的时候以怀一直陪在身边。尽管怀孕期间顺利,因为身体遭受过重创,生产的危险依旧很高。医生建议剖腹产,但平安坚持顺产,说这样对孩子好。以怀打算带她去医术更发达的城市,她也拒绝了。

"现在有什么不好呢?"她微笑着说,"有你在身边就好。"

她从枕头下面摸出那只戴了多年的银镯,细细抚摸。古老繁复的花纹像是母亲掌心的纹路,带着无言的爱的祝福。

"列衣会伴你一生。成年之时右手戴一只,成婚之日左手戴一只,保佑平安。"

平安想起了安然。她从新闻上得知安然远走美国,之后便没有音信,不知过得好或不好。那些经历的伤痛与旧事,如同身体深处的一道道刺青,烙印一生。她不再感到疼痛,她知道安然亦是。她始终是坚强的女子,一定会过得很好……而终有一天,她们会再相见。

天空之蓝。

她一觉醒来,看见窗外晴朗的天空,温柔地笑起来。迷境般深沉而诱人的丛林,是梦醒后遗落的一片烟岚海域。这又是一则新的传说了。

平安在以怀的陪伴下,生下他们的女儿,取名"列衣"。